把愛留在普羅旺斯

李一然◎著

新世代經典浪漫小說
在紫色的薰衣草美景中
品味愛情……

普羅旺斯從古希臘、羅馬時代就吸引著無數的旅人，
至今依舊以其亮麗的陽光和湛藍的天空溫暖著每一個來訪的流浪的心……
印象派畫家塞尚形容「普羅旺斯」的空氣，甜美而馥郁。
很久以來，我一直想寫一個有關普羅旺斯的故事。
曾經有人說，永遠不要放棄希望，只要你還有一個好故事，
還有一個可以傾訴的對象。我不知道誰將會是我的傾聽者，
但我瞭解我將講述的這個故事。
這個故事發生在普羅旺斯，它關乎一個女子的成長，關乎一
個女子學會如何生活、如何正視過去、學會如何觀照自己……

Love in Provence

普羅旺斯 *Provence*

莎拉小鎮

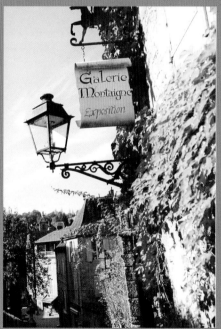

莎拉小鎮是著名的鵝肝醬的產區，自14世紀以來，
農民以文藝復興式的風格來美化窗飾，家家戶戶呈
現令人賞心悅目的典雅，古城建築以黃色石灰岩和
棕色頁岩屋頂，形成獨特的建築風格。

攝影：Richt（黃永富）

多敦涅河

多敦涅河是嘉德河的支流，河谷有多處人類穴居遺址，岩洞壁畫極為有名。河兩岸淳樸的農家、多鳥的森林、美麗的古堡美不勝收，岸邊的石甲村是法國文化部評定為法國最美的傳統村莊。

卡爾卡森

歐洲最大、維護最完整的中世紀城市。兩千年來，前後歷經羅馬人、西哥特人、阿拉伯人、十字軍等佔領。在建城、毀城、修城的過程中，發展成全長3公里，內外城各26座箭樓的雙城牆。

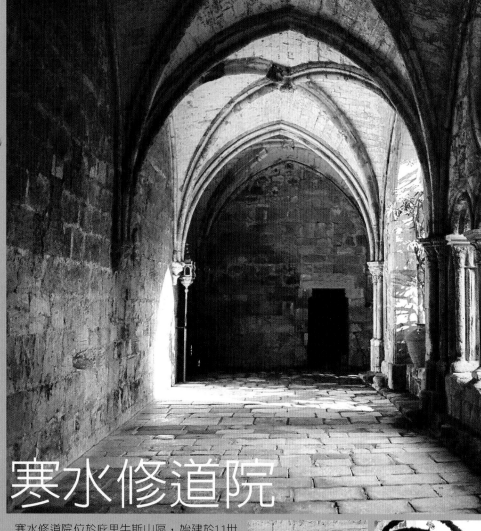

寒水修道院

寒水修道院位於庇里牛斯山區，始建於11世紀，13世紀整修，混合羅馬及哥德式建築藝術，特別是中庭迴廊雙排支柱、圓窗的設計，及隨著季節變化的花園色彩令人著迷。

尼斯

古希臘名Nike，已有兩千年以上的海港都會文明，今以其坐倚阿爾卑斯山海岸山系，前擁地中海天使灣的地理條件，而發展成渡假及「退休養老城」。

亞維農

亞維農是普羅旺斯歷史名城，西元1309年，教皇克雷蒙五世將羅馬教廷遷移此地而受到重視。隆河上那座顯著的斷橋，二十二孔的石橋如今只剩下四孔，聯合國一九九五年將亞維農入列世界遺產。

前　言

很久以來，我一直想寫一個有關普羅旺斯的故事。

曾經有人說，永遠不要放棄希望，只要你還有一個好故事，還有一個可以傾訴的對象。我不知道誰將會是我的傾聽者，但我瞭解我將講述的這個故事。這個故事發生在普羅旺斯，它關乎一個女人的成長，關乎一個女人學會如何生活、如何正視過去、如何觀照自己。

和世界上的其他旅遊勝地相較起來，普羅旺斯最大的特點也許就在於它的生活化。它的風景與生活完美地融合在一起，遊歷就是生活，生活就是遊歷。沒有人能生活在這裡毫不動容。而所有來自世界各地的遊客到了這裡，都需要放棄城市人喧囂與騷動的特性，放慢自己慣有的匆忙腳步，而去慢慢品味每一條蜿蜒曲折的羊腸小道，品味陽光下搖曳的樹葉，品味沈靜述說歷史的每一處遺跡，品味石牆上見人不驚的小鳥和空氣中彌漫的薰衣草香。

城市的繁華浮躁掩蓋了人們生存的真實意義，城市是叫人迷失的。而普羅旺斯卻能讓你重新審視自己、瞭解自己的真正感受。故事中的女人正是如此。

她最初來到普羅旺斯的動機很單純，她只想療養傷口，忘掉過去，尋找一種安全感。身處異國他鄉，遠離熟悉的語境和人際關係

的人確實能夠獲得一種全新的自由，這種自由在於你可以敞開心扉，無所顧忌地歡笑，也可以關閉心靈，無所顧忌地對每一個人冷眼相待。怎麼運用自由，完全取決於你打算怎麼對待自己。

普羅旺斯的陽光確實撫慰了她，在陌生人群中穿梭也給了她從未有過的安全感。她以為自己真的找到了一個安全世界，可以無限期地退縮到一個小角落，任憑外界風吹雨打也不會殃及自己。然而她理想主義的念頭很快就在現實的聲浪下粉碎了。沒有人能徹底抹滅過去留下的印跡，不管你逃到天涯海角，都不能徹底脫離與過去的任何聯繫。她很快需要重新面對過去那些曾經在她生命中出現的人。每一個人都不可避免地帶來戲劇性的震盪。她一度感覺自己重新被陷入一片荒漠，茫然無措，不知道要奔向何方。

安全從來就不能依託外在，沒有內心的安寧，無論逃往何處都無法擺脫徬徨；逃避並不是療傷的最佳方式，世界上最好的療傷聖地也無法單方面地施加奇蹟，讓痛苦在瞬間離去。無論身在何處，都不能迴避與自身內心的對話。要想真正成長起來，首先必須勇於自我拷問，勇於正視自己過去的經歷，不迴避，不掩蓋，不粉飾。

故事中的女人用了很長的時間才走出內心的困境，當她不再感到困惑與怯懦的時候，她又面臨著新的選擇。

其實選擇什麼並不重要，選擇只是生活中的一部分，如果你真的明白自己需要什麼，真的知道自己打算如何生活，那麼你做出的選擇永遠不會背離你的心靈。

目　錄

不老的回憶

我坐在一個不起眼的位置，盡可能把自己隱藏起來。

我害怕被人認出，我害怕他們帶回我的記憶。

我失戀了，而且失業。因為流言。

不老的回憶

　　遺忘似乎沒有我想像中那麼困難，只要逃得夠遠。

　　幾個月來，普羅旺斯以它可貴的溫馨和寧靜撫慰了我。絢麗的陽光幾乎已溶解了我心中的塊壘，把我的悲傷分割成無數的碎片，就等著季風到來，將它們全部吹散。

　　然而徬徨不安的時刻總還會到來，比如現在。

　　咖啡館裡擠滿了人。正值旅遊旺季，數百萬的人湧進普羅旺斯，帶來了無限的喧囂與騷動。就在這個小小的咖啡館裡，我發現其中以中國人居多。在異國他鄉見到他們，並沒有讓我覺得特別親切。

　　我坐在一個不起眼的位置，盡可能把自己隱藏起來。

　　我害怕被人認出，我害怕他們帶回我的記憶。

　　我失戀了，而且失業。因為流言。

　　在過去的一年中，我的生活黯淡無光，寂寞淒涼，沈溺在精神的煎熬和愛情的痛苦中。人們對我的私生活津津樂道。我被攻擊得體無完膚，有時會被人像觀賞動物園的動物一樣包圍，而我也的確像極了一隻籠中困獸，明知圍觀者充滿敵意，我也想發威，卻苦於無能為力。我的憤怒只會被看作惱羞成怒，哭泣只會被當成矯揉造作。

　　幽暗的光線把我藏匿得很深，我看著來來去去的人，看著他們或哭或笑，或吵或鬧。我和這周圍的一切毫無關係，這裡發生的事沒有一件是因我而起的，然而一切卻都是屬於我的，

只要我去觀察和傾聽。

一個老人猶豫著向我走來，詢問是否可以坐在我對面。他顴骨很高，看上去像個原住民，但是穿著整潔，舉止溫文爾雅，胸口還別著一朵小小的紫花。

我看著他，微笑著點點頭。

老人在我面前坐下，他有一張令人難忘的臉孔，高高的前額，歲月的滄桑積聚成臉上的皺紋，發白的鬢髮簇擁在鬢角上，臉部表情嚴肅而莊重。儘管他很克制，還是無法掩飾內心的激動，他搓著手，手背的血管顯得異常突出，不時透過窗子往外看。

他一定也是來火車站接人的。是什麼樣的人讓他如此不平靜？在外地上學的孫女？漂泊已久的浪蕩子？還是失散多年的情人？

每個人的臉孔背後總隱藏著不為人知的故事，或悲或喜，或長或短。

生活裡的故事無所不在，無奇不有。

大千世界中會不會有另外一個人和我同樣的命運？

我暗自揣想，一邊看著他胸口那朵花。我似乎曾經在什麼地方見過這種花，但一時間想不起來，也叫不出名字。我忍不住問他，他說了一個我從未聽過的法語名詞，我無法把它翻譯為中文。他說他的老伴剛剛去世，這花是她最喜歡的花。我表示了自己的遺憾，他微笑著說沒關係，伊莎貝拉死得很安詳。然後他掏出一張小小的畫像給我看。年輕時的伊莎貝拉很漂

亮，一雙耽於夢想的黑色眼睛，天真無邪的嫵媚微笑中透出一種淡淡的哀愁。也許是因為照片是在清晨拍的，她全身都沈浸在奇異的光輝裡，從頭到腳閃著金光。然而引起我注意的還是她手裡的那束花，那束花和老人別在胸口的花是一樣的，只是更加鮮豔，並以其完整的姿態喚起了我的回憶。

鳶尾花！

我竟然沒能想起它來。

花萼在太陽照射下閃耀出淡淡的光彩，並逐漸將我的記憶納入其中。我隱約想起一個男孩，一張隱藏在車窗後的蒼白臉孔，一架鋼琴，一間滿是鳶尾花的屋子……我打了個冷顫，使勁搖了搖頭，如果我繼續回想下去，這些原本模糊的形象就會從遠方的背景中一點一點地突顯出來。有些往事是不可追憶的，我怕一旦掀起一角就會不可收拾，就像無心地拔起牆上的一條藤蔓，卻沒想到藤蔓之間牽牽連連，拔起了一條，居然引發了連鎖反應，直到最後把牆扯倒。

「姑娘，妳怎麼了？」

聽到老人的詢問，我回過神來，將畫像還給他，「她很漂亮。」

老人喃喃地說：「她是很漂亮，在我還沒有意識到之前，她就已經開成一朵美麗的鮮花了。她死的時候仍然很美麗。」他小心翼翼地把畫像揣到懷裡，眼裡流露出深深的眷戀和愛慕。

一時間好像有什麼東西刺了我一下，葉芝的那首《當你老

了》猛然湧上心頭，伴隨著一種無法排遣的失落感，這種感覺讓我心情激盪，也讓我黯然落淚。

「多少人愛你青春歡暢的時辰，愛慕你的美麗，假意或真心，只有一個人愛你那朝聖者的靈魂，愛你衰老了的臉上痛苦的皺紋。」

不要說等我老了以後，就是現在，會有誰像他那樣愛我嗎？

我扭頭望向窗外，悄悄拭去眼角的淚花。

過了很久，老人問我是來接人的嗎？我回答說是。他說他是來接一個老夥伴的，他從希臘來，他們已經四十多年沒見面了。

「我希望馬塞爾不會像我這麼老。」他笑著說。

我微笑著說您並不老。

「不，老了，還是老了，連伊莎貝拉都老了。」他低頭看著胸口那朵鳶尾花，也許是因為傷感，也許是因為孤獨，他給我講了下面的故事。

二戰的時候，我們家住在尼斯附近的一個小漁村，許多偉大的藝術家或匿名工藝家，都因深受和煦陽光及恬靜空氣所吸引，移居到我們附近的那些小城鎮裡。混合著古今風格的街道，充滿了濃厚的藝術氣息，海水隨著季節、時間的不同有著微妙的變化。

●尼斯

　　我家的房子是泥土糊成的，不過門柱是刻有長條凹槽的大理石，這些大理石是別人在我們建造房屋時送的。那間房子現在已經不見了，不過當時屋頂上覆蓋著開著花的橄欖樹枝和薰衣草，遠遠的就能聞到香氣。

　　在戰爭以前，我清清楚楚地記得那個地方神聖的寂靜。

　　我們很窮，但這並不妨礙我們過得快樂。母親常常用雙手捧著我的頭，吻著我的前額，對我低聲唱歌。

　　為了生計，我的父親長年不在家，但是每年聖誕節前後他都會趕回來。他總會給我帶回一些貝殼，甚至一把小刀，即使是在戰爭期間也不例外。那一年也是。不過他這回帶給我們一個小小的孩子——一個半裸的小女孩。她所有的東西只是脖子上的一條長長的銀鏈子，下面墜著一個小相片盒。我的父親說，這孩子是個猶太人，她的爸爸媽媽都被納粹殺死了。他講

了許多納粹的事情，害得我整晚都沒睡好。

　　那個小小的女孩子叫伊莎貝拉，從此以後她就是我的妹妹了。我總是抱著她坐在房屋前頭，指給她看天上的星星，送給她薰衣草和山鳥的羽毛，用橄欖枝編成花環帶在她頭上，或者用檸檬和橘子做成馬或人像送給她玩。每年2月份，我會背著她去參加尼斯的嘉年華。到現在我還記得幾十年前的情形，大家都戴著嚇人的面具，可是小伊莎貝拉從來都不害怕。

　　有一天，村裡來了一個流浪畫家。母親請他在我們家住了幾天。他總是畫我們這兒的薰衣草和向日葵，還有芒通充滿義大利風情的建築。他喜歡四處亂走，而我總會把伊莎貝拉背在背上，跟著他亂走。有一天我們跑到尼斯近郊看羅馬人的古代遺跡，以前羅馬帝國曾征服高盧人，在此駐軍鎮守，千百年過去了，古堡遺址還在。山上有俄羅斯人教堂，塔尖像個洋蔥頭。有一次他叫我坐在古堡前頭，伊莎貝拉坐在我膝蓋上，把我和她的樣子畫下來。

　　馬塞爾是我的朋友，他每次來看我們的時候，都會給小伊莎貝拉帶一些「索卡」，「索卡」是尼斯的名產，它是一種用豆粉做成葡萄大小的燒烤食物。小伊莎貝拉很喜歡吃。

　　馬塞爾會駕船。我常常和小伊莎貝拉坐在船上，船在水面上行駛，像雲塊在空中流動一樣。白色的海鳥們用翅膀點著海水。除此之外，海上是清靜無聲，我在船裡仰天躺著，伊莎貝拉靠在我的胸前上，天上的星星照得比我們教堂裡的燈光還亮。

　　一天晚上，馬塞爾來拜訪我們，他說他要乘船到希臘去，所以要先來和我們告別。他帶來一條大魚送給我的母親，還送給伊莎貝拉一大束鳶尾花。那是他第一次送禮物給伊莎貝拉，也是我們第一次見到那麼美麗的花。但我們誰也沒有意識到他送花的深意。那時候我們都太小，也太單純。

　　我曾經看到百合枝椏上冒出一顆花苞，它花了許多星期的光陰才慢慢開成一朵百合花。在我一點也沒有想到它會變得多大、多美和多香以前，它就已經是這樣的一朵花了。伊莎貝拉對我來說也是這樣。她現在成了一個美麗的姑娘了，而我也成了一個健壯的年輕人。

　　好幾年過去了，一天晚上馬塞爾來了。他已經長成了一個英俊的小夥子，身材頎長，甚至比我還健壯。他跟我們大家親吻擁抱。我們圍著火爐談天說地。他談到希臘，談到尼羅河和埃及的金字塔。他還說希臘有一種奇特的優美風俗，兩個男人結拜為兄弟，選擇鄰近的一位最美麗、最賢惠的女子來做他們的見證。

　　他說：「這是我聽過的最美麗的一種風俗了，兄弟，我很想按照這個風俗去做，讓我們去教堂吧！你的妹妹伊莎貝拉是一個最美麗、最純真的女子，讓她來做我們的證人吧！」

　　伊莎貝拉的臉紅了，像一朵鮮紅的玫瑰。

　　於是我們都穿上自己最好的衣裳，走進附近那個簡陋的教堂。從門外射進來的夕陽餘暉，照在燃著的燈上和繪著金底色的聖像上。我們在祭壇的臺階上跪下來。伊莎貝拉走到我們面

前，她穿著一條白色長袍，脖子上戴著她父母留給她的那條長
長的銀鏈子，就像從教堂壁畫裡走下來的天使一樣。

我們三個人一起靜靜地祈禱著，她問我們：「你們兩個人
是否將成爲同生共死的朋友？」

我們點頭說是。

「那麼在任何情況下，請你們記住：我的兄弟是我身體的一
部分！我的秘密就是他的秘密，我的幸福就是他的幸福！堅
忍、克制、付出、互相扶持、自我犧牲⋯⋯我所有的一切將爲
他所有，也正如我所有一樣。你們能做到嗎？」

我們又回答：「能！」

於是她把我們兩人的手合在一起，在我們的額上吻了一
下。這時牧師走出來，賜給我們最美好的祝福。在祭臺的簾子
後面，升起了聖者的歌聲。現在，我們永恆的友誼正式建立起
來了。

以後的幾天正是芒通的檸檬節，我們在一起度過了許多歡
樂的時光。馬塞爾總是千方百計地和伊莎貝拉待在一塊，總是
目不轉睛地看著她泛著紅暈的臉龐。如果我聰明一點，我應該
可以看出他對伊莎貝拉的感情，但我始終那麼遲鈍。

在馬塞爾動身前往希臘的前一天下午，他和我一起默默地
坐在那個俄羅斯教堂前面，俯瞰地中海的碧海藍天。

一種要把深藏心中的秘密告訴他的衝動促使我興奮起來，
我希望和他一起分享我這埋藏了許多年的美好感情。我緊握著
他的手語無倫次地說：「兄弟，有一件事我必須告訴你，這件

事一直到現在還只有上帝和我知道。我戀愛了，我的全身心都沈浸在美好的愛情中！」

「你愛的是誰呢？」他微笑著問我。

「我愛伊莎貝拉！」我驕傲地回答。

他的笑容立刻消失了，臉色頓時變得像死人一樣慘白。他的手在我的手裡顫抖起來。看到這個情景，回想起他給伊莎貝拉送花，他看伊莎貝拉的眼神，我猛然間明白了一切。我彎下腰來，吻了吻他的前額，低聲說：「不過我從來沒有對她表示過，也許她並不愛我。但是你知道的，我每天都能看到她，她簡直就是我看著長大的，她早已成了我的靈魂的一部分！」

「那你就對她表白吧！我相信她是愛你的！」他顫抖著說，「我也愛她，從她還是個小姑娘開始，我就愛上她了，我一直在等她長大。不過她是屬於你的，我發誓！」

我們默默地走回家去，快到家門口的時候，馬塞爾說：「兄弟，你能把那個流浪畫家幫你們畫的畫送給我嗎？」

他說的就是那幅我坐在古堡前，小伊莎貝拉坐在我膝蓋上的畫。那幅畫我不知道給他看過多少回了。我曾經想把它作為一輩子的珍藏留給我的後人，但現在我怎麼能拒絕我親愛的兄弟呢？

伊莎貝拉站在屋門口向外張望，她用一種奇怪的悲哀眼光望著馬塞爾，但是什麼話也沒有說。

第二天天還沒有亮，馬塞爾在伊莎貝拉床頭留下了一枝鳶尾花，帶著那幅畫離開了。幾天以後，伊莎貝拉成了我的妻

子，一直到幾個月前去世。鳶尾花成了她一生中唯一摯愛的東西。很久以後我才知道，鳶尾花意味著信仰。馬塞爾最初送鳶尾花給伊莎貝拉，是要她相信他對她的感情；他臨走前送花給她，卻是要她相信我對她的感情，並且要我們相信他的真誠。

有時候我會想，也許伊莎貝拉是愛馬塞爾的，也許她嫁給馬塞爾會更加幸福。但是這話我從來沒有對任何人說過，我只是盡我最大的能力去愛她，去保護她。

而伊莎貝拉呢，她也愛我，而且總是將鳶尾花送給那些在困頓中的人們，她最愛說的一句話就是：「相信是一種幸福，一個人不應該什麼都不相信。」

這四十年中，馬塞爾從來沒有回來過。他一輩子也沒有娶妻，對他來說，伊莎貝拉是天使，沒有人能取代伊莎貝拉在他心目中的地位，而我呢，我是他的兄弟，他寧肯自己痛苦也不願意褻瀆我們之間的友情。

講完這個故事，老人說，「一個月前我給馬塞爾寫信，告訴他伊莎貝拉的死訊，他回信說他要馬上回來，現在他應該到了。」老人站起身來，和我告了別。

我透過窗子看著他蹣跚的背影，喃喃重複著伊莎貝拉的那句話。

相信是一種幸福。

現在我能相信什麼呢？我該相信什麼？

咖啡館裡依然嘈雜而喧鬧，人與人的悲歡實在不相通。我歎了口氣，看看時間，肖琳也該到了。我剛站起身，一個黑衣

女人穿過擁擠的人群，徑直走到我面前，微笑著對我說：「我認得妳。」

她的笑容溫柔而又平靜，也許我該相信她沒有任何惡意。

但我做不到。我之所以來普羅旺斯就是為了逃避，我想當然地認定這裡沒有人認得我，沒有人知道我的過去。現在這個突如其來的黑衣女人毀掉了我一直以來的幻想。我無法接受在異國他鄉還有人認得我，我生怕他們會前來刺探我的隱私，撕開我的傷口。

所以我只能選擇逃離。

然而直到我逃出很遠很遠，那個女人微笑的聲音仍在我耳邊迴響：「我認得妳。」

推倒了的聖像依然是神

我夢見他重新在我生命中出現，用千百倍的柔情呵護我，這樣的夢像不繫之舟，毫無目的地飄蕩在一平如鏡的水面，晃晃悠悠。

推倒了的聖像依然是神

我神色倉惶地逃離那個小小的咖啡館，內心的矛盾和恐慌遲滯了我的腳步。我遲到了，從里昂車站出發、時速高達300公里的法國快速火車TGV早已靠站。我在洶湧的人潮中徒勞地呼喊肖琳的名字。在我口乾舌燥之際，我突然看見了鍾鄴。我不知道是什麼樣的玄機讓他突然出現在我面前。我像是被閃電擊中了一般，頓時懵了。如果我任由瞬間產生的激動和狂喜肆意擴展，我就會不顧一切向他跑去。

自他從美國考察回來，已經整整一年了，這是我第一次見到他。

我們的愛情淹沒在流言的漩渦裡，無疾而終，如果那也叫愛情的話。

我下意識地扶著牆，想起自己作了無數次的那個迷夢，我夢見他重新在我生命中出現，用千百倍的柔情呵護我，這樣的夢像不繫之舟，毫無目的地飄蕩在一平如鏡的水面，晃晃悠悠，直到它突然撞在不知曉的暗礁上。我腳下打了個趔趄，心神不寧、驚慌失措。在此之前，我無數次地猜想和他猝然相遇的場面，我總是在猜測他看到我時將會是什麼樣的表情和心情。現在我果然和他不期而遇，我卻失去了與他相見的勇氣和衝動。

繼續往前走，我就會迎面撞上他，儘管他也許會裝作和我素不相識。我想馬上逃離這裡，但我隨即聽見肖琳在喊我。

　　肖琳竟然和他在一起！

　　她是最清楚我和鍾鄴情感糾葛的人，也是最明白我內心痛苦的人，但現在她竟然和他在一起！

　　一種被愚弄的憤怒感猝然湧上心頭，若不是她一邊揮手一邊向我跑來，我很可能丟下她掉頭就走。我竭力克制自己，迎上前去，沒等我開口，肖琳就劈頭罵了我一頓，大意無非是我實在不夠意思，她大老遠來看我，我竟然遲到，一點也不考慮她一句法語都不會，也不怕她被人拐去賣了。我歎了口氣，心想：衝著妳這大嗓門和火爆脾氣，誰敢打妳的主意。

　　這時鍾鄴也走近了，我全身起了一片寒慄，假裝沒看見他，把自己的舉止完全約束在情感之外，強自鎮定地詢問肖琳旅途的情形。

　　肖琳剛想跟我大吐苦水，看見鍾鄴走來，頓時沈默下來，她似乎突然意識到什麼，吞吞吐吐地說：「辛爵，我……」忽然提高了嗓門，「鍾總，謝謝您啦，我已經找到她了！」

　　鍾鄴笑了笑說：「那就好。」

　　他的人近在咫尺，聲音卻那麼遙遠，遙遠得像來自另外一個世界。

　　不抬頭、不打招呼只能說明內心有鬼，我把全身的力量集中到頸部，緩緩抬起頭，平靜地看著他——不知道他的目光是剛剛投來，還是始終在我臉上盤桓？我感覺到他的目光，溫柔而平和，他對我點頭微笑，笑容明朗，毫無芥蒂，彷彿我們只是兩個許久未見的老朋友。我很想笑一笑，可是臉部肌肉僵

硬，我只能禮節性地點了點頭。他職業化的表情將他的真實反應完全掩蓋起來，我根本不知道他會是什麼心情，或者根本毫不在意。

失戀是一個模糊的字眼，它抹煞了不同戀情之間的所有區別。

有人說戀愛是培養了一種習慣，一旦失戀就意味著習慣的破滅，就像一片牆上掛著一幅畫，天長地久地掛著，你看了不覺什麼，一旦畫被取走了，面對著一大片牆的空白，你會突然間覺得很不適應。

這種說法大約是心理學家們創造出來開導失戀者的，但它對我毫無作用。

重新見到鍾鄴，痛苦便隨之而來，已成碎片的悲痛以驚人的速度凝聚成形，像羅網一樣將我裹在其中，動彈不得。

他笑了笑說：「好久不見，妳好嗎？」

許久以來，這是他第一次跟我說話。我腦子裡嗡的一下，像翻江倒海似的，掀起陣陣洶湧澎湃的波濤，一時間，我不知是喜是悲，沈默無言。

他頓了頓，輕輕說：「在火車上聽見肖琳提起妳……就想見見妳。」

我不知道他為什麼要這樣說，他應該很清楚，他這樣說只會讓我痛苦。莫非他殘酷到一定要讓我痛苦至死？既然我們的感情已在外界暴風驟雨的摧折中自然凋蔽了，他又何苦這樣步步進逼？我淡淡笑了笑，說：「我有什麼好見的，你何必多此

一舉呢？」我竭力不讓自己的聲音流露出自己內心的痛苦，我以為我很平靜，話說出口，我才發現我的聲音在發抖。

他沈默了。我緊緊攥著拳心，忍不住想衝著他大喊大叫，我滿心希望他再說點什麼，但他最後只說了一句：「肖琳，要不妳們先走吧！我等等樂曼。」

原來許樂曼也來了。

我迅速俯下身，提起肖琳的行李，扭頭就走。我怕我再多待一秒鐘就會失聲痛哭。各種思緒紛繁撩亂，一起湧上心頭，突然，有一種思緒無法排遣，像是利劍穿心，苦不堪言。我為他痛苦，而他可能永遠不明就裡，也可能永遠無動於衷；我的生活裡激起了驚濤駭浪，但是細微的泡沫也未曾觸及到過他生活的浪花。他永遠也不會知道，我是何等愛他、眷戀他，從前如此，現在依然如此。

肖琳沒有馬上跟上來，鍾鄴叫住了她。我在十步開外停下來等她。我的視線四處游離，無意中看見一個穿白色時裝的年輕女人飄然走來，風姿綽約，婀娜多姿。我心裡驚跳了一下，許樂曼！

在她從拐角走出來的那一刹那，我看見許多男人以一種貪饞或驚豔的眼光目不轉睛地注視她。她這樣的女人似乎天生就是為了替男人長面子的。她的優雅是財富和修養烘托出來的，這使她顯得有些可望而不可及。

多年來，許樂曼的名字始終和鍾鄴糾纏在一起。我早就聽說他們將成就一段好姻緣，而這會使鍾鄴的前途一片光明。在

過去的歲月裡，我常常可以想像許樂曼文文靜靜地坐在鍾鄴旁邊，手裡端著茶杯，溫溫柔柔，微笑著傾聽男人們無傷大雅的玩笑，沈靜如水，婉美如花的樣子。人生下來似乎就分工不同，許樂曼這種女性是不食人間煙火的，永遠只能做一些諸如插插花、化化妝、彈彈琴，坐在豪華客廳裡品品茶、說說笑之類不費體力和不失身分的雅事。

而我呢？我不知道。每次看到她，我的心就會被某種感情煎熬著，我不知道這是不是嫉妒。而此時此刻，異地重逢，喉頭有種苦澀的東西往上湧，我覺得噁心，同時產生一陣懲人的憤怒，像抽筋一樣搔爬我的心。我希望我最好能歇斯底里地發作一番，以便擺脫這種像釣鉤一樣扎在心頭的鬱悶感。

我視線的餘光瞥見她緩緩走近鍾鄴，他們很自然地擁抱在一起。

肖琳走近我，輕輕說：「對不起，辛爵，我應該告訴你的。」

我看了她一眼，淡淡一笑，「妳要是眞的告訴我，我會好幾天睡不著覺。」

她猶豫了一下，接著又說：「許樂曼早就來了，她是來參加亞維農藝術節的……鍾鄴是……」

我打斷了她的話，「先到我那休息一下，然後我帶你轉轉亞維農，明天搭火車去埃克斯，好嗎？」

她歎了口氣，「好，到了這兒，當然妳說了算。」

亞維農(Avignon)是普羅旺斯最熱鬧的城市，每年7、8月

間，為期2週的藝術節吸引了許多來自世界各地的新銳劇團與慕名而來的觀光客，使仲夏夜的亞維農通宵達旦，光彩奪目。

要欣賞亞維農，隆河對岸自然是最佳的位置。

我帶著肖琳沿河岸慢慢前行，一面把矗立在古城池頂的教皇宮指給她看。

肖琳一面聽我細說掌故，一面目不轉睛地注視著教皇宮，笑著說：「才來了幾個月，妳倒是成了當地通了。」

我笑著搖搖頭，「差遠了，我所知道的妳用不了兩天就能全知道，我這點東西全是現買現賣，也只能在妳面前賣弄賣弄。」

她看著我，「說實在的，妳的氣色比來之前好多了。」

「要不怎麼對得起這個地方。」

她笑了笑，繼續往前走。

不知道為什麼，我忽然覺得有些恍惚。我的內心和軀體是分離的，我每天忙於四處遊玩，我以為來到這裡以後馬上就能脫胎換骨。但我沒有。我現在才發現，我到普羅旺斯來，純粹是一種逃避。而逃避絕不是療傷的最好方式。一個人不可能永遠逃避下去，除非我一輩子留在這裡。但我沒有本錢——一旦我花光了所有的錢，也許我會選擇死亡。死在這個梵高、塞尚、畢卡索曾經駐足的地方，倒是十足的浪漫。

想到這，我忍不住自嘲地笑了笑。

肖琳轉過頭來，問我在想什麼。我說我也不知道，忽然間有很多事情湧上心頭，乍一看，又紛亂得像一疊被風吹散的紙

片，仔細想想，又什麼都不真切，像風中煙，水中泡，無影無跡，無從把握。她注視著我，意味深長地說，在我記憶中留痕的東西，也許太多了。

也許是的。我微微一笑，「走吧！咱們去安格洛美術館轉轉。」

安格洛美術館位於St.Didier廣場旁。這裡原是富人的豪宅，裡面陳設的藝術品全是私人數代累積的收藏，包括17世紀荷蘭的家具、中國唐三彩與明清瓷器、法國路易十四時代的桌椅、木雕家具及無數當代畫。20世紀初，繼承人賣掉部分18世紀的收藏，大量收購現代藝術作品，所以在這裡也能看到印象派畫家及畢卡索的作品。

肖琳在一幅印象派作品前駐足良久，若有所思。

我問她到底在看什麼，她答非所問地說：「妳還愛他對嗎？」我怔了一下，表情頓時凝滯了。她轉過臉看著我，目光銳利而篤定。我避開她的眼神，淡淡地說：「萊蒙托夫有一首詩叫做《神像》，你知道嗎？」

她搖頭。

我慢慢地把詩背給她聽：

我倆分離了，但妳的姿容
依舊在我的心坎裡保存。
有如韶光留下的依稀幻影，

它仍愉悅我惆悵的心靈。

我雖然委身於新的戀情，

卻總是無法從你的倩影上收心，

正像一座冷落的殿堂終歸是廟，

一尊推倒了的聖像依然是神！

她怔怔地望著我，輕輕歎息一聲。

她的歎息飄忽而又沈痛，讓我的心顫悠悠，空蕩蕩。我總想在過去與現在之間劃一條明顯的分界線，但我發現，這兩者之間的界限已漸漸崩潰，過去的很多東西慢慢滲入我如今的生活。

那個黑衣女人讓我意識到天地之大，我其實無處可逃，那個時候我就已經預感到回憶不老、不死，仍會死灰復燃，捲土重來。而鍾郯的再度出現撕開了我自以為包裹得非常嚴實的傷口，讓我重新體驗那久違了的痛楚和絕望。

愛情的顏色

天空中頓時閃起一片光芒，好像滿天的星星都在向他們落下，流光飛舞中，純白的薰衣草則變成了紫色的海洋……

愛情的顏色

人其實只能生活在過去和未來，根本沒有現在。

坐在「叮…叮…」的老式火車上，我的思緒仍然停留在昨天。

外面是一大片紫色薰衣草田，肖琳趴在車窗上，目不轉睛地望著，不時發出驚歎聲。我卻睜大了眼睛，試圖看清自己的過去和未來，但我看到的仍是一片黑暗──我無法面對我的過去，也無法預見我的將來。

老式火車裡播放著50年前的歌星艾維塔那首著名歌曲《我的家鄉在藍岸》。

肖琳飛快地翻閱旅遊手冊，一面翻一面不停地對照評論。「喂！妳說薰衣草為什麼是紫色的呢？」她忽然問我。

我回過神來，說：「這裡面有一個很動人的傳說，妳想知道嗎？」

「妳說。」她合上手冊。

「很久很久以前，在一個小小的村莊裡，有一個女孩子，她經常坐在街邊，茫然而無辜地望著來來往往的行人，心裡默默地說：『如果真有的天使，我希望祂把我的頭髮變得和別人一樣。』女孩長著一頭紫色的頭髮，在這樣一個幾乎只有巴掌大的村莊裡，這註定就是悲劇。村裡人都認為她是魔鬼的化身，因為人是不可能有紫色頭髮的。她的母親很愛她，但是村子裡一個很受人尊敬的先知說，如果她的父母不拋棄她的話，災難

就會很快降臨到全村人頭上。她的父母沒有辦法，只好狠心把她趕了出去。

　　沒有了依靠，女孩就只能靠自己了。但她實在太弱小了，粗活她是做不了的，就算她想做，別人也不願意請她幫忙。有時候餓了，她就只能到森林裡去採點果子充饑。有一天，她在離村子很遠的地方發現了滿山遍野的白色小花，那小花香氣撲鼻，遠在十里之外都能夠聞到；更絕妙的是，就是站在一大片花田裡邊，嗅到的香味依然還是淡雅溫和，一點也不刺鼻。她從來沒有見過這種花，當然更不知道這就是薰衣草。村民們也從來沒有見過，但他們是愛花的。於是她採了一大把潔白的薰衣草，到村裡去叫賣。花香吸引了好多村民，他們忍不住掏錢來買。

　　從此以後，女孩每天都要走很遠的路去摘薰衣草來賣，村裡有一個很窮的孩子，整天跟在她後頭，他喜歡這花，他想把花送給自己的媽媽，可是他沒有錢買，女孩就每天給他一束。她還經常幫助那些需要幫助的人，比如幫瞎眼的老奶奶洗衣裳，幫駝背的老爺爺的摘橄欖。可是受過她幫助的人地位太低了，說的話沒分量，所以儘管她很努力、很善良，村民們還是不能接受紫色頭髮的她。他們在買花的時候不是假裝看著別的地方就是匆匆扔下一把錢，拿走一束花，好像多跟她待一會就會兒厄運纏身似的。」

　　肖琳咬了咬嘴唇，盯著我說：「這別是妳編的吧？」

　　我毫不客氣地拍了她一下，「妳傢伙，我可沒這本事，這是我到凡度山谷看薰衣草節時聽人說的。妳就不能乖乖地聽

著？是不是我講得很難聽？那我不說了。」

「別別別，千萬別，妳接著說吧，挺有意思的。」

「有一天，先知的孫女侮辱了她，還搶走了她所有的薰衣草。她傷心地跑到森林裡哭泣。這時有一個很英俊的男孩子走來安慰她。」

肖琳嘟嚕了一句：「所有童話和民間傳說裡都有英俊的男人，真是見鬼！」

我沒理會她，接著往下說：「女孩感到又驚訝又開心，因為從來沒有人對她如此和善。但她很快就發現這個男孩子眼睛看不見，這讓她非常傷心。這麼好的一個人竟然看不見世界的美麗。比起自己，她覺得這個男孩更加不幸，自己雖然遭到村民們的排斥，但至少還可以看見豐茂的森林，看見清澈的溪流，看見靜默的遠山，還有手中這潔白如雪的薰衣草。於是她每天都送薰衣草給他，陪他說話。男孩每天總是抱著她前一天送給他的花，站在他們第一次見面的地方等她。

有一天，女孩看著男孩手裡的花說：『這可憐的花兒都已經死了！昨天晚上它們還是那麼美麗，現在它們的葉子卻都垂了下來，枯萎了。它們為什麼要這樣呢？』

『妳可知道它們做了什麼事情嗎？』男孩說，『這些花兒昨天晚上去找妳啦！它們知道我看不見，於是都自告奮勇地要替我去保護妳。它們差不多每天晚上都會去看你，為你趕走討厭的蚊子和臭蟲。』

『我怎麼不知道呢？為什麼你不讓它們叫醒我呢？』

『因爲妳睡得太甜美了，它們捨不得吵醒妳。』

女孩的眼眶紅了，從這時起，她下定決心一定要讓男孩的眼睛恢復光明，哪怕他看見她以後會嫌棄她。有一天黃昏，女孩賣光了當天早晨採的薰衣草，爲了送給那個男孩新鮮的薰衣草，她再次向那個山坡出發。可是她實在太累了，到達山坡以後就睡著了。當她睡著的時候，她聽見耳邊好像有人在說話。

『她好累了。』

『是啊！』

『她早晨不是來過了嗎？爲什麼現在又來了呢？』

『你不知道嗎？她要把最美的花送給森林裡的那個男孩……』

『聽說那個男孩是個瞎子。』

『就因爲他是瞎子，才對我們的小姑娘這麼好。』

『有什麼辦法可以讓他看見嗎？』

『當然有啦！森林裡有一眼泉水，傳說是愛神的眼淚，那泉水能讓任何人的眼睛恢復光明。』

聽到這裡，女孩一下子就醒了，她睜開眼睛，卻什麼人也沒有看見，但她一點也不害怕，因爲她的心很平靜，她知道一定是有好心的天使在暗中幫助她。她記住了夢裡說的每一句話。她採了一大束花送給那個男孩，對他說，她要去一個很遠的地方，過幾天才能回來……女孩歷經千辛萬苦，終於找到了那潭泉水，她小心翼翼地裝滿了瓶子，興奮地往回趕。當她把泉水遞給男孩的時候，她一點也沒有猶豫。她看得出男孩子很

興奮，他的喜悅讓她很安慰。就在他將泉水往眼睛上擦的時候，她悄悄地離開了。

　　泉水使男孩子的眼睛恢復了光明。周圍有月光從樹枝之間射進來，他看到了這個五彩斑爛的世界，也看到了手邊潔白如雪的薰衣草，甚至還看到了許多可愛的小山精在快樂地玩耍。但是他卻沒有看到他心愛的女孩。女孩子悄悄的離開了，她不希望男孩子看到她的模樣，看到她紫色的頭髮。男孩很傷心，但是他卻找不到這個女孩。小山精們每天成雙成對地騎著樹葉和長草上的露珠搖來搖去，可是祂們誰也不能告訴他，女孩在哪裡。

　　有一天，看著手中漸漸枯萎的薰衣草，男孩決定到薰衣草盛開的地方去找尋那個女孩。他不知道那個地方在哪裡，但是風兒送來了薰衣草的香氣，這香氣就像遊絲一樣，他循著這香氣一步步往前走。在太陽落下之前，他終於來到那個開滿薰衣草的田野。他第一眼就看到了那個女孩。女孩驚叫著逃走了。男孩子追了過去，一把拉住了她。女孩哭著說：她是一個怪物，他們不能在一起，誰跟她在一起，厄運就會降臨到誰的頭上。男孩一把擁住女孩，告訴她：我不在乎！我愛妳！就在男孩說出這句話的時候，天空中頓時閃起一片光芒，好像滿天的星星都在向他們落下，流光飛舞中，女孩頭髮的顏色化成一片光霧，滲透到所有的薰衣草花瓣上，女孩的頭髮漸漸變成了金色，光耀奪目，純白的薰衣草則變成了紫色的海洋……從此以後，薰衣草就一直是紫色的了，人們都說，這花的顏色就是愛情的顏色。」

　　肖琳表情酸酸地看著我說：「好感人的故事啊！但願俗世中的愛情也能有這麼大的力量。」

　　「前幾天我還聽了這麼一個故事，說是有一位少女在採花途中偶然碰見一位受傷的俊俏男孩。兩人一見鍾情，少女便將他帶回家裡療傷。少年痊癒之日，便是分離之時，但兩人已經深深愛上對方，無法忍受別離的傷感。由於家人的反對，女孩準備私奔到情人開滿玫瑰花的故鄉。臨行前，為了考驗對方是否真心，女孩依村中老奶奶的方法，將大把的薰衣草拋向男孩，突然間紫色輕煙升起，男孩隨之不見，只留下『其實我就是妳想遠行的心』這幾個字。不久，少女也隨著輕煙消失。」

　　肖琳吐了吐舌頭，「真夠神奇的！怎麼，薰衣草還能考驗情人是不是真心？」

　　「嗯！當妳和情人分離的時候，可以在情人的書裡頭藏一小枝薰衣草，在妳們下次相聚時，看看薰衣草的顏色是否改變，聞聞薰衣草的香味是否依舊，就可以知道情人有多愛妳。」

　　「那好啊！我回國時一定得帶上一大把，在我們家老嶽的每一本書裡都放上一枝，看他是不是真像他自己說的那麼愛我。」

　　我笑了笑。第一次聽到薰衣草有這種作用時，我就有一種相見恨晚的遺憾，如果我很早以前就用它來考驗鍾郢對我的愛情，也許我就不會這麼痛苦了。我轉頭望向窗外，一大片迎風搖曳的薰衣草，在陽光下流光溢彩，交織出紫色的夢境。

　　「薰衣草還有什麼神奇功效？」

　　「有啊！關於薰衣草的民間習俗還很多，比如用它來薰新娘的禮服，據說可以帶來幸福美滿的婚姻。這大概是起源於聖母瑪麗亞，傳說有一天，聖母瑪麗亞把耶穌的衣服洗乾淨了，掛在薰衣草上，也有人說是聖母瑪麗亞直接用浸泡過薰衣草的水來洗耶穌的嬰兒服，但不管怎麼說，從此以後薰衣草就有了象徵天堂的意義。再比如放一小袋乾掉了的薰衣草在身上，可以讓你找到夢中情人。而在愛爾蘭，當地人則是會將薰衣草綁在橋上，以祈求好運到來……跟薰衣草有關的事情多得很，改天我可以帶你去參觀薰衣草博物館，也可以帶你到普羅旺斯的兩大著名薰衣草觀賞地去過過眼癮。」

　　肖琳若有所思地點頭，忽然問我：「妳說妳剛才的故事是在哪聽的？」

　　「凡度山谷。」

　　她笑著挽起我的胳膊，「改天妳就帶我去那兒吧！我想聽那個人親口再說一遍。」

　　「為什麼？」

　　「故事這麼好，當然得多聽幾遍，回去好講給別人聽。」

　　「你什麼意思？」

　　她瞪著我，忍不住笑了，「你怎麼這麼敏感？」

　　我認真地看著她，「說吧！妳又打什麼鬼主意了？」

　　她歎了口氣，「我沒有，我只是覺得，妳的這個故事裡有妳的影子。」

　　我心裡一震，看著她沒說話。

「你來普羅旺斯這麼久，並沒有真正好起來，妳的感情已經泛濫到任何一個妳能觸及的地方，包括這樣的傳說……妳心裡有很深的怨氣，這樣下去對妳沒有什麼好處。跟我回國吧！療傷不是這種療法，如果妳總是一味地逃避，妳的傷口永遠也不會好。」

我笑了笑，說：「聖·特羅佩快到了，咱們準備下車吧！」

肖琳看著我搖了搖頭，「妳就逃吧！看妳能逃到什麼地方！幹麼要在這裡下車，咱們不是要去埃克斯嗎？」

「妳沒聽見廣播裡一直在放的那首歌嗎？」

「哪首歌？我沒注意。」

「《我的家鄉在藍岸》，」我輕輕哼唱了幾句，「這是法國50年前的著名歌星艾維塔唱的，聖·特羅佩是她的故鄉，我們應該去看看。」

「艾維塔有什麼特別嗎？」

我笑了，「我老忘記你不會法語，坐在我們旁邊的那個老太太講了一路艾維塔的浪漫故事，可惜妳一句也聽不懂。」

「那我有什麼辦法，現學也來不及了，妳跟我說好了。」

「據說艾維塔當年只是聖·特羅佩一個叫瓦爾堡葡萄莊園的酒農。她酷愛唱歌，每當秋收季節，她的歌聲就會響徹整個葡萄園。1952年秋天，一串串晶瑩剔透的葡萄長滿了山坡、海邊和林間，在地中海的陽光照射下，把整個普羅旺斯染成了薰衣草的顏色。望著滿眼晶瑩的葡萄，她即興創作出了《我的家鄉在藍岸》這首讓她和聖·特羅佩一舉成名的歌曲。後來，曾經

執導經典影片《廣島之戀》的法國著名導演阿倫・雷納，邀請她為影片《海岸線》演唱《我的家鄉在藍岸》這首主題曲。影片拍完了，男主角菲力浦・路瑟卻瘋狂地愛上了艾維塔，並一路追逐到瓦爾堡。當地盛傳的一個經典版本更浪漫，據說艾維塔動人的歌聲像情絲一樣纏繞著路瑟的心，他緊追不捨，最終來到了瓦爾堡葡萄園。當時艾維塔正在摘葡萄，路瑟不顧一切地跑到艾維塔面前跪下求婚，艾維塔被路瑟的誠意所感動，就在葡萄園當眾宣佈跟路瑟訂婚。」

從聖・特羅佩小鎮乘車去瓦爾堡只要10分鐘。

等車的時候我忽然看見昨天那個黑衣女人。她穿著一條黑色牛仔褲，一件黑色無袖背心，戴著誇張的太陽眼鏡，顯得纖弱而又強悍。純黑的裝扮，在普羅旺斯這個山明水秀的地方，絕對另類。但她的神情與她的穿著是有距離的，她顯得太沈穩、太從容，也太滄桑。她並不漂亮，卻有一種無法形容的冷冷的魅力，瞬間就把妳的視線抓牢。

她也發現了我，轉過頭來對我莞爾一笑，彷彿從來不曾有過昨天的尷尬境遇。

上車以後，肖琳驚訝地對我說：「妳剛才看見聶小衛了嗎？」

我皺了皺眉，狐疑地望著她。她指了指車後窗，「看見了嗎？那個黑衣女人？」我恍惚覺得這個名字異常熟悉，我竭力在腦海中搜索所有的相關資訊。肖琳詫異地問我：「怎麼，妳不認識她嗎？」

「我好像在哪見過。」

肖琳顯然對我的記憶喪失了耐心，「妳實在無可救藥，她可是咱們這一行裡出了名的能人，她跟鍾鄴還是大學同學呢！」

我長時間地凝神沈思，模模糊糊地回憶起一個出現在鍾鄴辦公室的黑衣背影，可是這些回憶，朦朧不清，凌亂不堪，就像溪水底下的一塊石頭，閃爍不定，變幻莫測。

下了車，一個年輕法國男子已經在門口等我們。他自我介紹說他叫弗朗索瓦，是當地的一名調酒師，已經等了我們很久了。

我詫異地問他怎麼認識我們，又怎麼知道我們要來。他笑著說是一位朋友打電話告訴他的。我驚訝地追問他那位朋友的名字，他神秘地笑著說我以後就知道了，然後就帶我們去看種植在山坡上的那一大片葡萄園。

肖琳見我表情不對，就問我出了什麼事。我簡單跟她解釋了一下，皺著眉說：「怪怪的，這種感覺我一點也不喜歡。好像一直有人在盯著我似的。」

肖琳想了想，剛要說話，弗朗索瓦指著一株名為「歌海娜」的葡萄樹告訴我們，當年艾維塔就是在這兒接受路瑟的愛情，並宣佈和路瑟訂婚的。

這個浪漫的時刻是在1953年，葡萄成熟了，愛情也收穫了。聖‧特羅佩人至今認為，在普羅旺斯地區，就葡萄收成而言，迄今仍未有過比1953年更好的年份。

　　弗朗索瓦解釋說，那年夏天特別熱，平均氣溫高達40℃，地中海的暖濕氣流又異常豐沛，再加上當年普羅旺斯地區出現了罕見的「晨雨」現象（就是每天凌晨下雨，然後一整天都是陽光明媚），這種氣候最適宜葡萄的生長。當然，艾維塔的愛情更讓這一年的葡萄充滿了夢幻色彩。也正因為如此，標有1953年年份的普羅旺斯葡萄酒，跟許多名人聯繫在一起。比如著名的義大利影星蘇菲亞‧羅蘭當年收到日後的丈夫龐蒂送給她的第一份禮物，就是一瓶1953年份的普羅旺斯葡萄酒。米蘭‧昆德拉在小說《生活在別處》的發表會上，特別開啓了一瓶1953年份的普羅旺斯葡萄酒以示謝意。據說米蘭‧昆德拉還在一次接受《費加羅報》採訪時表示，他要把關於1953年普羅旺斯葡萄酒的故事寫進他的小說裡。

　　我把這一切都說給肖琳說，她說但願她也能嘗到那一年的葡萄酒的滋味，也好沾點浪漫色彩。

　　弗朗索瓦似乎聽懂了肖琳的話，微笑著說他已經準備好了，如果我們願意的話，他還可以帶我們拜會當年艾維塔的伴娘，如今瓦爾堡的主人米勒夫人。

　　我徵詢肖琳的意見，她說她又不懂法語，就不去打擾米勒夫人了，不過酒是一定要嘗的。

　　於是弗朗索瓦帶我們走進他家古老的酒窖，從一個岩洞裡取出一瓶酒來。我一看，正是1953年份的酒，而且原產地是瓦爾堡。我吃了一驚，在他開啓酒瓶之前阻止了他，他詫異地揚起眉毛。我說這酒太珍貴了，我得問清楚。他笑著問我想知道什麼。我問他那位朋友到底是什麼人，他笑著說他那位朋友再

三叮囑過，千萬不要說出他的名字，還說總有一天我會知道的。說著他已經開啓了酒瓶，一股清香直逼我心田，逐漸彌漫開來，一瞬間只覺全身毛孔無不服貼，無不舒適。

肖琳盯著桃紅色的酒液驚歎說：「這種顏色的葡萄酒還眞少見呢！」

「在別的地方是少見，在普羅旺斯可不少，這裡產的葡萄酒百分之七十都是桃紅的。」

她歎息著說，「浪漫的地方連酒的顏色都透著股魅惑力，眞希望能在這個地方老死下去……」

「薰衣草是普羅旺斯美麗的衣衫，而葡萄酒才是普羅旺斯的血液。」我用法語說。

「妳說什麼？」

我用中文重複了一遍。

她兩眼放光，開始神魂飛越起來。

弗朗索瓦倒了兩杯酒出來。

我喝了一口，一種舒適感傳遍全身，我感到神清氣爽，只覺得人生一世，榮辱得失都清淡如水，背時遭劫也無大礙，所謂人生短促，不過是一時幻覺。

肖琳才抿了一小口就驚歎起來，「怎麼這酒好像是剛剛釀好的似的，這麼新鮮，這麼甜美！」

我輕輕地又抿了一口，肖琳說得沒錯，這酒的單寧一點兒都沒有消失，濃郁的果酸味照樣甘甜新鮮，雖然已塵封了50

年，依舊充滿了質感。在酒窖的燈影裡，這粉紅的漿液晃動著浪漫的聯想。

羅曼‧羅蘭說，法國人之所以浪漫，是因為它有普羅旺斯。

確實如此。

肖琳一口氣喝光了杯裡的酒，弗朗索瓦笑著對我說他想教我們如何品酒。我猜一定是肖琳喝酒的架勢把他嚇壞了，照她這種喝法，非把他的珍藏喝光了不可。我說好啊！這可是一門藝術。

品酒首先要「看」，把酒倒入杯中約三分之一，好的酒應該是清澈透亮、富有光澤的，而不應混濁不清。不管是紅葡萄酒還是白葡萄酒、桃紅葡萄酒，最上面總有一層無色透明的部分，這便是「酒淚」，一般來說，酒淚越厚酒精濃度越高。

其次要「嗅」，將葡萄酒倒入杯中後先聞一下，然後晃動杯子，讓酒與空氣充分接觸，再放到鼻尖下深深地聞，充分感受酒中蘊含的多種氣息。據說可在葡萄酒中發現500種以上的香味，分別為水果、鮮花、植物、動物、烘烤、礦物、辛烈等多類。這是由於用不同品種的葡萄進行不同比例的混合，又經過釀造、保存，其間任何稍許的不同都會產生氣味差異。

最後才是充分體驗酒的味道，要得到葡萄酒的全面口感，必須使其經過舌頭的每個部位，而不能一下子就全吞下去。可以微微吸入一點空氣，將酒推送至舌尖去感受甜味。這一點聽起來就不容易，做起來就更難了。我的舌頭根本不聽使喚，酒

一到嘴裡就全滑進去了，跟豬八戒吃人參果基本沒區別。我沒敢說實話，只能裝模作樣，一邊聽弗朗索瓦反反覆覆地說好的葡萄酒，口感應該均衡和諧，一邊暗自發笑。

品完酒後，我們告別了弗朗索瓦。

臨行前他送給我們一束薰衣草，笑著說：「在我們這兒，薰衣草一直就是純潔、清淨、保護、感恩與和平的象徵，祝妳們好運。」

肖琳抱著花嗅了又嗅，聞了又聞。薰衣草的花很小，很不張揚，但有一種簡單而又乾淨的美麗，尤其它的香氣，像情絲一樣牽動你，讓你不得不注意它，然後永遠無法忘記它。

我很想再一次問弗朗索瓦他的朋友到底是誰，但我知道他一定不會說的。會是誰呢？會是鍾郢嗎？想到這個名字，我的心驟然激動起來……也許真的是他？也許不是他？

我茫然若失，呆呆看著薰衣草。

紫色，愛情的顏色。

等待愛情。

弗朗索瓦送這花給我，是要我耐心等待愛情，還是說有人在等待我的愛情？

愛是整個生命的泛濫

我不能原諒他在我被生命逼進流言的黑洞，全身心被掏空的
時候對我不聞不問。一種難言的痛苦像生了鏽的刀片，緩緩
拖過我的心口。

愛是整個生命的泛濫

　　離開瓦爾堡沒多久，肖琳就開始叫累。這也難怪，她是那種從來不肯走路，哪怕只有一兩里路，也要揮手叫車的懶女孩。我沒理她。

　　帕萊特Saivte修道院是我們的下一站。

　　它是迄今還在生產的、全法國歷史最悠久的一座修道院酒莊。所謂修道院酒莊，就是由當年的修道士創建的酒莊。在普羅旺斯，有修道院的地方就有葡萄園，而有葡萄園的地方，一定能找到修道院或修道院的遺址。這一獨特的人文現象的形成，要歸功於一位名叫伯奴瓦的傳教士。

　　伯奴瓦是查理曼大帝手下的一名士兵。他出身於貴族，又是虔誠的教徒，加上驍勇善戰，深得查理曼大帝的賞識。當大軍打到法國南部疆域時，查理曼就將普羅旺斯的一大片土地封給了伯奴瓦。解甲歸田後，伯奴瓦始終不忘自己是上帝的僕人，就在這片土地上建起了自己的修道院。

　　那時葡萄種植技術已由希臘人傳到了法國。當時修道院經常會有一些顯貴的客人過往，如果他們對修道院提供的葡萄酒滿意的話，就會授予該修道院某種諸如免稅之類的特權。有鑑於此，教會開始對釀製葡萄酒產生了濃厚的興趣。

　　當伯奴瓦在普羅旺斯創建修道院的消息傳出之後，許多散佈在全國各地的普羅旺斯籍修道士們，都紛紛帶著他們學到的葡萄種植技術回到了普羅旺斯。他們不僅在伯奴瓦的修道院旁

上種滿了葡萄樹，還興建了修道院。短短的幾年時間，修道士們就建起了15座帶有葡萄園的修道院。法國最早的修道院葡萄酒莊，就在普羅旺斯形成了。

這種狀況一直持續到英法百年戰爭爆發。戰爭破壞了宗教與酒的天國理想。為了保存教會的實力，化整為零，同時也妥善安置修道士的生活，使他們不至於因戰爭而顛沛流離，修道院負責人就將所有的葡萄園分給了修道士們。後來的事實證明，這兩個目的都達到了。

靠著教會的「施捨」，修道士們在戰爭中堅強地生存了下來，並且將這種宗教與酒的教會精神發揚光大，陸續興建了許多修道院和葡萄園。在百年戰爭後期，在普羅旺斯的修道院酒莊的引領下，法國全國各地成千上萬個修道院都變成了葡萄酒莊。

從聖・特羅佩到帕萊特還有兩個小時的車程，我拽著肖琳往火車站方向走，她對我安排的行程很不滿意，我解釋說到普羅旺斯哪有不去葡萄酒莊參觀的。她板著臉說她只對葡萄酒感興趣，對葡萄酒莊不感興趣。在我倆僵持對峙的時候，我又一次看到了鍾鄴。

他從一輛車裡下來，問我們去哪裡。肖琳大約已經想像到坐在車上悠哉游哉的美妙圖景，亢奮得兩眼放光，毫不猶豫地告訴了他。鍾鄴說正好順路，可以載我們一程，說這話的時候他一直看著我。肖琳偷偷瞅我，如果我不同意，她一定會殺了我，我只能點頭。

　　開車的是一個法國小夥子，長長的一頭金髮，長長的一個大鼻子，看上去像個搖滾歌手。鍾鄴介紹說那是他的朋友于貝爾，對帕特萊很熟悉。

　　幸虧于貝爾很愛說話，否則一路上我們得沈悶死。重新面對曾經愛過的人不是一件容易的事情，尤其當著旁人的面。

　　鍾鄴坐在副駕駛座上，我只能看見他的側臉，他瘦多了，臉色也不好，不知道是因為工作太忙還是別的因素。剎那之間我有種為之心碎的感覺。但我隨即把頭轉開了，我不能原諒他在我被生命逼進流言的黑洞，全身心被掏空的時候對我不聞不問。一種難言的痛苦像生了鏽的刀片，緩緩拖過我的心口。

　　肖琳似乎知道我在想什麼，悄悄握住我的手，我看著她勉強笑了笑。

　　沿途經過許多修道院，于貝爾告訴我們，這些修道院在歷史上都是Saivte修道院的分支。車子只能開到高地的山下，於是我們便沿著山間小路，慢慢地向Saivte修道院走去。

　　Saivte修道院迄今已有一千多年的歷史了，它聳立在一片綠茵茵的草地上，周圍環繞著修剪得整整齊齊的葡萄園。風中夾雜著濃郁芬芳的花香，城市的喧囂已經遙遠。晚霞映在修道院木門的銅質拉環上，一切塵世中的浮躁和騷動都已遠去，只留下一種莊嚴和純淨在我們胸中滌蕩。

　　莊園主拉爾松先生對我們的到來表示了熱烈歡迎，還特意挑選了三種酒來讓我們品嘗。他說，修道院的酒之所以與眾不同，就在於它是上帝釀造的。

我們首先品嘗的是一款用白玉霓釀製而成的白葡萄酒。由於白玉霓葡萄果粒大而圓，而且果汁豐富，它釀出來的酒，酒體複雜，回味無窮。

第二款酒是紅葡萄酒，它源自於一種名叫克萊雷特的葡萄。克萊雷特是極古老的一個葡萄品種，早在羅馬帝國時期就已經有了，據說它是最早被引進法國的葡萄品種之一。而如今也只有普羅旺斯的帕萊特地區還在種植這個品種。克萊雷特紅葡萄酒單寧強烈，比較苦澀。拉爾松說，這款酒相當稀罕，也只有在他這兒，才能品嘗到這個古老的品種。

最後一款是堤布宏釀製的桃紅葡萄酒。這款酒的顏色比一般的桃紅酒要深一些，近似於新鮮的紅玫瑰色。酒體清爽透明，果酸味較濃，喝到嘴裡有柿子和蘋果的香味。

肖琳興奮地說她最喜歡這種口味。拉爾松介紹說這款堤布宏桃紅葡萄酒是Saivte修道院的招牌，當年正是這款酒讓Saivte修道院聲名顯赫。我詫異地追問原委，拉爾松便給我們講述了一段久遠的歷史。

三百年前，Saivte修道院的院長是一位名叫Roseline的「聖女」。她出身顯貴，卻結交了一大批窮人朋友。為了幫助這些窮人，她每天都將家裡的食物拿出去送給他們吃。而當時正值法國討伐異教徒時期，卡佩王朝頒佈法令，不許貴族與平民百姓來往。但Roseline天生具有反叛性格，對卡佩王朝的這一法令不屑一顧，不但將食物拿出來與窮人共用，還把家中的藏酒也奉獻了出來，到了多天，她還送禦寒的衣服給那些無家可歸

的人。

天下沒有永遠的秘密，尤其在那樣一個人人自危的年代。終於有一天，Roseline「大逆不道」的行為被國王的密探發現了，她被發配到Saivte修道院當院長。

然而國王的處罰並沒有嚇住Roseline，反而更加激發了她廣播善果、幫助窮人的心願。在她長達二十九年的院長生涯中，她收留並幫助了數千名窮人，這些人後來都成為普羅旺斯其他修道院的院長和修女。而那些繼續留在Saivte修道院的人，在Roseline的帶領下，不但傳經佈道，弘揚基督精神，還大力種植葡萄開發良田。Roseline去世後，Saivte修道院的修女們感念她的恩德，將她的遺體擺進水晶罩並安放在修道院的聖經臺上，以供人們永遠瞻仰。修女們還專門用一種叫堤布宏的葡萄釀製了一款玫瑰紅的葡萄酒，以便讓後人永遠記住這位偉大的女性。後來雖然朝代更迭，歷經多次戰爭，但堤布宏玫瑰紅葡萄酒演繹的故事卻讓Saivte修道院的聲名日益顯赫起來。

拉爾松一邊說，一邊帶我們來到聖經臺前。

Roseline的雕像已歷經數百年的滄桑，卻依然栩栩如生，令人震撼。她神態明澈而寧靜，目光深邃而堅毅，眼裡充滿了對君主體制的抗爭和對平等關愛的嚮往。這種精神的感應和傳遞，沒有因為時光的流逝而消失，更沒有因為生命的停止而終結。

由於天色已晚，拉爾松盛情邀請我們住一宿。

吃過晚飯以後，肖琳喝多了，早早睡著了。

　　我毫無睡意，再次來到聖經臺前。夜已深了，長明燈閃爍著搖搖晃晃的光，淡彩色的窗玻璃周圍顫動著一線銀色的月光。在這種死一樣的寂靜中，一切都是神聖的、靜謐的，空間裡充溢著沈默的莊嚴和肅穆。一束柔和的、明亮的，猶如蒙著銀色霧氣的光從Roseline的雕像上面投射下來，她俯視著我，讓我感到一種穿越時光的力量與勇氣。

　　過了很久，我聽到一個聲音說：「這麼晚了，妳怎麼還沒睡？」我震了一下，轉頭看見鍾鄴。我愣了半天，腦子裡一片空白。我不知道是恨他好，還是不理會他好。我站了一會兒，徑直走開了。他拉住我，輕聲要求我陪他待一會兒。我怔怔地看著他，他的臉像隱藏在一層層雲霧後面似的，現出憐惜的神情。我腦子裡一片混沌，半天才說了一句：「夜深了，我想睡了。」

　　他沒有放開我，「我如果不來，妳也不會想睡的，現在妳回去不可能睡得著的。」

　　「妳怎麼知道我會睡不著呢？」

　　「我瞭解你。」

　　這話讓我心口一陣灼痛，我唇邊泛起一絲淡淡的苦笑，「是嗎？那我可真榮幸。」

　　「對不起，辛霽，我知道是我不好，我不該那樣對你……可是妳知道，我一直都很忙，很多時候我沒有辦法……」

　　他說話的時候，我不知不覺地抬起頭，呆呆地望著他。我不知道他在我眼裡看出了什麼，他突然不說話了，驚訝地望著

我。我沒有意識到他在研究我的眼神，眼前彷彿升起了一片煙霧，他的臉在搖曳的燈光下顯得那麼陌生，讓我無法確定這是不是我常常思念的那張臉孔。他輕輕問我：「妳怎麼了？」我沒有回答，依舊看著他發呆。他又重複了一遍同樣的問題。我感到我的眼睛一陣潮濕，眼淚快要湧出來了，我小心地將頭轉到一邊，使他看不見我泛出淚光的眼眶。他歎了口氣，低聲說：「妳是不是還在恨我？」

我的眼淚已經到了眼皮底下，逼不回去了，正慢慢地順著臉頰滾落下來。我慢慢說：「你曾經是我的上司，我哪敢恨你？」他苦笑著說他哪有那麼霸道。我很想說什麼，又生怕自己的聲音由於流淚而走樣。他也沈默著，我知道他在觀察自己，但我已毫無防衛能力，只能低著頭，由著他去觀察，去懷疑，去揣測。我的眼淚滴到手背上，在這一片令人惶恐的沈寂中，這一滴眼淚的墜落彷彿發出了一聲巨響，眼淚在手背粉碎了，四下飛濺。我出了會兒神，說：「鍾總，夜深了，我回房去了。」

他仍然沒有放手，輕輕說：「別走，辛霽……別走，辛霽……」見我沒有反應，他歎了口氣，把我攬進懷裡，我靠在他肩上頭，眼眶一陣灼熱，眼淚又湧了出來。我輕輕推開他，他看見我臉上的淚水，吃了一驚，捧著我的臉，柔聲說：「原諒我好嗎？辛霽，原諒我……」他愣愣地盯著我的眼睛，表情緊張而又茫然。我緩緩推開他的手，扭頭看著別處。他一時有點不知所措，緊緊抓著我的胳膊，我沒有反抗，靜靜地坐著。他猶豫著攬住我的肩，讓我的頭靠近他的臉，見我仍然沒有反

應，他便低下頭來吻我發乾的嘴唇。我把臉扭開了，他一怔，望著我說：「妳不再愛我了嗎？」

我緩慢而堅決地搖了搖頭，掙開他的手，快步走開了。

我不知道他是怎麼了。和他相識至今，我彷彿從來不曾瞭解過他似的，我無法解釋他的這種轉變。但我不想再一次陷落在這段無望的愛情裡，這樣的愛情不會讓我幸福的。

第二天一大早我就和肖琳離開了，我不想再見他。我知道我對他的感情仍然沒有消失，我不敢冒險。

我對鍾鄲的餘情未了讓肖琳懷疑我此行的意義，她錯了。

普羅斯旺就是一首愛的詩歌，任何人都不可能生活在此而不動容。和世界上那些風景秀麗、聲名顯赫、繁華喧囂的地方相比，普羅旺斯似乎更多了一種與生俱來的和諧韻味，一種獨具個性的自然風情。也許我的確還沒有療好傷，但離開這個地方，我只會更加沈淪。普羅旺斯是一個讓人遠離塵囂、心境平和的地方，這裡靚麗的陽光驅散了我心頭的陰霾，蔚藍的天空讓我不再覺得壓抑和憋屈，這裡的山山水水、花花草草都對我有一種神奇的鎮定作用，我在這裡真正獲得了安寧與從容，儘管我仍然會痛苦。

待上三天以後，肖琳對此也深有感觸。

連日來，我們不停地穿梭在普羅旺斯的大城小鎮之間，充滿熱情的都市馬塞、尼斯，溫文爾雅的大學城艾克斯、阿維尼翁，還有那些逃過世紀變遷的中世紀小村落。荒蕪的峽谷、整齊的田野、原始的山脈……世界上很難找到什麼地方能像普羅

旺斯一樣，將過去與現在如此完美的融合。穿越在普羅旺斯的古城和小山村裡，我們總是驚異地發現，數百年前的城牆和建築至今還完好地站在那裡，沈靜地闡述著歷史。任何人到了這裡都要學會放下城市裡慣有的匆忙步伐，而去慢慢地品味陽光下搖曳的樹葉，石牆上見人不驚的小鳥和空氣中彌漫的薰衣草香。

　　肖琳離開的前一天黃昏，我陪著她漫步在米拉波林陰道上。她顯得很留戀，也很傷感。任何來過普羅旺斯的人都會這樣的。

　　我問她還想勸我回去嗎？她歎息著說：「傻瓜才勸妳呢，我都恨不得在這裡一直待下去。」過了幾分鐘，她忽然問我：「如果有人能給妳世上的一切，包括最美的衣服、最昂貴的珠寶、最舒適的房子、最周到的服侍，只是妳永遠得不到真心愛妳的人，妳願意嗎？」

我怔了一下，扭頭望著她，「我不願意。」

她似笑非笑地說：「為什麼？」

「也許對於處在極度窮困境地的人來說，這個許諾有很大的誘惑力。」

她截口說：「妳錯了，即使並不處在極度窮困境地，這個許諾都有很大的誘惑力，我相信世界上有很多女人願意接受這個條件。」

「可是我不願意。」

她笑了笑，「也許我問的不是時候。」

一個小小的咖啡屋傳出一陣歌聲，聽到這個聲音，我心裡震顫了一下。

我聽過這首歌，但從未像今天這樣受感動。

這首歌是Encore une fois，翻譯成中文就是「承載生命」的意思。

我停下腳步，側耳傾聽。

肖琳問我這首歌到底是什麼意思。

我喃喃地低吟：「我從來沒有見過這樣容易破碎的愛情，我一直都只會全部的去給予，在我自己這一邊獨自的去給予或者你對此不知道，但我一直在我自己心裡面保存著你的部分，我們並不能就這樣忘記，因為那是我們的愛情故事，我希望這個愛情故事重新繼續……」

她看著我不說話，我想她心裡一定有種恨鐵不成鋼的無

奈。

　　我情不自禁地走進那個咖啡屋，一個侍者迎上來，微笑著說：「小姐，喝點什麼？」這聲音聽起來如此熟悉，我抬頭一看，不覺愕然：「弗朗索瓦！」

　　弗朗索瓦以一種少有的優雅迎賓姿態，笑著說：「妳的記性可真好！」

　　我吃驚地瞪著他，半天才想起問他怎麼會在這裡，弗朗索瓦笑著解釋他一直就是這裡的侍者兼調酒師。我再次追問他那位朋友的消息，他說只要我在這裡等一會兒，她就會出現的。我沒有聽錯，他這一次說的是「她」，而不是「他」。

　　我等了很久，肖琳昏昏欲睡，她對那個神秘人物沒有太大興趣。

　　弗朗索瓦似乎也很意外，他說每天這個時候她都會來的，今天可能有別的事耽擱了。

　　我最終放棄了努力，離開時在門口和一個人撞了個滿懷。

　　肖琳失聲喊道：「聶總！」

　　我吃了一驚，抬頭看見聶小衛一身黑色短裙，正衝著我微笑。我腦子裡閃過無數個念頭，驚訝地說：「難道是妳？妳就是弗朗索瓦的那個朋友？」

二十五歲時的悲痛

莊子在兩千年前就說過，「天地與我並生，萬物與我為一」，可惜我沒有他的穎悟，也沒有他的灑脫，所以會糾纏在塵俗之中無法自救。

二十五歲時的悲痛

　　說起最初的那些事情，聶小衛總要再三聲明她毫無故作玄虛之意。

　　友情竟然也能來得這麼快，這委實出乎我的意料。想起一開始對她的逃避，我只覺恍如隔世。

　　幾天後，還是在弗朗索瓦的咖啡屋裡，她問我，當初為什麼見到她會倉皇逃跑。

　　「妳不覺得當初妳的架勢很嚇人嗎？這是一個陌生地方，而妳又一身黑衣，感覺就像另一個世界的來客似的，偏偏妳又對我說妳認得我，妳不知道妳當初那種口氣真的讓我覺得心悸。」

　　她笑著說她絕對沒有嚇唬我的意思，她只是因為在陌生地方突然看見一個相識的人而驚喜萬分，沒想到我反應如此激烈，使得她無法下臺。

　　聶小衛是鍾鄴的大學同學，她第一次見到我卻不是在他們的聚會上，而是在鍾鄴的辦公室。她只見過我兩次面，卻對我很有好感。

　　我很想跟她談談鍾鄴，雖然我們已經分手。

　　我是鍾鄴的私人秘書，就我所知的認識鍾鄴的人，不是他的下屬就是他的合作夥伴，我無法從他們那裡得到關於鍾鄴更多個人化的資訊。其實直到現在，鍾鄴對我來說仍然是陌生的。我愛他不知道為什麼，我拒絕他也不知道為什麼。我對他

的私生活其實一無所知，雖然我是他的秘書，知道他要面對很多人，包括女人的小伎倆。可是我仍然不瞭解他。我想全面地瞭解他，也許這在別人看來很可笑，也很不可理喻。可是我就是要這麼做。我想知道我究竟愛上了一個什麼樣的人，我希望這種瞭解有助於我更好地去處理分手後的感情問題。

聶小衛說她第一次見到我就知道我在想什麼。我對她的這種說法總是一笑置之，但她接下來的話著實讓我吃了一驚。

她看著我似笑非笑地說：「妳是不是想跟我談談鍾鄴？」

我怔了一下，意外地望著她。

「他就是個商人，不比別人更好，也不比別人更壞，但是心腸夠硬，手段夠狠，別人很難打動他。而且他很善於犧牲別人，尤其是對他不利的時候。我不認爲他是那種可以爲了愛情犧牲一切，尤其是犧牲個人前途的人。」

這樣的評價讓我像吃了一隻蒼蠅似的，全身不舒服。

她喝了口咖啡，淡淡地說：「我知道妳不喜歡我這樣評價鍾鄴，但他就是這樣的人。我一點都不否認，我非常佩服他，因爲他的心夠狠，確實具備一個做大事的人應該具備的所有素質……你應該知道，每一個想成就一番事業的人，幾乎都要有所犧牲，有時候犧牲的是自己，有時候是別人。鍾鄴是個特別善於犧牲他人的人，只要有利於他自己。所以呢，和他在一起，很難不受傷害，因爲既然妳不能影響他，不能左右他，就只有被他左右，被他牽著鼻子走……」

我瞪著她不說話。

　　她平靜地迎接我的目光，慢慢地說：「是不是現在這麼說他，妳仍然覺得無法接受？但我仍然還得這麼說，這有助於妳儘快擺脫出來。不管怎麼說，我都比妳大好幾歲，而且我們都是女人……很多人不明白妳為什麼會愛上鍾鄴，但我卻不奇怪，我可以理解妳對他的感情。但是話說回來，他太不適合妳了，妳和他在一起，只會痛苦，不會幸福，而且這種痛苦並不是因為愛，而是因為失望和絕望……你知道嗎，其實第一次在辦公室看見妳，我就看出妳對他的感情，而且也旁敲側擊地提醒過他，他總是裝傻，但我心裡明白，他比誰都清楚妳對他的感情，可是他就是不肯說破……為什麼呢？妳知道為什麼嗎？」

　　「為什麼？」

　　「因為妳的愛對他沒有任何壞處，但也無法給他帶來實質性的好處。鍾鄴是個很物質的人，動物性非常強。所以他大可心安理得地享受妳對他的體貼、周到、關懷和忠誠，但又無須付出代價。他是個過於世俗的人，也太精明，對他來說，愛情就像飯後的甜點，並不總是需要，更多的時候，他會覺得太膩。」

　　我半天沒有回過神來，這實在太出乎我的意料。我不得不承認她說的有道理，但是我仍然無法接受。我覺得我非常愚蠢，我不應該到現在還去追問，有些事情瞭解的越多就越傷人。我咬著下唇，半天擠出一句話來：「那妳告訴我，為什麼他後來又捅破了這層窗紙？」

　　聶小衛目不轉睛地望著我，我覺得她的目光滿含著同情和

憂慮，「那是他去美國的幾個月前發生的，對嗎？」

「對啊！怎麼了？」

她歎了口氣，「那妳還不明白嗎？他幾乎是一個商業化的人，精確得像儀器，我相信他是絕不會在辦公室談戀愛的，如果那也是戀愛的話。但他知道他馬上要出國，而且回來以後將在另一個公司就職，在臨走前談一段戀愛不會有太大影響。他大概覺得你很特別，即便將來散了，以妳的為人，也絕不會死纏爛打。他知道他把握得住妳，不會讓妳牽著鼻子走，所以他會選擇妳。本來妳們的感情也許可以再維持一段時間，但突如其來的流言讓他失去了興趣，而且他一定感到了妳對他的依賴和要求，他開始覺得不堪重負，也覺得煩，所以乾脆不再出現，讓妳自動死心……而且，我記得去年程維虹過生日的時候，他沒有帶妳去，對嗎？」

她的話勾起了我的回憶。

是有這麼一回事。

那天中午，程維虹打來電話，說他過生日，請了好多朋友，就怕鍾鄴事多給忘了，特地打電話來提醒他。我說鍾鄴出去談生意了，下午才回來。程維虹說：「那好吧！妳提醒他，我們晚上見。」下午四點半的時候，鍾鄴回來拿東西。程維虹說他讓所有朋友都帶上女友，但鍾鄴並沒跟我提這件事。他對我說他晚上有應酬，不能陪我。

看他急忙的樣子，我真願意相信他有別的要緊事。但我知道他是去赴程維虹的約。在他的圈子裡，許樂曼是他公認的準

女友，我的介入會讓他覺得麻煩，也會讓他的朋友們不自在，更何況我遠沒有許樂曼出色。再說許樂曼當晚也會出席，他們很容易把我們做現場比對。鍾鄴那麼驕傲的一個人，怎麼可能忍受得了？我從來沒在他面前提過這件事，不過他後來還是知道了我知道那天晚上的事。但他從不解釋，也許他想糊弄過去，或者根本不屑於糊弄，權當默認。但是我們彼此都很清楚，這件事使我們的關係停止了發展——本來也許我們可以更親密，或者更真誠，但是發生了這件事，我們就只能保持現狀，甚至退回到原先的狀態了……其實那個時候退出完全來得及的，可是我已經完全陷進去了，我明知他不在乎我，還是一廂情願地對他好，而且甘願成為他的一種不時之需……明知道是沼澤還一個勁地往前走，我不知道自己到底是怎麼了，就連現在我也不明白。

我喃喃地說：「難道他只是這樣的人嗎？他是個壞人嗎？」

聶小衛笑了，「妹妹啊！人難道只有好壞之分嗎？」

「可是為什麼我得到的所有資訊都是負面的？」

「這只是說明大家都很愛護妳，不希望妳受傷害。」

「大家？」我忽然歇斯底里起來，「大家是誰？是公司的那些同事嗎？謠言四起的時候戳著我的脊梁骨指指點點的可都是他們！」

她拍了拍我的手，「別動氣，事情已經過去了，妳別老拿以前的事情來懲罰自己。」

「事情沒有過去，只要我一閉上眼睛，那些事情就歷歷在

目。」

「既然妳不能忘記，妳爲什麼要來這裡呢？」

「沒有任何事情能夠忘記，對我來說，沒有任何事情可以忘記。」

她歎了口氣，輕輕說：「遺忘是一種幸福，妳不要太執著。」

「妳呢？妳能忘掉所有那些讓妳傷心的事情嗎？」

她沈默了很久，慢慢地說：「不能。但這並不說明我得永遠活在記憶裡……很多記憶確實會死灰復燃，但妳得學會去承受……只有學會承受，妳才能眞正長大。」

「那我寧可永遠不長大。」

她笑了，「那不可能。妳又不是《鐵皮鼓》裡的小奧斯卡。」

我沈默著望向窗外，才發現不知何時，窗外的天像一口井那樣深不可測，暖暖的雲腳，灰濛濛如往事的陰影。莊子在兩千年前就說過：「天地與我並生，萬物與我爲一。」可惜我沒有他的領悟，也沒有他的灑脫，所以會糾纏在塵俗之中無法自拔。但當我想到莊子仰望蒼穹之後，又不得不去販賣他的草鞋時，我心裡就會坦然一些。

晶小衛開玩笑地拍了拍我的頭，「好啦！別想這麼多了，走吧！咱們去海邊曬太陽去！」

現在正是蔚藍海岸的黃金時節，海風清新地吹拂著，每個人都容光煥發，健康的臉上掛滿海裡帶出來的水珠。

●多敦涅河

　　溫暖的海水包裹著我，我掠了掠頭髮，遠遠看見聶小衛躺在沙灘上，戴著太陽眼鏡，仰望蒼穹或觀看人們在水裡嬉戲。她總是像一個冷靜的旁觀者，儘量避免闖入別人的視野。

　　海灘上形形色色的人去了又來，來了又去。在人群之中，永遠有兩種人，一種是張揚的，他們極大地吸引人們的注意，希望自己無時不刻不成為別人關注的焦點，另一種則是收縮的，就像常年生長在牆角的背陰植物，陰柔、攀附、低下，帶著一點膽怯，搖擺在光與影的邊緣。其實哪一種人都一樣，在與大海的對比中，誰能不感覺到自己的渺小和生命的短暫？任何偉大的意志和勃發不息的雄心恐怕都經不起這樣殘酷的對照。

　　我上了岸，一個穿黃色太陽裙的女孩在我眼前閃過，她很美麗，帶著典型的明星傲氣，一副孤高自許、目無下塵的樣子。看到這個女孩，我忽然想起阿加莎・克里斯蒂的小說，在她的小說裡，海灘上經常會出現這種引人注目的漂亮女人，但最終她們都會成為悲劇的主角。「說不定這裡也會發生謀殺案呢！」腦子裡閃過這樣一個念頭，我立即打了個哆嗦，揮了揮手，就像趕走一隻討厭的蒼蠅一樣，想把這個不愉快的想法驅逐掉。

　　我赤著腳走到聶小衛身邊。

　　「這麼好的天氣，妳怎麼不到海裡玩玩？」我說。

　　她全身顫抖起來，猛然回過頭來。我看得見她眼裡驚訝的光彩，看得見她嘴邊欣喜的笑容，但當她完全轉過臉對著我的時候，一切都看不見了。她呆呆地望著我，神情悲哀而又絕望。我驚訝地詢問，她嘴角掠過一絲苦澀的笑意，輕輕說：「沒想到妳也會這麼說。」

　　我不明就裡。

　　「那個人也是這麼說的，在他第一次見到我的時候。」她低聲說。

　　「這麼好的天氣，妳怎麼不到海裡玩玩？」

　　聶小衛最初到達蔚藍海岸時也是一年裡最好的光景。那時她才二十五歲。在穿著豔麗、五光十色的遊客中間，一身黑衣的她格外引人注目。許久以來，她總是躺在沙灘上，戴上太陽眼鏡，觀察各式各樣的人。直到有一天，有一個男人走過來這

麼問她。

忽然聽到一個男人純正的中文，聶小衛嚇了一跳，轉頭看見一個高大的男人，左手拿著一個精巧的打火機，右手撚著一根細長的香菸。她盯著對方的臉——戴墨鏡的最大好處就是想看誰就看誰，一點也不用忌諱，所以她的眼光明顯有些放肆。但那個男人也毫不退縮地看著她，眼光執著而集中。她笑了笑說：「看來你不是個同性戀者。」

那個男人正要把菸點著，聽到這話，顯然愣了一下。

聶小衛笑出聲，「同性戀男人看女人眼光散漫，你眼光這麼集中，顯然是個典型的異性戀者，而且恐怕經常看女人。」

那個男人哈哈大笑，「妳看我的眼光也是相當張狂的，雖然妳戴著太陽鏡。」

聶小衛悠悠地說：「那是肯定的。你沒聽說嗎？飲食男，女人之大欲存焉。」

那個男人顯然吃了一驚，詫異地打量她。

聶小衛泰然自若地說：「你別這麼吃驚，這句話不是我首創的，我還真沒這麼聰明。」

那個男人緩緩吐了口煙圈，「妳是來療養的？」

聶小衛目光重新落到書本上，「是，你最好離我遠點，我得的是痲瘋病，會傳染的。」

那個男人又一次哈哈大笑，「我還真希望被妳傳染！怎麼樣，小姑娘，坐不坐快艇？」

「我想坐的時候自己會去租。」

「但妳未必能坐到最刺激的。怎麼樣，有沒有興趣，我自己開？」

聶小衛又看了看他，想了想，一下子坐起來，「你自己開？」

「沒錯。」

「有沒有執照？」

「放心好了，不會把妳翻到海裡去！」

聶小衛放下書，站起身來，「那好，走吧！」

那個男人租了一條快艇，看著沙灘上的聶小衛說：「上來呀！」

「你的意思是我自己跳上去？」

「妳的意思是我把妳背上來？」

「算了，我自己蹚過去。」聶小衛搖搖晃晃地走進水裡，那個男人伸手把她拉上去：「坐穩了。」說完就發動引擎，快艇衝出淺海，迎著波濤疾馳而去。波濤翻滾，快艇起伏不定，聶小衛雙手緊緊抓住船舷，又興奮又緊張，不停地大笑大叫。

那個男人迎風站立，快艇雖然顛簸，他卻巍然不動。聶小衛頭髮亂飛，大聲說：「不夠刺激，能不能再來點更激烈的？」他回頭看了她一眼，笑著說：「行，沒問題。」把速度開到最快，快艇貼著海面飛射，動盪不安，聶小衛幾度覺得自己就要被甩出去，緊張得大叫。也不知道駛出多遠，船速卻慢下來，

最後幾乎不動了，在海上飄盪。那個男人坐下來，又點了根菸。

　　聶小衛整理了一下頭髮，「怎麼，沒油了？」

　　「不，休息一下。」吐了個煙圈，他轉過頭來看她，「妳叫什麼名字？」

　　「聶小衛，聶耳的聶，大小的小，紅衛兵的衛，特土的一個名字。」

　　他笑了笑，「名字只是個語碼而已，這個名字還不算太土，比起這個花那個麗的好多了。我姓夏，夏天的夏，夏子平。子曰詩雲的子，天下太平的平。」

　　聶小衛笑著說：「真有意思，咱倆的名字挺像的，名字的筆劃加起來還沒有姓多。」

　　夏子平點點頭，「經妳這麼一說，還真有這麼回事。妳不害怕嗎？」

　　「怕什麼？」

　　「這裡離岸邊很遠了，妳不怕我把妳扔到海裡去？」

　　「我和你又沒有深仇大恨，你沒必要那麼做。不過說實在的，我是有點怕，但你這麼一問，我反而不怕了。」

　　夏子平目不轉睛地看了她半天，微微一笑，「妳多大了？」

　　「你看不出來嗎？」

　　「看得出來我就不問了。」

　　「你猜猜。」

「二十？二十二？還是十八？」

聶小衛哈哈大笑：「謝謝你的恭維，這樣的恭維我真喜歡！告訴你吧！我已經三十歲了。」

夏子平似笑非笑地說：「三十歲的女人不會有這麼好的心態，能這麼自在地拿年齡開玩笑。妳頂多二十五歲。」

聶小衛四處看了看，「我能不能申請返航？」

「怎麼？妳害怕了？」

「不是，太陽很厲害，曬得我腦袋發暈。」

「那好，咱們回去。」

船開回岸邊，夏子平先跳上岸，伸出手去，「來，我幫妳下來。」

「謝謝。」聶小衛握住他的手，他毫不費力地把她拉了下來。她粲然一笑，「你很有勁嘛！」

夏子平笑著說：「對我來說，這可不算什麼好的恭維。」

「我本來就沒想恭維你。好啦，謝謝你帶我兜了這麼大的風，現在我該回去吃藥了，再見！」

在陌生的異國遇到一個有情調的中國男人，顯然是一件愜意的事情，聶小衛並不輕浮，但她仍然覺得非常愉快。傍晚她去用餐時，看見夏子平站在服務臺前和兩個法國人交談。他對她點點頭，神情輕鬆而又愉快。她笑了笑，自顧往前走，感覺他的目光一直追隨著自己。她內心湧起一種複雜的情緒——她第一次對自己的形象失去信心。不知道為什麼，她有種裸露的

感覺，不單是身體上的，更是情感上的。後者更讓她覺得不安。他的目光是撩人的，這種目光不適合在公眾場合出現，只適用於花前月下兩人世界。因為這眼神就像在擁抱她似的，讓她感覺到情欲的力量而無法自控。她在自己熟悉的位子上坐下，點了幾個菜，隨手翻看剛買的雜誌。

夏子平一直在那裡站著，偶爾抬頭，總能遇見他的目光，每次她都笑一笑，到了後來，她實在有點煩，就做鬼臉，巴不得他趕緊走開。他笑著移開目光。她用最快的速度吃完飯，一抬頭，發現他不知什麼時候已經走了。她有點失望，坐著發了半天呆，無精打采地結了帳。

第二天天氣彷彿更好。聶小衛走到窗前，遠遠望著沙灘上的人群，心不在焉地撫弄窗簾。忽然間，她一直機械動作著的手指漸漸停下來，眼裡閃過一道亮光。一種莫名的驚喜和衝動迅速向她襲來。在她意識到這股力量的強大之前，她的全副身心就已經被強烈的渴望俘獲了。她看見夏子平從不遠處走過，她突然想衝到他面前去，讓他看見她。

當她衝向樓梯時，夏子平正要上樓。她心跳加速，不由自主地放慢腳步，摒住呼吸。她竭力控制自己的臉部表情，但她下意識地捏緊書本的緊張的手指，不自覺地遲緩下來的步伐，以及透過身體的微微顫抖表現出來的內心的震動，已完全流露她情感的秘密。

夏子平對她點頭一笑：「早安，聶小姐。」

聶小衛笑著點點頭，正要說話，眼角瞥見一個人，她感覺

到自己的表情霎時冷卻。她看到夏子平臂彎裡挽著一個打扮入時的漂亮女郎。大約有幾秒鐘，聶小衛腦子裡一片空白。她的心突然顫了一下，把她的靈魂也撕裂了，此前她並不覺得自己對夏子平有什麼渴望或期待，但這時她感覺到自己對他有一種異樣的情感。她突然感到有種肉體上的疼痛，心裡那根感情之弦繃得緊緊的，對他和那個女郎這種明顯的肉體上的親膩感到敵視。但她很快就調整了自己的表情，微微一笑，側過身子給他們讓路。

　　走下樓梯，隱約聽見那個女郎問夏子平：「你怎麼認識她的？」她沒聽到夏子平的回答，但她知道自己有點自作多情了。一種從來沒有過的失落感像黑夜以外的另一個黑夜，緊緊蹙在心頭，使她覺得壓抑和鬱悶。

　　黃昏時分，海上燃燒著動盪的火焰，每一朵浪花都像一朵明豔的烈焰。聶小衛靜靜站在海邊，潮水湧動，撩撥她的腳面。晚風吹動她的長髮，她的臉顯得有些蒼白。她的眼睛映著霞光，霞光漸漸隱沒，她眸子裡的光芒也一點點黯淡下去，最後完全消失。海上的波光，一點一點搖曳到她心裡去，勾起她朦朧的愁緒。

　　繁星點點，發出柔和的淡淡亮光，小心翼翼地將她包圍，恰如某種悵惘的思緒，越來越緊地將她纏繞。

　　我走到她身後，她慢慢轉過身來，眼中曾經閃過的光彩就像閃電的餘光投入海裡，一晃就消失了。許多年以前，她一定也曾經這樣站著，而夏子平一定也曾經像我這樣，慢慢走近

她。

　　我從來不相信一見鍾情。我對鍾鄴的感情是從天長地久中孕育出來的。

　　聶小衛也不相信，但她的感情和一見鍾情脫不了關係，雖然她不肯承認。

　　她說普羅旺斯是一個催生愛情的地方，這個地方讓人瘋狂，儘管妳明知傷痛如影隨形，很快就會掩殺過來，妳也願意不顧一切地在瞬間放縱自己全部的激情。

　　「太陽一下山，海邊就顯得涼了。」我說。

　　聶小衛看著我，眼睛飄飄渺渺的，像籠罩著晨霧的海洋，帶著無法企及的疏離感。我知道她看的不是我，而是多年以前的那個男人。而她的思緒也穿越時空，重溫當年的舊夢。

愛的贈禮

醒來的時候，外面豔陽高照。

她躺在床上，一動不動地看著窗外的藍天發呆。

司念瑜從外面回來，帶了幾枝鮮花。聶小衛病容滿面，但還
是粲然一笑。

愛的贈禮

　　認識夏子平後的第三天，聶小衛獨自在奔牛村的車站咖啡館消磨了兩個小時，享用了一盤香腸片、燻火腿配小黃瓜、黑橄欖加胡蘿蔔醃的酸辣泡菜、一份蘆筍沙拉、一小籃柔軟可口的麵包，外加一份淋了濃汁的洋蔥豬排。

　　從餐廳出來，她立即後悔了。正是一天最熱的時候，空氣像沸騰的蒸汽，熏得人頭暈眼花，四周出奇的靜謐，每走一步她都彷彿可以聽到自己的心跳，那種悄無聲息的狀態讓她隱隱有些心悸。

　　一輛跑車緩緩駛來，她猛一回頭，看見夏子平正在對她招手。她一時不知道說什麼好，只感覺熱血湧上臉頰。夏子平笑著搖下車窗，「上車吧！小姑娘，我帶妳兜兜風。」她看他的目光充滿誘惑，那是一種典型的勾引女人的目光，含情脈脈，但又是肆無忌憚的。明知能這樣看女人的男人決不是什麼正人君子，聶小衛還是忍不住要為他所吸引。

　　聶小衛搖搖頭，夏子平笑著說：「怎麼了？不放心？我開車的技術好的很，妳不用擔心出車禍。」聶小衛考慮了兩秒鐘，點點頭。夏子平推開車門，笑著說：「妳怎麼連傘都不帶？太陽這麼大，妳也不怕曬暈了。」聶小衛笑了笑，掏出紙巾擦了擦汗，把紙巾攢在手裡。

　　「我剛才去飯店找妳了。」夏子平忽然說。

　　聶小衛心境發生了一點變化，「是嗎？」

「有個女孩跟我說妳出去散步了。她是妳的護士？」

「你真抬舉我，我可請不起專門的護理人員。她是我嫂子。」

「妳還有哥哥？」

聶小衛不想說太多，就「嗯」了一聲。

夏子平看了她一眼，說：「去過埃克斯嗎？我帶妳去那裡轉一轉？」

聶小衛揚了揚眉，點點頭說：「好啊！」

去埃克斯要走山路，迂迴曲折的山道讓聶小衛手心出汗。而夏子平顯然走慣了，態度優遊，一面開車，一面跟她介紹當地的風土人情。聶小衛忍了忍，忍不住問他：「你經常來嗎？還是你就住在這裡？」

夏子平說：「我在這裡有一間房子，每年都會來住上一陣子。」

「你喜歡這裡？」

「喜歡，只是這個時節人太多了，妳沒發現好多當地人都跑到巴黎去了嗎？」

「你也算當地人？」

「至少不是陌生人。所有到這來的陌生人都被當地人歸為觀光客，一舉一動都有人盯著，那種滋味可不好受。如果不是看在錢的分上，妳會遭到很多冷眼的，尤其是這個時節來。」

聶小衛歎了口氣，「來之前常聽人說法國人又自大又傲

慢，我算是看出來了，法國人真的比較不和善。」

「那妳喜歡這個地方嗎？」

「喜歡。」

「它讓我覺得內心很安寧，儘管有這麼多人。」

「在此之前妳不安寧嗎？」

聶小衛深深吸了一口氣，「是的，在此之前我不知道自己存在的獨特性是什麼，我懷疑自己的價值和意義，我覺得有一種無法擺脫的空虛感，儘管我每天很努力地工作，可我還是看不到自己的出路在哪裡。」

夏子平探詢地看了她一眼，她注意到他的眼睛黝黑而深邃，令人迷失。他抬了抬下巴，說：「我們到了，妳現在看到的就是米拉波林蔭大道，這是全法國最漂亮的大街。這裡四季風景都很好，不過還是春秋之間最美，妳來的真是時候。」

街邊的懸鈴木延綿成500米長的綠色隧道，陽光透過枝葉灑落下來，讓人驟然覺得驕陽也顯得可愛了。

夏子平放慢了車速，「這麼多年來，埃克斯的工作和娛樂活動之間有一條非常明顯的界限，就像妳看到的，有樹蔭的這一邊全是銀行、保險公司、房地產仲介業、律師樓，陽光照耀的那一邊則是咖啡館。這裡的每一家法國咖啡館我都來過，等會兒我帶妳去『兩個男孩』喝咖啡去。」

從「兩個男孩」咖啡館出來，車在一幢別墅前停下，聶小衛打量著四周，這裡離她住的飯店至少有三、四里路。夏子平點了根菸，看看她說：「進去坐會兒吧！」聶小衛不動。夏子

平笑著說：「怎麼了？不敢進去？」

「這不是敢不敢的問題，而是有沒有必要的問題。我要回飯店換衣服，再見。」聶小衛推門正要下車，夏子平拉住她的胳膊，笑著說：「都到門口了，進去待會兒有什麼關係？」

聶小衛回頭看了他一眼，推開他的手，淡淡地說：「對別的女人來說也許沒關係，但對我來說，關係很大。」說完下了車。

夏子平有點意外，笑了一聲，推門下車，倚著車門說：「那妳慢走，我就不送妳了。」

聶小衛頭也不回，加快了腳步。走了很久，她忽然覺得累，看到路邊有石椅，就坐了下來。她試圖集中分散的精力好好想一些事情，但她的思緒怎麼也集中不起來。她茫然瞪視著對面的石椅，那張椅子忽然像在動盪的水波裡一樣扭曲、晃動起來。一陣疼痛難忍的眩暈，使她感到眼前直冒金星。她試圖站起，卻像一腳踏進了深淵似的，身體驟然失去平衡，砰然倒在地上。她昏迷了幾分鐘，慢慢清醒過來。她知道自己病了，她不應該出來曬太陽的，她應該知道自己的身體還很虛弱。

她強撐著爬起來，跌跌撞撞地往前走。她純粹憑感覺，沿著馬路搖搖晃晃地走著，就像喝醉酒似的。一進飯店的大門，她就支撐不住了，倒在一個正要出門的男人身上。

昏迷了很久，她的思緒混亂不堪，腦子裡不時掠過一些稀奇古怪無法捉摸的意象。她覺得自己是清醒的，可是她的眼皮卻重得抬不起來。但她的聽覺分外靈敏，任何聲響都逃不過她

的耳朵。輕輕的關門聲，挪動椅子的響聲，甚至輕微的耳語在她聽來都像雷聲一樣。

她悄無聲息地躺著，衰弱而僵直的軀體好像是別人的，一種愜意的麻木滲透她的每一根神經，疼痛也是別人的。她的腦子裡變幻著成千上萬個意念，就像萬花筒裡變幻著成千上萬個圖案。她覺得自己還躺在沙灘上，有一個男人在她周圍出現，他的臉非常模糊，但她記得很清楚，一開始的時候他在衝浪。她隱約覺得自己和他租了一艘遊艇出海。那個男人在船上擺了很多鮮花，走到哪都能聞到玫瑰的清香。他們就著燭光共進晚餐，燭光中他的臉依舊模糊，但彷彿非常英俊。然後他們在船艙裡跳舞，玫瑰的花瓣飛得到處都是。跳到一半，他忽然低下頭來吻她，她看見他嘴裡伸出兩顆尖牙，那是吸血鬼的牙。她尖叫一聲，想奪路而逃。這個男人卻抱住她沖天飛起，半空中緊緊咬住她的脖頸。他們衝破船頂，飛起老高。她看見自己的血紛紛灑落。吸乾她的血後，這個男人就把她從高空扔下。她就像一截被掏空的木椿，在海面上漂浮……然後她到了一個奇怪的地方，像是天堂與地獄的交界處，又像憂愁之河與歡樂之河的彙集處。她像靜止著，又像隨著某種飛速前進的物體迅速地跑動。她不一會兒就感到了疲倦，很快進入迷茫的譫妄狀態。在這狀態後似乎有一種新異的從未體驗過的感覺，那彷彿就是死亡。

她喉嚨感到乾渴，體內的水分在一點點流失，皮膚像旱季的河床，溝裂縱橫。她很想喝水，但她的舌頭笨拙地堵在喉嚨，發不出一點聲音。

「她是不是渴了，給她點水喝吧！」

她竭力想分辨這是誰的聲音，可惜失敗了。

「好的，我馬上給她喝。」

所有的聲音對她來說都沒有什麼區別，只是一個個間斷的音符。她嘴裡注入了一股柔滑的水流，漸漸滲入她的每一條血管。她心裡安靜許多，腦子裡光怪陸離的幻象也都消失了。她安靜地躺著，也不知道過了多久，她以為自己已經睡著了，卻又聽見一個個不明其義的音符在耳邊響起。然後是關門聲，然後有一種刺耳的音樂突然發作。

「她又病倒了……今天太陽很毒，她出去了，回來就病倒了。挺嚴重的……對，她沒打傘！我不知道她要去散步，她出去的時候我正好在洗手間，那好吧，星期五晚上我等妳電話。」

一切終於又歸於沈寂，聶小衛沈沈睡去。她在睡夢中忽然感到一陣刺痛，有種尖銳冰冷的東西戳進她的皮膚，疼得她額頭上滲出冰涼冰涼的汗。

醒來的時候，外面豔陽高照。

她躺在床上，一動也不動地看著窗外的藍天發呆。

司念瑜從外面回來，帶了幾枝鮮花。聶小衛病容滿面，但還是粲然一笑。司念瑜在床頭坐下，替她擦擦虛汗，掖掖被角，「妳昏睡了一天了，總算醒過來了。莫雷打了十幾個電話來問妳的情況，每次都大發脾氣。妳再不醒過來，他準會罵死我。」聶小衛歉意地握住她的手，「對不起，嫂子，我又給妳

添麻煩了。」司念瑜笑了笑說：「也沒什麼，不過下次妳千萬別一個人出去了。妳不知道前天那位沈先生把妳抱上來的時候我多害怕……」

「沈先生？哪位沈先生？」

「我也不知道他是誰，好像不住在這個飯店。他說他辦完了事，正要出門，妳正好進門，暈倒在他身上……」說著司念瑜手機響了，她看了一眼，「又是莫雷。」

聶小衛伸出手去，說：「我來跟他說，大哥。」

聽出她的聲音，莫雷的火氣噌的就上來了，「妳是怎麼搞的，明明知道自己生病了，還去淋雨！妳找死啊？要找死在北京死就行了，還非得花那麼多錢跑普羅旺斯去死！」

「大哥，你明知我生病了，沒力氣跟你吵架，你還存心氣我。你擺明是落井下石嘛！」

「誰讓妳不好好愛惜自己，成天找事！算了，妳也別在那裡浪費錢了，還是回家來休養吧！我和老媽輪流伺候妳！」

「真的假的？」

「當然是真的。妳給我聽著，每天好好吃飯，好好吃藥，不准到處亂跑，不准談什麼戀愛，沒事跑到大街上蹓躂！行了，把電話給妳嫂子，我跟她再說幾句話！」

聶小衛皺皺鼻子，做了個鬼臉，把電話交給司念瑜。

司念瑜剛聽了兩句，聽見有人敲門。她走過去開門，是一個服務員，手裡捧著一大束花。「有位先生讓我把這束花送給聶小衛小姐。」司念瑜點頭道謝，把花接過來。

　　看到如此燦爛的鮮花，聶小衛心裡為之一震，隱約猜到送花的人是誰了。司念瑜把花插到花瓶裡，「什麼卡片都沒有，妳知道是誰送的嗎？」

　　聶小衛咬著嘴唇發呆，半天沒說話。

　　司念瑜坐下來幫她削蘋果，聶小衛猶豫了一下，低聲說：「嫂子，妳覺得前天來找我的那個男的怎麼樣？」

　　司念瑜頭也沒抬，隨口問：「哪個男的？」

　　「妳忘啦？就是我回來就病倒了的那天。那天不是有個男的來問妳我去哪兒嗎？妳不是告訴他我散步去了嗎？」

　　司念瑜抬頭看著她，驚訝地說：「那天沒有人來找妳啊！」

　　聶小衛忽然覺得有點惱火，「妳確定？」

　　「當然，那天我一個人待在屋裡，悶得要死，再說我根本不知道妳去哪了，怎麼會告訴別人妳去散步了呢？」

　　聶小衛很是失望，喃喃說：「哦！是嗎？」

　　「怎麼了，跟這個送花的人有關嗎？」司念瑜關切地問。

　　聶小衛覺得鼻子有點酸，「我不知道，我不知道我是不是有點愛上他了，可是我覺得他……」

　　「覺得他怎麼了？」

　　「我不知道，說穿了，我不知道他值不值得我付出感情。我覺得他很可能是在逢場作戲……」

　　半夜鈴聲大作，聶小衛迷迷糊糊地拿起話筒。「是我，夏子平。妳睡著了？」話筒傳來一個令人心跳的聲音。「嗯！」

聶小衛頭有點暈，還沒完全從睡夢中醒來。

「妳睡了？」

聶小衛瞥了一眼手錶，凌晨一點一刻，她一時不知道說什麼好，就沒吭聲。

「妳怎麼不說話？」

「沒什麼可說的。」

「妳生病了？」

「對。」

「早知道那天我應該送妳回去的。」

聶小衛又不作聲。

夏子平歎了口氣，「妳怎麼又不說話？我打電話就是為了聽妳的聲音。」

「我的聲音很好聽嗎？」

「當然。」

「謝謝，承蒙誇獎，不勝榮幸。」

「現在好些了沒有？」

「沒有，更糟了。」

「怎麼會？不是有妳嫂子照顧妳嗎？」

「如果總有人凌晨一點打電話來干擾我的睡眠，有十個嫂子也不管事。」

夏子平笑了，「那好吧！我不打擾妳了，晚安。」說完就

掛了。

　　聶小衛拿著話筒發愣，她其實很希望他繼續說下去，可沒想到他居然……看來這個男人是習慣了被女人奉承。她掛了電話，悶悶不樂地坐起來。夜空蔚藍，繁星點點，看上去非常美麗。她披了件衣服，走到窗前，看著遠處的大海。在這樣一個觀光客雲集的地方，談論愛情是不是顯得有些可笑？這個地方是不是不適合天長地久的愛情，只適合一夜風流、露水鴛鴦？在這個充滿變動的地方，一切都是不穩定的，沒有安全感的，鐵打的營盤流水的兵。

　　這個主動接近她的男人究竟是什麼人？又是什麼樣的人？

　　有一點幾乎是可以斷定的，他是因為興趣接近她，將來有一天他也會因為失去興趣離開她。所以她應該非常明確，別指望在他身上尋找什麼真實情感。如果她願意尋找這種額外的刺激，她大可以接受他的調情，因為她完全屬於自己的，她可以對自己負責。但是她覺得做不到，即便明知他的無情，她仍然可能愛上他。無論如何，他畢竟是個很有魅力的男人，這樣的男人實在太少太少，哪怕是毒藥，她也有吃下去的衝動。

　　「算了吧！」她喃喃地說，「他不會使我幸福的，難道我真的想尋找刺激嗎？」

　　她回到床上，把自己緊緊裹在被子裡。這時電話又響了起來。她剛剛平靜下來的心情頓時又泛起波瀾，她猶豫了很久，無法決定接還是不接。電話響了很久，沈默了。她剛剛伸出去的手失望地縮了回來。大約過了兩分鐘，電話又響了。這一回

她沒有猶豫。

「我現在就在飯店門前，我可以上去看看妳嗎？」

聶小衛吃了一驚，斷然拒絕。

「既然妳沒睡，再晚又有什麼關係？」

「不行，妳不能上來，我和嫂子在一間房裡。」

「騙人得看看對象，小姑娘，我知道她在另一個房間。好了，我已經到門口了，妳快開門吧！我敲門可是不看時候的，萬一吵醒別人，妳可別怪我。」

聶小衛有點發火：「妳這人怎麼這麼不講理！」

夏子平笑了：「我從小就不講理。我數三下妳還不來開門，我就開始用力敲門一、二……」

聶小衛生怕他真的吵醒別人，到時候說不清楚，只好去開門。他穿著件嫩黃的休閒西裝，裡面是一件純白的針織圓領衫，很時尚，也很帥氣。他笑著閃進屋來，聶小衛關上門，反而鎮靜下來：「我是不是應該謝謝你？」

「謝我什麼？」

「謝你這麼晚了還來探望我——不過你太失禮，看病人居然不帶東西。」

夏子平一怔，笑著說：「真是抱歉……」掏出手機，「沈志白，你現在馬上去買些看望病人用的東西，馬上給我送過來！」

聶小衛愣住了，「我只是開個玩笑，這麼晚了，你叫人家

●卡爾卡森

去哪買？」

　　「那就看他的本事了，我不用操心。」夏子平目光在房間裡掃了一眼，微微一笑，端詳著聶小衛，「幾天不見，妳好像瘦了，臉色也不太好。」

　　聶小衛鑽進被窩，不吭聲。夏子平走到床邊，坐下來。聶小衛把被子拉到下巴上，一動不動地看著他。夏子平失笑說：「妳別這麼緊張，我真是來探望妳的。」

　　「哦！我剛才已經道謝了。不過是小病，不值得你半夜三更地來看我。」

　　「沒辦法，白天抽不出時間。早就想來看妳了。妳真的是那天回來生病的？」

　　「幹嘛？你覺得我在騙你」

「這倒不是，我只是覺得內疚。」

聶小衛淡淡笑了笑，「我不這麼覺得。」

「什麼意思？」

「你不像那種會內疚的人。」

夏子平眉毛微揚，「為什麼這麼說呢？」

「因為你就是那樣的人，我可以感覺得到。你應該很清楚，這麼晚來看我，無論你是出於什麼想法，都無一例外地會讓我為難，甚至害怕，但你絲毫不考慮我的感受，硬是來了。當然，我應該感謝你掛念我，不管怎麼樣，在這個陌生地方，有個人掛念自己總是好的，只是這麼晚了，真讓人受不了。再者，你打電話叫人去買東西，不管他是誰，凌晨一點去購買禮品都不容易，可是你一點也不操心。其實我應該很慶幸，因為你是為了我才這麼做的，但是這也說明，今天你會為了我讓別人為難，明天你同樣會為了別人讓我為難。」

夏子平笑笑，「妳真的很聰明，我喜歡聰明的女人。」

「但我不喜歡霸道的男人，那會讓我沒有安全感。」

「妳之所以會沒有安全感，是因為妳想控制我，人對自己無法控制的東西都會充滿恐懼感。而我恰恰是不願意讓別人控制的。」

聶小衛看著他說：「也許吧，但是每一個在戀愛中的女孩都希望有安全感，至少別讓我感覺你危險。」

「妳不敢冒險？」

「那得看值不值了。」

「怎麼看呢？」

「我不知道。」

「妳不知道？那好，我告訴妳！」夏子平說完，突然把她拉到眼前，迅速把嘴唇壓在她唇上。聶小衛吃了一驚，本能地掙脫。但這個吻已經深深地印在她唇上，饑渴而熱烈。她呆呆地望著他，他的臉就在她的頭頂上方，她有點不知所措，瞪大了眼睛，吃驚地瞧著他。她從來沒有這麼近距離地看過他的臉。漸漸的，她的目光變得好奇而又認眞，她無法迴避這樣一個現實：夏子平確實是她所見過的男人中最優雅、最英俊的一個。她心裡起了一絲波瀾，她覺得自己的感情在瞬間發生了強烈的變化。「妳覺得怎麼樣？」他的聲音低沈而溫柔，那是一種令人難以自持的聲音。

聶小衛臉頰通紅，渾身直哆嗦，像是發冷，又像發燒。他盯著她看，目光越來越灼人，讓她渾身灼熱。她沒敢再看他，低頭不說話。夏子平隔著被子把手放在她膝蓋上，輕輕說：「我很喜歡妳，妳知道嗎？」聶小衛動彈了一下，把曲起的雙腿放平，仍然不吭聲。

夏子平繼續說：「我見過很多漂亮女人，這一點我不否認。我總是被女人包圍，而我自己也確實喜歡和女人周旋，但是我對女人是非常挑剔的，有很多女人漂亮，可是經不起推敲。妳很特別，也很聰明，我跟妳說過，我喜歡聰明的女人……」他的手仍然放在她膝頭，聶小衛心頭怦怦亂跳，她憋了半

天，忍不住說：「我……我想喝水……」

夏子平有點發愣，但還是立刻給她倒了一杯。她一口氣喝光了，手微微有點發抖。夏子平微笑著說：「怎麼，我嚇著妳了？我不知道妳這麼不經嚇。」

聶小衛捏著被頭說：「我累了，我想睡覺……」

夏子平站起身來，望著她說：「我走了妳別後悔。」

聶小衛拼命搖頭，「你不走我才會後悔。」

夏子平哈哈一笑，「那好，我明天再來看妳。」開門出去，隨即又拎著兩袋東西進來，笑著說：「禮物買來了，小姑娘。」

聶小衛有點吃驚：「這……這麼晚了，他……」

夏子平把東西放下，輕輕摟住她，吻了吻她的額頭，低聲道了晚安。聶小衛下意識地拉住他，他笑著看了看她的手，「怎麼，又捨不得我走了？」

聶小衛自覺失態，鬆了手，訕訕地說：「不是，你……已經很晚了，你趕緊回去休息吧……」夏子平點點頭，離開了。

聶小衛心跳依然沒有平復。她看著床頭櫃上的東西，不知是興奮還是惶恐。

愛情的一半是分離

夏子平哈哈大笑，「妳幹麼這麼緊張？」

聶小衛滿臉通紅，「你幹麼老亂看？」

「女人本來就是給男人看的，我看妳代表我喜歡妳，妳還不
高興？」

愛情的一半是分離

　　潛意識裡聶小衛很清楚，夏子平的話根本不能當真。可是她還是希望自己的預感是錯誤的。第二天她一直癡癡地等，但夏子平始終沒有來。

　　等到終於可以下床，司念瑜陪著她在沙灘上坐了一上午，她心不在焉地聽著司念瑜的話，眼睛一刻不停地在人群中搜尋夏子平的身影。司念瑜早就發現了她的異常，卻什麼也沒說。

　　一上午的等待總算有了結果，聶小衛忽然看見了夏子平，他穿著件格子襯衫，一條粗獷的牛仔褲，赤著腳坐在快艇上和一個陌生人說話。她心跳加速，立即找了個藉口把司念瑜支走了。她目不轉睛地注視著夏子平，他忽然抬起頭來。她感覺得到他注視的目光和明朗的笑容，這讓她有種偷東西被當場逮住的窘迫感。他不知道說了一句什麼，那個陌生人也轉過頭來，那是個二十七、八歲的年輕人，態度似乎很謹慎。她移開目光，一時卻有些恍惚。

　　「妳今天好多了？」

　　夏子平的聲音忽然在身邊響起，聶小衛嚇了一大跳，差點失聲喊叫。

　　「對不起，對不起，我又嚇著妳了？」

　　「沒有，沒什麼……你剛才說什麼？」

　　「我說妳今天看起來好多了，就是臉色還有點蒼白。」他很自然地在她身邊坐下來，聶小衛不自覺地把伸長了的腿縮了回

來，但她的裙子太短，遮不住大腿。她感覺得到夏子平在打量她的兩條腿，那種審視的目光是專業而又挑剔的。她的臉紅了，同時也有一絲惱怒。她知道自己的兩條腿不夠修長，也不夠直，皮膚也不夠好。她突然拿起司念瑜的浴巾，緊緊地蓋在腿上。

夏子平哈哈大笑，「妳幹麼這麼緊張？」

聶小衛滿臉通紅，「你幹麼老亂看？」

「女人本來就是給男人看的，我看妳代表我喜歡妳，妳還不高興？」

「爲什麼你喜歡我我就得很高興，就得感到很榮幸？」

「因爲我不是別人，我是夏子平。」

「我不知道你是誰，我也不想知道。」

「嘴眞硬！妳聰明是聰明，卻老是言不由衷，有時候難免讓人覺得無趣。」

聶小衛覺得自尊受挫，冷冷地說：「你太自我了。你覺得我無趣，自然有覺得我有趣的人。」

夏子平笑著說：「那倒是眞的。不過……」說到這，他上衣口袋裡的手機忽然響起來，他掏出手機看了一眼，眉頭微皺，站起身來，走到二三十米開外。

他一走開，司念瑜就回來了。她遞給她一罐飲料，笑了笑說：「我回房間去換件衣服。」

聶小衛知道她是有意避開，臉上一熱，點點頭。她打開瓶

蓋，咕嘟咕嘟喝了兩口，看見夏子平不停地走來走去，臉色很難看。說到一半，他忽然招了招手，喊了一個名字，好像是「沈志白」，然後聶小衛就看見快艇上那個年輕人跑了過來。夏子平接完電話，和沈志白說了幾句話，沈志白顯出很驚訝的樣子，不停地點頭，隨即離開了沙灘。夏子平回過頭來，看著聶小衛。聶小衛半坐起來，一動也不動地看著他。但他沒有走過來，他看了她幾秒鐘，轉身走了。聶小衛心一涼，眼睜睜看著他越走越遠，心頭隱隱作痛。她知道自己在他心裡一點分量都沒有，否則他不會連個招呼都不打就走了。她忽然體會到從未有過的痛苦，這種痛苦本來可以避免的，但她還是任由它泛濫成災了。

接下來的兩天， 再也沒有夏子平的消息了，沒有電話，什麼都沒有。他好像突然間從世界上消失了，好像從來沒有過這個人。那些日子只是一個不真實的卻能在心中掀起漣漪的夢。聶小衛仍像以前一樣在沙灘上看著別人盡情歡笑。夏子平已經從她的視野裡消失，卻無法從她記憶中抹去。一切都像場夢。他只不過是 一個光和影合成的產物，很容易就像陽光下的雪人一樣消失無蹤。

夕陽沈落，暮色籠罩了整個沙灘。聶小衛獨自一人站在沙灘上望著海上的浪花搖曳、幻滅。天地之大，浩淼無垠，她是那樣微不足道，在宇宙空間裡不過是一粒沒有前因後果的塵埃。

生活於她，就像一個出老千的賭徒，偷偷換走她手裡的好牌。暮色中她攤開掌心，手裡好像滿把憋十。她不知道接下去

怎麼出牌，不管怎麼出，這一局都輸定了。但她別無選擇，只能繼續打下去。

明天就是週末。也就是說她在蔚藍海岸只剩下一個晚上和一個下午了。

海灘上有來度假的年輕人，圍著篝火彈唱。她並不比他們其中的任何一個人老，但她現在卻充滿不屬於這個年齡的倦怠感。黑色的衣服和太陽眼鏡把她的世界塗抹得黯淡沈重；而她那旁觀者的姿態，那種拒人於千里之外的冷漠，那種不透露半點消息的眼神，又把她自己緊緊地封閉起來。聽到沙灘上傳來屬於別人的笑聲，她居然懷疑自己是不是已經老得該進墳墓了。

星光燦爛，風在空曠的海灘上來去自如。她摘下太陽眼鏡，仰望浩瀚無邊的夜空，星光在她眼中閃爍。她突然做出一個決定，匆匆上路，找了一輛車。她說不清要去的地方，但她記得路怎麼走。

司機把她帶到夏子平的別墅前，別墅裡一片漆黑。她的心痛得痙攣了一下，明知沒有可能，她還是上前去按門鈴。她兩腿發軟，全身哆嗦，被一種磁石般的力量吸引到他的門口。由於緊張和慌亂，她全身僵硬，可是又被一陣無法捉摸的力量推著往前走。

她在門口呆呆站了幾分鐘，硬是抬起胳膊——她的胳膊就像粘在身上一樣，抬起來都感到痛楚。她用顫抖的手指按響了門鈴。悅耳的鈴聲聽起來卻是那麼刺耳，之後就是一片毫無希

望的沈寂。她的心臟停止了跳動，全身的血液凝固了，一種絕望的情緒緊緊包裹著她，她眼眶裡一陣刺痛，猶豫了很久，又一次按響門鈴。她希望他來開門，她知道自己輸不起這一局。但是他沒有來，誰也沒有來。淚水模糊了她的眼睛，她咬著嘴唇，第三次按響門鈴——前兩次是因爲愛和絕望，這一次卻是因爲賭氣，她把門鈴按得震天響，足足響了五分鐘，一個年輕人出來開了門。

　　門開的那一瞬間，她一顆心頓時忐忑不安。但她很快看清對方的面容，她失望了，猶豫著說：「你……你是沈志白嗎？」

　　對方怔了一下，說：「我是沈志白，小姐有什麼吩咐？」

　　「夏先生在嗎？」

　　沈志白搖頭，看他的眼神很冷淡，臉上也面無表情。她忽然想到，他一定經常見到像她這樣的女人。她咬了咬唇，輕輕說：「謝謝你。」慢慢轉身。

　　離去的時刻終於到來，司念瑜提著部分行李先下去了。聶小衛卻還坐在床上，看外面的天空。她心中還有割捨不掉的情緒和抹不去的遺憾。她知道自己在等什麼，她也知道這非常傻，可是她還是忍不住要等。

　　人生無法掌握，尤如一盞風中的燈，他們只是湊巧登上同一列火車，湊巧在車廂的走道裡擦肩而過——人生這樣的邂逅太多，每天她會在路上和多少路人擦肩而過？這一次相遇其實並沒有什麼不同，永遠變不成天長地久的廝守。

　　聶小衛終於慢慢站起，提起腳邊的旅行箱。她站了幾分鐘，眼睛四處搜尋，擔心遺漏了什麼，哪怕是一張小紙片，一根頭髮，一片凋零的花瓣，一枚殘破的貝殼，只要是有關於這一段難忘的日子的，有關於夏子平的，她都想全部帶走。

　　但是什麼都沒有。

　　她失望了，忽然看見那束花在花瓶裡寂寞地凋謝。她的心痙攣了一下，抽出其中的一枝玫瑰，淚光在眼角閃爍。走出幾步，她聽見電話鈴急促響起，她心頭狂跳，急奔過去。

　　「喂！小衛，妳怎麼還不下來？」

　　聽出司念瑜的聲音，聶小衛的心一下子沈落下去。

　　車開動的時候，聶小衛幾度回頭，只希望看見夏子平。但是她一次又一次地失望了。她閉上眼睛，淚珠緩緩滾落下來。她不知道自己為什麼會哭，她覺得自己並不是很愛夏子平，但是想到可能永遠不會再見到他，她仍然覺得非常傷心。

　　「再好的故事也有結束的時候，我沒什麼可講的了。」聶小衛喃喃地說。故事是結束了，她卻已完全沈浸在往事的悲哀之中，表情疲憊、沮喪，只有眼裡偶爾閃現出陰沈的光亮。

　　世界上除了愛情，任何東西都不能把一個人真正束縛住。

　　事情過去了這麼多年，聶小衛仍然沒有擺脫愛情的枷鎖。

　　我輕聲問她，是不是到現在還覺得傷心，她沈默了很久，喃喃地說：「一座冷落的殿堂終歸是廟，一尊推倒了的聖像依然是神！」

　　我震驚地望著她，「妳……妳也這麼想嗎？」

●卡爾卡森

　　她的臉忽然開朗起來，她微笑著轉向我，「我一直這麼想，在外國詩歌中，最能觸動我的就是萊蒙托夫的這首《神像》……」

　　我問她想沒想過要再見到夏子平，她搖搖頭。

　　「那妳爲什麼要來普羅旺斯呢？」

　　她笑了一下，說：「我來普羅旺斯並不是爲了他，而是爲了我自己。很奇怪，這個地方對我來說有很強的撫慰作用，每當我覺得浮躁、覺得空虛、覺得生活缺乏意義的時候，我就會來這裡。它可以消解我的痛苦，安撫我的內心，讓我重新對生活充滿信心……對不起，我有個電話。」她聽了幾句，眉頭微皺，「我秘書打來的，說有一位女士在飯店等我，我得馬上回

去一趟。」走出幾步，她忽然又折了回來，「妳陪我一起去吧！」

「爲什麼？」

她猶豫了一會兒，「不知道，我有一種不太好的預感。」

回到房間，並沒有看到任何人。

秘書白鸚說那位女士出去接電話了，馬上就回來。

正說著，門外飄進來一個風姿翩翩的女人，帶著副精巧的太陽眼鏡，穿著一身白色的精緻時裝，領口露出一條很細的白金項鏈，吊著晶瑩剔透的鑽石墜子，晃得人眼花撩亂。

聶小衛怔怔地看著對方，眉宇之間顯出一道小小的皺紋，這是在費力思考的一種表示。她似乎覺得對方有點熟悉，只是不敢確定。

那個女人笑起來，慢慢摘下太陽眼鏡，動作優雅而從容就旁觀者而言，我覺得這個女人當時擺脫不了做戲的嫌疑，她在緩緩地展示她的風采，緩緩地炫耀。

聶小衛可能沒往這方面想，她只是在懷疑、在詫異。等到對方摘下太陽鏡，她吃驚地大喊一聲：「餘思溶！」

我聽過這個名字，我記得鍾鄴曾經在一個電話裡提起過這個名字。

聶小衛表情顯得很驚愕，但她臉上隨即流露出一種歡愉的光輝，像在回想早就逝去的、完全遺忘的青春年華一樣。

餘思溶眼睛裡含著一絲強忍住的微笑，這是一雙不平靜的

眼睛，長得大大的，在室內模模糊糊的光線裡顯得更加秀麗。線條清晰的瓜子臉散發出一種經過精心修飾的強烈吸引力。她緩緩地展開笑靨，那麼矜持，那麼美麗，又那麼傲慢，看著她笑，就像看著一朵蓮花在面前慢慢綻放，光彩照人，令人為之目眩。

顯然她們是多年未見的老朋友。

換了是我，一定會衝上去抱住她，但是那一刻聶小衛並沒有那麼做。她只是快步從我身邊走過，驚訝地打量對方。餘思溶也沒有上前擁抱她，只是伸出手來──她的手修長細膩，左手中指戴著一只熠熠生輝的紅寶石戒指。

我驚訝地打量她們，她們只是握著對方的手，互相打量，互相審視。我在聶小衛眼裡看到更多的驚喜和猶疑不定，在餘思溶眼裡看到的卻是篤定和一種我無法理解的心滿意足。

白鸚出去準備飲料，我一個人站在那裡，有些尷尬，也有些滑稽。她們的狀態非常怪異，餘思溶太矜持，聶小衛又太猶疑，不像久別重逢的密友，一點也不像。

大約過了五分鐘，餘思溶的視線落到我身上，她的眼神在一剎那間讓我想起了許樂曼。那種眼神是居高臨下的，不屑一顧但又充滿好奇。

聶小衛挽著我的胳膊，微笑著說：「這是餘思溶，我大學最好的朋友，我們都叫她溶溶。」頓了頓，又介紹我說：「這是辛霽，我妹妹。」

我不知道她為什麼要這樣說，而且按照社交禮儀，她應該

先把我介紹給餘思溶的，但她沒有。不知她是無心的，還是有意的。

「欣慰？」餘思溶重複了一遍我的名字，似乎有些訝異。

我猜她一定寫錯了我的名字，很多人都會寫錯的，寫成「欣慰」。也許當初我的出生對我父母來說是莫大的欣慰，他們希望我終生如此。

聶小衛很快察覺了，「她的名字很怪的，辛苦的辛，霨是雨字頭，底下一個上尉的尉。」

餘思溶哦了一聲，微笑著說：「妳好。」

她的笑容沒有溫度，這個女人給我的感覺就像深冬的瀑布，漂亮、嫵媚、感性，甚至有種自己刻意培養的近乎殘酷的高貴。

白鸚端來了咖啡和點心。

我陪著她們坐了十幾分鐘。起初她們的交談很零碎，也很刻板，雙方似乎都在試探。這麼多年不見面，陌生感很容易葬送一段感情。但當她們談了十幾分鐘以後，語調裡漸漸有了一種真誠，一種溫柔的信賴感。她們談起過去的事情，談起過去的朋友，談起大學裡最糟糕的老師和最難忘的課堂，談起忘掉的詩歌。往日的故事在她們心中撩起隱隱的衝動，一向冷靜又從容的聶小衛變得異常活潑，她又說又笑，笑聲裡流露出掩飾不住的興奮與欣喜。餘思溶神態十分輕鬆，不時發出的歡愉的笑聲就像珍珠在玉盤裡流動一樣悅耳動聽。

共同的過去並不是無窮盡的，當她們把該回憶的都回憶完

了之後，沈默降臨了。她們忽然又變得很拘謹，表情赧然，好像為剛才的狂熱感到羞恥似的。

過了很久，餘思溶開始詢問聶小衛這些年的近況。聶小衛簡單地闡述了一下，她問餘思溶在做什麼。餘思溶嫣然一笑，說：「我帶妳去見一個人，妳就知道了。」

「見什麼人？」

餘思溶神秘地笑了，「見了妳就知道了。」

聶小衛考慮了幾秒鐘，「那好，能帶我妹妹一起去嗎？」

餘思溶迅速地看了我一眼，「當然可以。妳什麼時候多了這麼個妹妹？」

「好久了。」

「妳現在當總經理了嗎？」

不知道為什麼，餘思溶的口氣讓我覺得沒有誠意，好像很輕視。聶小衛大約也覺察了，她淡淡一笑，「算是吧！」

餘思溶笑著說：「那妳可算是實現了妳大學時的夢想了。」

聶小衛笑著說：「我大學時的夢想就是當總經理嗎？我還真忘了。」

飯店門口停著一輛極豪華的轎車，司機的態度恭謹而審慎。

聶小衛皺了皺眉，不經意地和我交換了一個眼神。

憂傷如熄滅的燈

餐廳裡忽然有了風息，清新而帶著一絲冷冽。這風吹透了我的衣服，我悚然一驚，百感千愁一時湧上我的心頭，我隱約感覺到一個遙遠的形象慢慢從水中升起。

憂傷如熄滅的燈

車子開往尼斯。

做爲蔚藍海岸的中心點，尼斯以其全年溫和的地中海氣候、燦爛的陽光、悠長的石灘，以及裸體曬太陽的美女而聞名。有人這樣說尼斯，「是個懶人城、閒人城、老人城、無聊城」。在二戰前，這裡就是歐洲貴族的最愛，造訪名單中就有沙皇尼古拉一世遺孀、英國維多利亞女皇這些顯赫人物。

車子從英國濱海大道駛過，這是一條沿著海濱全長3.5公里的大街，彙集了眾多一流的飯店，這些飯店都有各自的購物中心和海灘區，中間有公用海灘區，人們可以自由出入。現在正是盛夏時節，兩岸旁的高大椰影使得刺眼的陽光變得柔和許多，在車上就可以看到喜好日光浴的美女們優雅的身姿。這裡也是尼斯人的樂園，尼斯人放狗的放狗，釣魚的釣魚，跑步的跑步，游泳的游泳，各得其樂、各有歡愉，更多的是閒坐，寫意地享受陽光。

進入舊城區，古羅馬帝國時代所遺留的古老街道，讓尼斯散發出懷古的幽思。

車子在一幢備有游泳池的豪宅前停下。

不知道要見的究竟是何方高人，要知道，這裡可是法國南部最昂貴的退休養老地區之一。

餘思溶對司機說：「伯天，妳帶聶小姐先進去，我去去就來。」

●尼斯

　　司機帶著我們走上甬道。

　　路越走越短，聶小衛忽然使勁抓住我的手，我愕然轉頭，看見她臉色蒼白，渾身發抖。我驚訝地說：「妳怎麼了？」她壓低了嗓子說：「我不知道，我心裡有一種很不安的感覺，這種感覺越來越強烈，我……我不想去了……我忽然覺得很害怕，好像自己馬上就要掉進深淵似的……」

　　「為什麼呢？」

　　「這個地方我來過。」

　　我站住了，「妳來過？那……那妳是去還是不去呢？」

　　那種轉頭就跑的欲望顯然控制了她。她攢緊了我的手，深深吸了口氣，輕聲說：「既然來了，就進去吧！有些事情是逃也逃不掉的。」

客廳裡有個男人，我相信這是我有生以來見過的最英俊的男人。

他正在使用筆記型電腦。

聶小衛剛剛恢復正常的臉色霎時間又變得慘白——她的神情告訴我，她認得這個男人。她忽然變得像一個找不到回家的路的孩子，迷惘地看著陌生的環境。她一隻手按在額頭上，剛剛變得毫無血色的臉這會兒變得滾燙。她神情恍惚地環視四周，舉止已經失措了。

我驚訝地碰了碰她，她沒有任何反應。

司機說：「夏先生，這是餘小姐的朋友。」

這個聲音像是來自另一個時空，聶小衛震了一下，神智漸漸恢復了清明。這時我清楚地看到那個男人禮貌地抬了抬頭，漫不經心地說了聲請坐。我相信他其實什麼都沒看見，更不要說看清我們的模樣。

聶小衛迅速調整了一下情緒，慢慢坐下來。

後來她曾經對我說，在坐下的時候，她彷彿聽見體內有東西碎裂的聲音。有一種情感凋蔽了。有一種夢想破滅了。有一種期待粉碎了。在那一瞬間，她比任何時候都清楚地意識到這個男人的殘酷和無情，生活和她開了一個極大的玩笑，殘酷得令人髮指。她的精神幾乎崩潰，但她不能哭，不能倒下，至少不能在他面前哭，在他面前倒下。

「聶小姐，請慢用。」

聽到這個聲音，聶小衛驚訝地抬頭，笑了笑，說：「謝

謝。」

　　一個年輕男人給我端上一杯咖啡，臉上帶著溫和的笑容。在他轉身退下的時候，我相信自己清楚地看到了他眼裡的同情之色。

　　那時我已經隱約感覺到聶小衛和面前這個男人之間微妙的情感。如果真是很好的朋友，我想餘思溶一定對這個男人提過聶小衛的名字，我一點也不知道他是毫無所知或者只是假裝若無其事，或者這對他來說根本就不算什麼，他從來就不害怕面對一個對他付出過感情的女人，無論在何種場合。

　　聶小衛慢慢地喝了一口咖啡，那個男人依舊沒有抬頭，依舊全神貫注地盯著螢幕。這種認真的神情讓我不敢確定他是不是在裝模作樣。也許他是為了避免兩人相見無言的尷尬，所以索性不抬頭。

　　等我們把一杯咖啡喝完，餘思溶進來了。司機和那個年輕男人很快退了出去。

　　「子平，」餘思溶的聲音很嬌媚，很有磁性，她在那個男人身邊坐下，摟住他的肩膀，「妳見過我朋友了嗎？」

　　「嗯，嗯，」夏子平含糊地答應了一聲，「妳先別鬧，等我把這封信寫完。」

　　聶小衛尷尬到了極點，我輕輕握了握她的手，對她笑了笑——現在我知道她為什麼希望我陪她來了，她的預感很準。她正想跟我說什麼，餘思溶卻拉住她的手，笑著說：「來，小衛，讓我正式介紹一下，這是我男朋友，夏子平，夏天的夏，

子曰詩雲的子，平安的平。」

這個名字讓我吃了一驚，我下意識地看了聶小衛一眼。她原本稜角分明的臉部顯得線條越發銳利，她以一種極大的努力控制住內心的痛楚和憤怒，竭力表現得不動聲色。但這種不動聲色隨時都有可能轉變爲一種暴怒。夏子平若無其事地望著她，一臉微笑，絲毫沒有尷尬和不安。她微微一笑說：「妳好，夏先生。」

夏子平顯然有一些意外，眼裡閃過一絲異樣的神情。這種神情讓我可以確定，他絕對記得她，只是在演戲。而他演得如此逼真，顯然排演過無數次，早已內化爲本能了。也許男人骨子裡都是一樣的驕傲和自私，只許女人爲他們瘋狂和痛苦，一旦女人恢復得比他們快，生活得比他們開心，他們就會覺得不舒服，就會覺得失落。

聶小衛似乎也敏銳地捕捉到了夏子平神情的變化，不知道爲什麼，她的微笑忽然顯得更加真摯和自然，而夏子平則顯得有一點惱火。

「子平，這就是我跟妳說過的我大學最好的朋友，小衛，聶小衛，跟聊齋裡面的那個女鬼聶小倩就差一個字。」

聶小衛笑起來，「別這麼說，會把夏先生嚇壞的，可別讓他真以爲我是個陰魂不散的女鬼！」

餘思溶笑著說：「那怎麼可能！」她回頭看著夏子平，「你會害怕嗎？」

夏子平笑了笑說：「當然不怕，鬼有什麼可怕的，妳又不

是不知道，我從來不相信這些無稽之談。何況聊齋裡的女鬼通常都比人還可愛……」目光忽然落在我身上，「這位是……」

在我和他視線接觸的那一瞬間，我無意識地察覺到他身上所具有的那種複雜性格。既多情又冷酷，既熱情又殘忍。而他的目光呢，溫暖、柔和、充滿深情，這是一個天生誘惑者的目光，他向每一個從他身邊走過的女人都投以這樣的目光，向每一個給他開門的女侍者，向每一個為他洗衣服的女傭，也向每一個如我這樣不相干的女人。

餘思溶說：「小衛，還是妳自己來介紹吧！」

聶小衛輕輕摟住我的肩，「這是我男朋友的妹妹，她叫辛霽，辛苦的辛，霽是雨字頭，底下一個上尉的尉。」

我忽然又成了她男朋友的妹妹！

我瞭解她為什麼這麼說，這既是出於一個女人的尊嚴，也是出於一個女人的虛榮。聶小衛是一個極好強的女人，她不願在這樣尷尬的境地裡失去自己的尊嚴和心理優勢，她這麼說只是在暗示對方，她不會重翻歷史，更沒有一點糾纏的意思。

夏子平又看了我一眼，微笑著問我是不是來度假。他的目光裡藏針，讓我覺得無法承受。我感覺他想從我的眼裡得到些什麼，我笑了笑，點點頭。在我目光轉向餘思溶的時候，我注意到她眼中的陰影。也許夏子平和聶小衛都沒有他們自己想像中那麼自如，也許餘思溶天生擁有一種過人的直覺，我感覺到她內心的敵意，當她看著聶小衛時，笑容也沒有一開始那麼誇張，儘管她緊跟著就邀請我們一道吃晚飯。

　　聶小衛顯然也察覺到了餘思溶情緒的變化，她有點猶豫。

　　夏子平卻不露聲色地說：「還是一起去吧！我已經讓沈志白訂好位置了。」

　　飯桌上聶小衛埋頭吃菜。當她的嘴裡總是塞滿食物的時候，她就可以避免交談。並不是她害怕什麼，只是她覺得實在無話可說。看來我剛才純粹是錯覺，餘思溶完全恢復了最初的熱情，不停地把各種食物推到聶小衛面前，聶小衛則來者不拒。餘思溶笑著看夏子平，意思是你看她多能吃。夏子平淡淡一笑，拿起酒杯喝了半杯酒。

　　餘思溶吃得不多，中途去了洗手間。

　　聶小衛照樣吃她的土豆泥。

　　夏子平看著她說：「妳怎麼這麼愛吃土豆泥？」

　　聶小衛喝了口葡萄酒，抬起頭來。夏子平感覺到她望著自己，目光卻有一種夢一樣的疏離感。他目不轉睛地望著她的眼睛，烏溜溜的眸子，清澈明亮，卻叫人心頭一片迷離。她笑了笑，說：「我這個人沒什麼品味，覺得土豆泥已經是無上的美味。」

　　夏子平微微一笑說：「果真如此嗎？」

　　聶小衛淡淡一笑道：「這也值得懷疑嗎？你恐怕閱歷太複雜了吧？」

　　夏子平說：「但願我的複雜不至於傷害到妳。」

　　聶小衛臉上出現變換不定的陰霾，就像晴朗的天空飄過淡淡的雲霧一樣，叫人難以斷定是由於室內光線的變化，還是由

於內心痛苦。但這種陰霾轉瞬即逝，她笑了笑，說：「那倒不至於。」

夏子平說：「那就好。」目光忽然轉向我，「辛小姐，妳哥哥是做什麼的？」

我震了一下，下意識地說了一句：「彈鋼琴的。」我感覺聶小衛全身一震，隨即輕輕踢了我一下。話一出口我才驚覺失言，或許我潛意識裡就在自己的記憶中尋找足以和夏子平相抗衡的、可以幫助聶小衛長威風的人。

夏子平似乎很有興趣，「哦！是嗎？我對音樂倒是很有興趣。妳哥哥叫什麼？說不定我認識。」

「徐悅函！」

這個名字脫口而出。那麼自然，那麼順理成章，彷彿他就在身邊，我只是在向旁人做禮貌性的介紹。這個名字在我心底盤桓了整整十年，有一段時間我以為我已經忘記這個名字，誰知它卻深深烙在我胸口，在不經意間被釋放出來。我感到一種昏昏慘慘的壓迫，驟然，一種不可理喻的揪心的痛苦緊緊襲上心頭。

餐廳裡忽然有了風息，清新而帶著一絲冷冽。這風吹透了我的衣服，我悚然一驚，百感千愁一時湧上我的心頭，我隱約感覺到一個遙遠的形象慢慢從水中升起。我試圖逼近這個形象，但是岸邊的樹影不時湧來，又倏忽散去，它總是構不成一個圖形。這個形象我常常在深沈的夢裡夢見過，然而它總是那麼模糊，那麼遙遠。

聶小衛顯然嚇呆了，她只能低著頭掩飾自己的震驚。

夏子平也吃了一驚，「徐悅函是妳哥哥？怎麼從來沒聽他提起過？妳知道嗎？他和我是很好的朋友。妳怎麼姓辛？」

話已至此，我只好回答說他是我表哥。這話聽起來像假話，其實是真的。他是我表哥，只是沒有任何血緣關係，我的繼母是他母親的妹妹。

我猜聶小衛一定暗暗叫苦，假如真像夏子平說的那樣，他和徐悅函是好朋友，這謊話一下就拆穿了。夏子平肯定會暗地裡嘲笑她，鄙視她。但現在我顧不得了。我必須把這謊話圓下去。

夏子平狐疑地望著我，我猜他不相信。

我懶洋洋地看著他，淡淡地說你要不信，見了他問他好了。其實說這話我沒有一點把握，我根本不能確定，他是不是還能記得我。我們之間存在著不可跨越的鴻溝。我只是一個曾經寄人籬下的普通女孩，當年只是因為生活在同一間房子裡，彼此的熟悉抹煞了涇渭分明的界線。而如今情形已經大不相同了。

夏子平笑了笑，「我怎麼會不相信呢？他現在在哪？」

我真想踹他一腳，他怎麼會沒完沒了呢？這個問題他應該問聶小衛的，可是他偏偏問我，看來他是不相信。

幸好這時餘思溶回來了，顯然補過妝。她見桌上的葡萄酒喝完了，輕輕做了個手勢。穿著黑色燕尾服的服務生腳步輕快地走上前來，以細膩優雅的姿勢打開一瓶新的葡萄酒。

乘著這當口，聶小衛去了洗手間。

我沒敢馬上跟過去，否則看起來就像串供了。好在夏子平沒有再問。

餘思溶的姿勢非常優雅，這種優雅是天生的還是後天修鍊的，我不能確定，但我知道她是今晚餐廳裡最耀眼的女人，尤其是那一襲剪裁得當的白色旗袍，將她修長婀娜的身段烘托到極致。當她從餐廳穿過的時候，很多男人都目不轉睛地盯著她，帶著無限的驚艷與愛慕。

夏子平有時也會凝神注視她，那眼光專注而集中，彷彿她是一件價值連城的工藝品，一件可以觸摸的工藝品。當他這麼看她的時候，餘思溶總是裝作不知道，盡情展現她最美麗的姿態，顯然她很知道怎麼撩撥他。

他們的關係顯得很曖昧，看著他們，我忽然想起勞伯瑞福和黛咪‧摩兒主演的《桃色交易》。這個念頭很奇怪，我覺得餘思溶很像影片裡那個為了一百萬美金去和億萬富翁過夜的漂亮女孩，而夏子平無疑和那個億萬富翁有太多相似之處，只是他可能沒有那麼含情脈脈。

我的酒杯空了很久，服務生忙著為餘思溶服務，根本顧不了我。這個服務生很年輕，人都有愛美之心，他顯然也願意在餘思溶身邊多停留一會兒，哪怕只是隔岸觀花。

我有趣地望著他忙活，等到他發現實在沒法再為餘思溶做任何事，他總算注意到了我的空杯。他過來替我倒酒。我望著他笑，我不知道我為什麼要那樣笑，我的笑容裡一定有讓他毛

骨悚然的東西。他很不自在地問我是不是還有什麼需要。我說：「我沒有任何需要，我會慢慢地喝這杯酒，一兩個小時之內我都不需要你的服務。她很漂亮，對嗎？」他臉紅了，但還是老老實實地點點頭。

餘思溶不懂法語，她不知道我在說什麼。夏子平是懂的，他轉頭看我，還有我臉上的笑容。他的表情很奇怪，看不出是讚許還是譴責。

我有一種惡作劇後的小小快感，但我很快就高興不起來了。餘思溶忽然問了一個和夏子平相同的問題，我暗暗咬牙，視線的餘光注意到夏子平的表情似乎發生了一絲變化。我腦子裡意念迴旋，又一次說出那個名字。餘思溶顯然吃了一驚，然後迅速看了夏子平一眼。我能理解她的吃驚，但我不明白她為什麼要看夏子平的臉色。她內心似乎起了波瀾，懷疑地問我為什麼姓辛。

「正確地說，他是我的表哥。」

「小衛和他認識多久了？」

她的表情讓我感覺到一種很強的敵意，甚至是嫉妒。我微微皺了皺眉，心裡盤算了一下，沒敢說太久。她又問我他們是怎麼認識的，我說我不知道。

她笑了，「我還以為小衛什麼都告訴妳呢！」

我淡淡地說：「沒有人會把自己的一切都告訴別人。」

她眼裡似乎掠過一絲陰影，笑著問我：「妳覺得這是為什麼呢？」

「有時候是不願意，有時候是沒必要，有時候是蓄意隱瞞，有時候是善意欺騙，有時候是自我保護，有時候……可能性太多了，我沒法一一窮盡。」我說話的時候一直看著餘思溶的臉，但我能感覺夏子平一直在觀察我。餘思溶看起來很平靜，但我知道她在刻意控制自己，從她眼中我可以看到一種隨時可能爆發的煩躁不安。

餘思溶沈默了。

這對話不能再繼續了。聶小衛去了好一會兒，我說我去看看她。

聶小衛正對著鏡子發呆。看到我，她笑了笑說她發誓這輩子再也不吃土豆了。我說又何苦呢？她淡淡地說不吃做什麼，又沒有什麼可說的。她表情木然地理了理頭髮，唇邊忽然泛起一絲若有似無的笑意，「跟我說說徐悅函吧！我的男朋友忽然間成了那麼著名的鋼琴家，我心裡忐忑不安！」

「妳見過他嗎？」

「我聽過他的音樂會，我很喜歡他的風格……可是我從來沒想過把玩笑開在他身上，穿幫了才好笑呢……妳真的是他表妹？」

「是，只是法律上的遠親。他母親和我繼母是姐妹。」

她看了我半天，輕輕拍了拍我的頭，轉身要走。我叫住她，把剛才的對話跟她簡單說了一遍。她指著我說：「妳這丫頭算是害死我了，我就等著背地裡被人笑掉大牙吧！」

再回到餐桌，氣氛已經變得很古怪，看起來三個人都不說

話有一段時間了。聶小衛表情淡然而又自適，沒再假裝有食慾。夏子平只是目不轉睛地看著餘思溶，不時微微一笑，將柔情主義進行到底，看來是存心傷透聶小衛的心。餘思溶和夏子平含情脈脈地對視了很長時間，似乎才察覺到氣氛很凝重，於是開始東扯西扯，談起許多大學同學，包括她們當年的室友周瓊。

聽到這個名字，聶小衛皺了皺眉。她喝了口咖啡，漫不經心地問了一句：「怎麼，妳和周瓊一直有聯繫？」

餘思溶說：「嗯，上個月還有見面。她現在的工作就是子平介紹的。」

聶小衛嗤之以鼻，夏子平敏感地聽出了她這一聲笑裡的譏諷之意，微微皺眉。

餘思溶說：「小衛，妳準備再待多久？」

「一個多月吧！妳呢？」

餘思溶看了一眼夏子平，說：「那得看他了。」聶小衛聳了聳肩，說：「非得看他嗎？」

夏子平看了她一眼，淡淡說：「不看也行。」餘思溶淡淡一笑說：「真的嗎？我可不這麼認為。」

聶小衛意識到自己問了一個很不恰當的問題，笑著說：「今晚這頓飯好像全進我肚子了，妳們倆都沒怎麼吃。真無趣，以後不跟妳們出來吃東西了。」

餘思溶笑了一下，也不知是苦笑還是有別的意思。

夏子平說：「我一向吃得不多，餘思溶也是。妳不必在

意。」

「我不在意，我只是覺得無趣。妳知道小孩子爲什麼總喜歡到別人家裡吃東西嗎？就因爲有伴兒，吃起來香甜。我想夏先生是太精緻了，不過我覺得男人胃口還是好一點比較好，這樣的男人顯得有活力。」

餘思溶咬了咬嘴唇，似笑非笑。

我假裝喝水，拼命忍著笑。

夏子平似乎有點惱火，「我倒覺得男人的活力不是表現在飯桌上。」

「我得修正一下你這句話，男人的活力不僅僅表現在飯桌上，但一個沒有好胃口的男人，我不覺得會有什麼魅力。我最討厭男人只吃小小一碗充淑女。」

「好了，好了，」餘思溶趕緊打岔，「你們倆怎麼說著就較起眞來了。」

接下來又是一陣沈默。

我看了看錶，已經十點十分，我輕輕問聶小衛是不是該回去了。沒等聶小衛回答，夏子平就請我們住下。這讓聶小衛感到非常意外，她不露痕跡地看了夏子平一眼，點了點頭。

愛是一朵帶刺的花

我們在COURS SALEYA廣場盤桓了很久，餘思溶買了一大把薰
衣草和白玫瑰，聶小衛只是盯著向日葵看。而我只是望著鳶
尾花出神。

愛是一朵帶刺的花

餘思溶在聶小衛屋裡待了很久，不知道又在說什麼，不時可以聽見她們的笑語聲。

我躺在床上，默默地思考和回味今天的經歷。

一邊是友情，一邊是愛情，我不知聶小衛會如何取捨。她和餘思溶之間的感情是我所不能理解的，那種感情無疑很深，但很怪異，我感覺得到餘思溶在不自覺地試圖控制聶小衛，她總是要凌駕在聶小衛頭上，而聶小衛呢，我不能確定她對此的反應，但我隱約覺得，她和我所熟知的那個人是不同的，她似乎在有意無意地掩蓋自己的鋒芒，儘量在餘思溶面前顯得收斂而又謙和。

我對她的瞭解終究太少，她對夏子平的感情同樣讓我無法理解。如果按照她所說的那樣，她和夏子平之間其實沒有發生過任何實質性的愛情，既然如此，爲什麼她至今對夏子平念念不忘？難道真的是因爲夏子平太英俊，太有魅力？

愛情上的失敗使我毫無理由地傾向聶小衛，我在試圖維護她的尊嚴，然而恐怕會適得其反。我到現在也不明白我怎麼會脫口說出徐悅函的名字。我們已經十年沒見過面，對我來說，他就是另外一個世界的人，爲什麼我會本能地提起他？

一種巨大的憂傷突然襲擊了我，我的思緒一下被拉回到那個風雨肆虐的下午。寒意在心靈深處泛開，一隻看不見的手撥開了往事的迷霧，將我帶回那個被雨水洗得發白的日子裡去。

恍惚中我毫不費力地又回到了當年那個房間。房間裡有一股菖蒲花的香味，窗外還傳來牆根下那株玉蘭樹的芳香，有一枝開滿鮮花的樹梢居然伸進了半開半掩的窗戶。

朦朧的月光下，我看見一個靜默的影子。那個影子就像從水中升起的孤島，逐漸變得清晰。

在過去十年中，他的影子從未如此真切地逼近我。

我忽然覺得胸口憋悶，便走到窗前，推開窗子透氣。整座花園籠罩在寂靜夜色中，連遠處輝煌的燈火也黯淡下去了。深藍色的蒼穹孤零零點綴著一顆星，我凝視著上空那顆孤獨的星星，星光就像淚珠一樣令人心碎。冷風從窗下捲過，四周響起葉片的沙沙聲。幾株醋栗樹寂寞地聳立著，彷彿陰暗的思緒。我打了個冷顫，呆呆望著樹梢，內心深處忽然冒出一股回憶的彩泉，泉水淙淙，彙成一口清澈的池塘，池水裡映出我過去的全部生活經歷，互不關連的事件穿在一起，在搖曳的心鏡中成為清晰單純的圖像。

我看見了一個十七歲男孩的形象。

那個形象從那時起就一直如此，十年來從未有過變化。

我倚著窗口站了很久，直到聽見餘思溶離開的聲音。我猶豫著要不要去看看聶小衛。遲疑間，忽然聽到一陣嗚咽聲，充滿委屈和無助，在沈寂的夜晚聽來，有點毛骨悚然。我全身哆嗦了一下，悄悄走到她門前。她哭得很傷心，躲在屋子裡，隱匿在黑漆漆的陰影裡，她終於可以不用再掩飾和偽裝，壓抑了一天的憤懣、痛楚和怨恨在一瞬間統統爆發出來。我沒有敲

門，我想她可能不願意讓我看見她流淚的樣子。

聶小衛流淚的時候一定沒有想過第二天會很尷尬。當她從房間裡出來時，我一眼就看見她臉色蒼白，眼睛黯淡無光，整個人顯得非常疲憊，還有一點頹廢。

幸好早餐的時候沒有看見夏子平，但我不能確定聶小衛是覺得慶幸還是覺得失落。

聶小衛紅腫的眼圈引起了餘思溶的注意，我只能解釋說昨晚我講了好幾個故事，把她給感動了。餘思溶笑著說：「這麼多年了，妳還是這麼多愁善感。」

早餐後，我們三個人一起出去散步。

尼斯過去是北歐王公貴族的避寒勝地，至今仍能嗅出昔日的繁榮與優雅的豪門情調。漫步在保有歷史古貌的舊市區，立刻能感受異於其他著名度假勝地的特殊風格。而在這個璀璨的陽光城市裡，隨處可以遇見親切、和樂的居民們。

一路上餘思溶的回頭率極高，很多男人不僅回頭，還張嘴。聶小衛忍不住大笑。餘思溶詫異地說：「妳笑什麼？」聶小衛一本正經地說：「據說現在只有三種女孩，一種是身材不佳，叫做『不堪回首型』，哪怕妳長得再好，也沒有人看；第二種是身材極好，可惜容貌不佳，儘管回頭率極高，卻不能贏得男人的張嘴率，因而獲得一個惡名：回首不堪型；第三種女孩最得天獨厚，既能憑著好身材贏得回頭率，又能靠著美貌贏得張嘴率，對男人來說，這樣的女孩無疑屬於再回首型。」

餘思溶也笑，只不過不是大笑，而是嫣然而笑。我想她一

定很清楚自己是哪種類型，她笑容中的得意之情一覽無遺，而當她的眼神在聶小衛臉上掠過時，我猜她也一定會盤算著在男人眼中聶小衛會屬於哪種類型。

聶小衛似乎也感覺到餘思溶的眼神，嗤之以鼻。

當她對什麼人或什麼事表示輕蔑和漫不經心的時候，她總會這樣笑。我摸不透她。她比我大不了幾歲，但我的閱歷與她不能同日而語。但我不明白為什麼她要在餘思溶面前刻意表現得很無知。

我們在COURSSALEYA廣場盤桓了很久，餘思溶買了一大把薰衣草和白玫瑰，聶小衛只是盯著向日葵看。而我只是望著鳶尾花出神。

順著羊腸小道向前走，兩旁只看見一棟棟民舍相連，建築物外面披掛著剛洗好的衣服，隨風搖曳，散發著樸實的氣氛，讓人覺得非常親切。

普羅旺斯最大的好處就在於它的野性、淳樸、自然與隨意，這裡沒有什麼主題公園，沒有高爾夫球場，沒有人工斧鑿的非自然景觀，有的只是從容和舒適。在這裡，妳盡可以傾聽自然的寧靜與和諧。

可惜聶小衛現在的心境離從容和舒適很遙遠，從她若有所思的神情我可以看出她內心的迷惘和痛苦。我不瞭解她和餘思溶的感情究竟有多深，我不敢亂出主意。但我覺得夏子平這樣的人是不會真正愛上某個女人的，至少不會長時間去愛。

當天我們沒有再見到夏子平，吃過午飯後我們就匆匆告辭

了。餘思溶要了聶小衛的手機號碼，她說過幾天她會再找她。

回亞維農的路上，我問聶小衛和餘思溶的感情究竟好到什麼程度。

她沈默了很久，慢慢地說：「上大學的時候我們確實形影不離，感情很深。這些年我確實很想她，但有時候想起當時的情形，我也會覺得詫異和害怕。我覺得當年我對溶溶的感情很不正常，那不像是女孩子之間的感情，倒像是一種愛情。那時我是個很不起眼的人，她卻是我們系最漂亮的女生，好多男生圍著她轉。她倒是對系裡的男生不屑一顧，總是一副莫測高深的樣子。當時我對她很好奇，也很著迷，整天和她形影不離，每當她跟別人介紹說我是她關係最好的朋友時，我就會覺得很驕傲……妳別這麼吃驚，真的就是這樣……我願意為她做一切事情，包括幫她洗衣服，幫她打水，幫她抄筆記，幫她寫論文，甚至在她曠課的時候幫她撒謊……我甚至討厭有別的女孩接近溶溶——有時候我會想，我為什麼那麼討厭周瓊，是不是就因為周瓊曾經在很長一段時間內和溶溶同進同出？我清楚地記得有一段時間，我經常去圖書館看書，而溶溶生病了，有一天黃昏，我回來看見周瓊趴在她床頭，一看到我進屋，周瓊立刻走開了……妳不知道，那種感覺很奇怪。我很憤怒，當時摔門就走了，一個人跑到校園裡最偏僻的角落看著天空發呆，那時候太小，只知道自己很生氣，卻不知道為什麼生氣……當妳為一個人額外做太多事情以後，如果有一天妳不再做了，一切都會失衡，現有的格局會被打破……有一次，不知道溶溶讓我為她做什麼，我拒絕了，她很生氣，她真的很生氣，足足有兩

天沒跟我說話，還數落我不乖。」

　　她忽然笑了起來，看了我一眼，刮了刮我的鼻子，「別這樣瞪著我，好像我真的有病似的。」

　　確實有那麼一種女孩，她們喜歡利用自己豐富的閱歷來控制另外一個女人，這種控制讓她們覺得興奮。餘思溶想必也是這樣的人。我問她為什麼到現在還要表現得那麼乖。

　　她笑著說：「『乖』這個詞用得可真夠貼切的……其實我也不知道這是為什麼，也許當你在一個人面前失去過心理優勢後，你就會永遠失去……我怕我的改變會讓她覺得不適應，從而打破我們之間的平衡……」

　　「妳把現在這種狀況稱作平衡？」

　　「這當然是一種平衡，有進有退，怎麼不平衡？」她臉上泛起一種神秘的白光，線條更硬，更銳利，幾乎是憤怒的，嘴角周圍蘊含著不盡的譏嘲與抗拒的激憤，甚至連她那雙充滿疏離感的眼睛裡失魂落魄的表情也不能減弱這憤怒。

　　我望著她，困惑，不知所措。

　　她猛地轉過頭去，淡淡地說：「先送妳回去吧！」然後就結束了談話。

　　肖琳在MSN上等我半天了，她說她等得快斷氣了，問我死到哪去了。我說和聶小衛一起去尼斯逛了逛。她立即給我送了朵花，說和聶小衛搞好關係是必要的，等我回來就可以到她公司去上班了。我苦笑，心想我哪有這心思。

　　她和我聊了半小時，就下線去睡覺了。

我關上電腦，正想打個盹兒，卻接到于貝爾打來的電話。他告訴我鍾鄴生病了。我腦子裡轟的一聲巨響，臉色頓時慘白，但我還是克制住自己，溫柔而又慘澹地問他爲什麼要告訴我，他與我早就沒有任何關係了。他嗓子很沙啞，聲音充滿焦慮，他說他人在巴黎，實在走不開，而鍾鄴病得很重，再三請我去照顧他。我說許樂曼不是也在普羅旺斯嗎？他說許樂曼昨天回國了。

我鼻子一酸，輕輕說：「那你把地址給我吧！」放下電話，我忽然有一種很痛苦的感覺，牙根發冷，全身透著寒意。

我照著地址找到了鍾鄴的寓所。

他一動也不動地躺著，已經瘦得不成人樣。我心口一陣絞痛，忍住了撲在他身上試圖喚醒他的念頭。我坐在床頭，以一道他永不知曉的沒有盡頭的目光注視著他。他睡得很深，幽暗的夜色中他的臉更顯得沈靜、清瘦。我聽著他均勻的呼吸，心裡湧起無限的悲哀和憂傷。

第二天早晨，他發起高燒。我出去幫他買藥。這一天天色昏暗，屋裡窗簾遮得嚴嚴實實，只開了一盞壁燈，顯得陰沈沈的。而病床上那張望著我的消瘦的臉則更令人心頭抑鬱不安。因爲發燒，他眼睛發紅，兩頰緋紅，嘴唇結了一層黑皮。他有氣無力地躺著，見到我，好像不認得我似的，呆呆望著我說：「妳怎麼來了？」說話的聲音微弱。

我倒了杯水，把藥放在他手上。他順從地吃了藥，我問他想吃點什麼。他可能想笑，但沒笑成，反而顫抖起來，發出既

像咳嗽又像呻吟的聲音，額頭上直冒冷汗。病痛使他雙手又抓又捏，不停地抽搐；他的聲音嘶啞，偏偏還要說話，還要故作輕鬆地笑。

我給他削了個蘋果，他看著我笑了一下，神志已有點迷糊，咕嚕的說了句什麼，眼睛半開半閉。我靠近他，感覺到一股熱氣。他閉著眼說希望我能在這裡陪陪他，聲音很虛弱，而且不停地被喘息打斷。我答應了他。他滿意地笑了，雙手交叉放在肚子上，不一會兒喘息聲弱了下來，似乎睡著了。

我在他身邊待了十幾分鐘，看他睡著了，躡手躡腳往外走。這時他突然狂叫起來，這可怕的叫聲使我渾身冰涼，毛骨悚然。我回過頭，看見一張燒得通紅的驚狂的臉。我怔住了。他大概是燒糊塗了，氣急敗壞地說：「妳要上哪去？妳答應過要留下來的！妳說話不算數！」

我告訴他我只是去趟洗手間。他懷疑地瞪著我，我再三保證五分鐘內一定回來，他才心不甘情不願地放我走。五分鐘後我回來，鍾鄴的臉色依然赤紅，不屈不撓地和高燒昏迷博鬥，逞強地瞪著兩隻眼睛。看見我回來，他放了心，一鬆懈就顯出精疲力竭的狀態。

「妳剛才沒生氣吧？」他喘著氣問，「我實在不想放妳走。」

我說：「你放心，我不會走的。現在你閉上眼睛睡一會好嗎？」

折騰了一個多小時，他消耗了大量體力，總算昏昏沈沈地

睡去。

望著病床上沈默的他，我心裡顫悠悠、空蕩蕩的。我無心看書，慢慢踱到窗前，撩起窗簾一角。窗外陰雲低垂，天色空蒙──這在普羅旺斯可是少有的壞天氣。

鍾鄴這一覺睡了很久。

天快黑的時候，我擰了塊毛巾，爲鍾鄴擦臉。我神思恍惚，沒發現他已經醒了，他抓住我的手，驚喜萬分地喊我的名字。睡了一覺起來，他精神好了很多，神智也清醒了。我怔了一下，看著他發呆。我看見他的嘴唇在動，但我聽不清他都說了些什麼。過了半晌，我回過神來，掙脫他的手，拿著毛巾出去了。

我在浴室裡呆了很久，不知道見了他該說什麼。他顯得急躁不安，看見我進去，他那雙明澈的眼眸閃出一種異樣的光芒，我覺得自己承受不住那麼耀眼的光，整顆心在漲開來。他仍然顯得很憔悴，眉間掩飾不住濃濃的倦意，但此刻他的面容開朗得像無邊的晴空，笑得舒心、燦爛。我站在他的手夠不著的地方，冷淡而客氣地問他餓不餓，想吃什麼。他的笑容一下子就消失了，臉色發白，不安地問我是不是在怪他。

我面無表情地告訴他：曾經怪過。這話像鞭子一樣抽在他臉上，他全身哆嗦了一下，瞠視著我，問我難道不再愛他了嗎。我冷冷地搖頭。他臉色慘白，啞著嗓子問我爲什麼要來。我說那只是因爲你的朋友于貝爾，因爲你的女朋友許樂曼小姐已經回國了，我答應他來照顧你。他似乎有些絕望，呆呆看著

我，半天說不出話來。我沒再說什麼，出去給他弄了點吃的。

　　他看著托盤，似乎震了一下，驚訝而欣喜地望著我：「妳還記得我愛吃什麼菜！」我愣了一下，暗暗詛咒自己多事，「我不記得你愛吃什麼，廚房裡只有這些東西，我還擔心你不滿意呢！」說完我轉身走了出去，我不能再呆下去，我怕我會克制不住自己，因為我知道，我的確還愛他。

　　我在外面隨便吃了點東西，大約過了一個小時才回來。看到他睡著了，我感到有些安心，躡手躡腳地走過去，想把托盤拿走。剛走近病床，冷不防被他猛地抓住手臂，非常用力，箍得我手腕劇痛。

　　我吃了一驚，使勁掙扎，我剛要說話，猛見他臉上有種異常痛苦的表情，額頭上滲出細密的汗粒，臉部肌肉不停抽搐，手上也越來越使勁，幾乎把我的手腕捏斷。我嚇壞了，著急地問：「你怎麼了？不舒服嗎？」看見他臉色發青，嘴唇變白，我不由驚慌失措，手上也不敢用力了，焦急地詢問病情。過了幾分鐘，他的疼痛減輕了，歉疚地撫著我的手腕，柔聲問我疼不疼。我呆呆搖了搖頭，問他哪裡不舒服。他說只要我陪著他，他就什麼事也沒有。我苦澀地笑了一下，淡淡地說我哪有那麼大本事。

　　他正要說話，手機忽然響了。我淡淡笑了笑，說：「你真是個大忙人，連在法國都沒法清靜。」他聽了一句，淡淡地說：「放心吧！我死不了……怪妳，我怎麼會怪妳呢？我知道……」

　　聽起來像是許樂曼打來的，我轉身走出房間。

　　大街上各種聲音紛亂雜遝，而且陌生，比沈寂更讓人肝腸寸斷。

　　我恍然想起和他相識以後，在我們之間發生過的每一幕情景，他的冷淡、他的嚴厲、他的漠然、他的不耐煩，就和他的熱情、他的溫存一樣，令我難以忘懷。

　　夜色濃重，路面上華燈閃耀，灑散著樹的碎影，像朦朧的光點，忽聚忽散。在這樣的夜裡，最容易令人感動，最容易令人感到脆弱和寂寞。但等我真正面對他的時候，我重新又變得冷淡，我把所有的情感統統掩藏起來，刻意在他面前表現出一種得心應手的篤定和堅強。這份感情對我來說不會有任何結果，回想過去種種，我越發明白，我和他是如此不適合。

　　他原本凝視著窗外，神色憂鬱，若有所思，聽到我的腳步聲，他臉上似乎掠過一絲喜色，迅速轉過頭來，欣喜地望著我。我沒有任何表示，重新給他倒了杯熱水。他伸手想拉我的手，我立刻縮了回來。他無可奈何地笑了一下，眼裡充滿悵惘之意。我遠遠地坐下，面對著窗子。

　　他問我吃過晚飯了嗎？我沒回答。他沈默了一會兒，慢慢地說：「我知道妳還怪我……」我仍然沒有反應。他歎了口氣，問我打算什麼時候回國。我淡淡地說：「我不打算回去了，我想死在這裡。」

　　他問我為什麼，我反問他國內有什麼值得我留戀的嗎？他沈默著，一動也不動地看著我。我急於擺脫這種沈悶的局面，

隨口談起了聶小衛。他說聶小衛一直挺喜歡我，老慫恿他把我讓給她當秘書。我笑了笑，心想如果當初他真把我讓給了聶小衛，也許一切都會好得多。

他講了不少關於聶小衛的趣聞，但那都是大學畢業以後的事情了。我詫異地問他難道大學期間沒有嗎？他說確實沒有，他說聶小衛的大學生涯是非常低調的，前三個學年，他對她幾乎沒有印象，只記得她是餘思溶的跟班。

跟班這個詞非常刺耳，我沒法相信聶小衛那麼獨特的一個人，竟然曾經給別人留下這樣的印象。

鍾鄴看著我說，當時所有人都是這麼看的。他說，大學期間他對聶小衛的唯一印象是有一天下午，他待在教室外面看書，看見聶小衛流著眼淚失魂落魄地走過來。他很驚訝，就詢問了一下。起初聶小衛不肯說，在他身邊坐了半個小時後，喃喃地告訴他，餘思溶不理她了。當時他覺得這些女孩子簡直不可理解，不理就不理唄，有必要這麼傷心嗎？

我問他餘思溶又是個什麼樣的人。

他想了想，說：「很漂亮，個子高高的，喜歡穿白衣服，舞跳得很好，成天一副若有所思、不食人間煙火的樣子。當時很多男生都覺得她是當之無愧的校花，大家都說她的舞跳得比專業還專業，當年的每一場大型演出都有她的保留節目，只要她一出現，臺下的男生就會發瘋。但是她很少去上課，也從來沒見她參加過什麼跟學業有關的活動，我和她不熟，但我們系裡有不少她的愛慕者，程維虹就是一個，追了她三年都沒追

上。」

這樣的回答很難叫我滿意。但他的評論暗含著他對餘思溶不感興趣的意思。餘思溶不同於許樂曼，她是那種需要呵護和關注的女人，鍾鄴也不同於夏子平，他沒那麼多時間、精力以及閒情逸致。他需要的就是許樂曼這樣又成熟、又自立、又有背景的女人。

我問他聶小衛堅強嗎？他說她看起來很堅強，其實未必。在他看來，世界上沒有絕對堅強的女人。我笑了笑說：「看來你對此深有體會。」

他也笑了笑，「來之前我收拾櫃子的時候，發現我那兒還有幾件妳的衣服。」

我的臉通紅了，「你趁早扔了吧！反正我不會要了。」

他目不轉睛地注視著我，再次問我什麼時候回去。我說他已經問過一次了。他說只要我不回答，他就會一直問下去。

我決然地說：「聽著，鍾鄴，即使我回去了我也不會見你，我們也沒有必要見面。」

他笑著說我叫他鍾鄴比叫鍾總順耳多了。我不想再繼續談下去，隨即站起身。他歎了口氣，跟我說對不起，我回頭看了他一眼，問他為什麼向我道歉。

他凝視著我，「為過去的事。」我唇邊泛起一絲淡淡的笑容，「有必要嗎？」他眼裡掠過一絲陰影，「我知道是我不好，可是妳應該體諒我，我實在太忙了……」

我盯著他，一字一頓地說：「我很相信，我知道世上再也

沒有比你更敬業的人了，我知道你很忙，所以早在幾個月前，我已經不再去打擾你！」

他臉色發白，「我知道妳心裡有很多委屈，是我不好，我不該那樣冷落妳，我真的很想對妳說對不起……」

我斷然說：「我已經說過，根本不必要！我不想聽你的道歉。類似的道歉我在生活中已經聽得多了。所有的道歉都是那麼輕描淡寫，這世界一切都變得那麼簡單，簡單到傷害了人只要說一句對不起就可以，有的人從來不道歉，有的人卻整天把對不起掛在嘴邊，這句話已經廉價得不得了。你以為只要說聲對不起就可以把我所有的痛苦一筆勾銷嗎？」

鍾鄴驚愕地望著我說：「我沒有這個意思！」

我淡淡地說：「你現在也許是沒有這個意思，可是當初你未必沒有這個意思。我一直在想，我對你到底算什麼？你對我好是不是因為你覺得無聊，或者只是一時興起，根本沒打算要和我有將來，無非玩玩而已，壓根兒沒把我當作一個妻子的人選──話又說回來，這麼說對你可能不太公平，現代人又有幾個一談戀愛就準備結婚呢？我想你從來都沒想過要對我負責。而我這種既沒有地位又不能豔驚四座的女孩正好合了你的意，你不必怕我傷心、怕我添麻煩。你要的正是一種你享有絕對優勢的關係，所有一切都將因為我們地位迥異而變得只利於你，一旦你對我感到厭煩，或者找到更好的對象，以你的權勢地位，以你的強硬個性，隨時可以輕輕鬆鬆把我甩掉，任何困擾都不會有。」

　　這番話叫他目瞪口呆，過了好半天他才問：「妳怎麼能說出這麼一堆毫無根據的話？」

　　我笑著說：「不見得沒有根據吧？你什麼都不必說，我只是看在相識一場的情分上才來照顧妳，你沒有必要感到不安，也沒有必要非得做出某種違心的承諾。」

　　他怔怔地望著我，眸子黯淡無光，含著形容不出的痛楚。我勉強控制住內心的憂傷，剛要轉身，他叫住我，問我去哪。我頭也不回地說：「我看你已經好多了，我得走了。」

　　「妳還會來看我嗎？」

　　我回頭看了他一眼，「我想不會的。」

　　他顯得有些失望，不做聲地點一下頭。

一個人是一個謎

憤怒與悲哀、絕望與傷痛，還有無能為力的苦悶，就像一個
披著黑色斗篷的龐大幽靈，鉗住聶小衛的軀體，一點一點把
她的心揉碎。

一個人是一個謎

　　此後我沒有再去看過鍾鄴，我希望事情到此爲止。兩天後，我接到聶小衛的電話，她讓我趕緊去見她。我緊趕慢趕，遠遠看見她在飯店前站著，一身黑色無袖短裙，看上去是那麼柔弱，那麼纖瘦，又那麼神秘。這樣的一個人，我怎麼能將她和「跟班」連繫在一起？

　　她告訴我，餘思溶打電話給她，要她陪著她去一個地方，她想也沒想，隨口就答應了，但餘思溶說她必須過去一趟，親口告訴夏子平是她要找餘思溶出去逛逛。

　　我皺著眉說那豈不是要妳對夏子平撒謊，她歎了口氣，說餘思溶就是這個意思，而且神神秘秘的，生怕夏子平知道。我說妳沒問她到底要去哪嗎？她聳了聳肩說，問了，餘思溶不肯說。

　　我狐疑地看著她，「她到底想做什麼？」

　　「我不知道，照這個情形來看，絕對不是什麼好事，至少對夏子平來說是如此。」

　　「不過既然夏子平不是什麼好人，對他來說不好的事情倒也未必就是壞事。」

　　聶小衛笑了，「我也是這麼想的，可是我對自己這一番邏輯不是很滿意，我覺得自己潛意識裡有些不道德的因素在蠢動。我問自己，是不是因爲夏子平這樣對待我，我就希望他倒楣，甚至不惜利用溶溶？」

「那妳想不想去呢？」

「去挺不妥當的，這一去還不知道夏子平會怎麼想呢！他很有可能以為我是衝著他去的，如果是這樣，我豈不是很難堪？」她猶豫了很久，「算了，還是去吧！」

「為什麼？」

「因為……因為她是我的朋友。」

餘思溶親自開的門，她穿著鵝黃碎花錦緞睡衣，美得讓人窒息。看到我們，她勉強擠出一個笑容。聶小衛問她是不是不舒服，她搖搖頭，表情冷淡地讓我們進門。

聶小衛微微皺了皺眉，還想再追問一句，夏子平從書房走出來。她看了他一眼，眼神裡沒有任何內容，淡淡地打了個招呼。夏子平拍了拍餘思溶的肩，讓她趕緊去換衣服。餘思溶看了聶小衛一眼，目光裡充滿不放心，走上樓去。

陽光透過明黃色的窗簾，在大廳裡彌散開暖暖的金色光芒。

夏子平在我們對面坐下，問我們想喝點什麼。聶小衛搖頭，然後單刀直入地挑明來意。沒想到夏子平說他和餘思溶正準備出去，問能不能改天。聶小衛毫不猶豫地說不行。

夏子平微微揚了揚眉，「哦？這麼著急？那這樣吧，等我們辦完事再去？」

「那好，辦完事你請溶溶打電話給我。」聶小衛乾脆俐落地站起身來，轉身就走。

「妳不一起去嗎？」夏子平半是嘲諷半是試探地問。

●亞維農

　　「你以為我會一起去嗎？」聶小衛丟下這句話，揚長而去。她走得太快，以致於碰落了茶几上的一疊書。我猶豫了一下，俯身收拾。

　　餘思溶出來，只看到砰然撞上的門。她怔怔看著夏子平。夏子平不冷不熱地說：「妳這個朋友可眞夠橫的。」餘思溶在他身邊坐下，惴惴不安地握住他的手，柔聲說：「如果你不喜歡她，我就不見她了。」

　　夏子平目不轉睛地盯著她，盯得她心裡發毛。他哼了一聲，說：「爲什麼不見？我什麼時候說我不喜歡她了？」

　　餘思溶猶豫著說：「那爲什麼你們……」

夏子平聳了聳肩說：「那我怎麼知道，也許她看我不順眼也不一定……」

餘思溶笑著說：「那怎麼可能，也許她愛上妳了，但是知道不可能得到妳，所以才這個樣子。」夏子平笑了，說：「妳真這麼想？那倒是我的榮幸了！」

他們說這些話一點也沒有避諱我，好像我不存在似的。當我起身的時候，夏子平的目光落到我身上，那眼神犀利而又空洞，沒有任何內容，就像掛在牆上充當擺設的佩劍一樣。

我追上矗小衛，她氣呼呼地說：「妳怎麼這麼慢？」我說：「妳把人家的書碰倒了，我總得收拾吧！」。

她哼了一聲，「妳管它！」

我猶豫著要不要把我聽到的話告訴她，想了半天，還是說了。她氣得發慌，咬牙說：「豈有此理！」

這回輪到我以一種同情而又充滿憂慮的眼光看著她了。

她怒氣沖沖地在原地轉了好幾圈，我知道她一定很想掉頭走掉，但她沒有。她很快平靜下來，對我嫣然一笑，「走吧！咱們到舊市區蹓躂蹓躂。」

我們倆在COURSSALEYA廣場轉了一圈又一圈，這天是星期一，廣場成了賣玻璃瓶和小飾品的古董市集。她給我買了一個很漂亮的手鏈，然後給自己挑了一頂復古氣息很濃厚的帽子。看著她戴上那頂帽子，我忽然覺得她就像杜拉斯筆下的那個十五歲的女孩。沒等老去就已經很滄桑。

把廣場轉了幾遍，餘思溶還沒有來電話，於是我們接著光

顧舊市區中心的小吃店。我終於吃到了「索卡」這種小吃，談不上很好吃。但是賣索卡的老太太精神奕奕地大聲招呼「快來買喔」，並與我們閒話家常，猶如鄰居老奶奶般親切，讓我不知不覺地吃了一個又一個。

最後我們坐在街旁喝著古法釀製的飲料和吃CONFISERIE，這是一種以糖醃漬去皮的柳橙或檸檬、桃子等點心，味道怪怪的，但是當地人非常喜歡。

安靜下來之後，聶小衛顯得有些魂不守舍，眼睛裡流露出一種舊日的刻骨悲傷。幾分鐘前還是那麼明亮開朗的她，一下子就變得陰鬱、嚴肅。幫著自己的好朋友去欺騙自己曾經愛過的男人，這種滋味一定不好受，稍不留神就可能變得裡外不是人。

街上人來人往，經過我們面前時，都會不自覺地看一眼聶小衛，盛夏時節，黑衣本來就惹眼，何況她的神情如此恍惚。

現在又有一個人走過來了，我知道他八成也會重複剛才所有的人的動作：駐足、凝神、探詢、搖頭、離開……果然，他站住了。我喝了一大口飲料，抬起頭來，他正盯著我看。一個老人。我望著他，忽然回想起來，我笑著跳起來，他顯然也認出了我，笑得非常開心。我問他那天接到馬塞爾了嗎？他說接到了，他說馬塞爾現在已經變成一個和他一樣老的老先生了。

我們閒聊的時候，聶小衛睜大了眼睛看著我，眼神很空洞，似乎還沒明白眼前究竟發生了什麼事。老人邀請我們去他家裡喝咖啡。儘管我已經喝了一肚子水，我還是欣然接受了。

就像那天在火車站旁的咖啡館說的那樣，老人的屋頂覆蓋著橄欖枝和薰衣草，香氣撲鼻。老人解釋說這房子是後來蓋的，只是因為他們都懷念童年的時光，所以幾乎是仿照原來的樣子重新蓋了一座屋子。

屋子外面種滿了鳶尾花，這還是我生平第一回見到這麼一大片。

喝著老人親手煮的咖啡，聶小衛的心情似乎也變好了，她開始自如地談天說地。

我一面聽她說話，一面透過窗子往外看。這時我注意到花叢裡有一個男人的身影，離得太遠，我看不清楚。我問老人外面的那個男人是不是馬塞爾。

老人起身看了一眼，「那不是馬塞爾，他是伊莎貝拉的朋友，也是她的鋼琴老師。他和你們一樣是中國人。」

我好奇地走到窗邊，想看得更清楚一些。但那個男人正慢慢離開花園，我只看到一個坐在輪椅上的背影。

告別老人，我們沿著羊腸小道慢慢往下走。路旁長著高高的薰衣草，雖然太陽把它的葉子曬焦了，它仍然散發出芬芳的香氣。那個坐輪椅的男人就在我們前面不遠處，他的輪椅轉得很慢。從他身邊迅速走過似乎顯得太沒禮貌，跟得太近，在他背後磨蹭又有指指點點的嫌疑。為了避嫌，我們停下腳步，眺望遠處蔚藍的海水。

不知道為什麼，我的目光總是不由自主地被那個人吸引。

從我記憶深處裡湧出的那個男孩的形象是與輪椅無關的，

雖然事實上他總是坐著輪椅。

　　在茫茫天地之間，那個男人的身影顯得孤獨而無助，悲哀而渺小。

　　我們遠遠地跟在他身後，直到另外一條小路出現。在我們準備拐彎的時候，我看見他的輪椅陷入路邊的一個小坑，他努力了半天也沒能成功。我快跑過去幫了他，我的注意力全都集中在輪子上，只聞到他身上有一種淡淡的香味。

　　他跟我說謝謝，我直起腰來，還沒來及說話，就聽見聶小衛在喊我：「辛爵，快點，溶溶來電話了！」我感覺他全身忽然震了一下，我詫異地往他臉上看了一眼，匆忙跑開了。走出很遠，我下意識地回頭看了一眼，很奇怪，那個男人還在那兒，而且彷彿一直盯著我看。我努力回想他的模樣，但那一眼實在太匆忙，我只記得他有一張輪廓分明的臉，似乎很俊秀，但也很陌生。

　　我們重新回到夏子平的豪宅前，夏子平開著車過來。

　　聶小衛面無表情地迎上去，拉住餘思溶的手，對夏子平道了聲謝，轉身就走。夏子平高聲說：「要我送妳們嗎？」聶小衛頭也不回地說：「謝謝，不用。」

　　把餘思溶帶出夏子平的視野，聶小衛就鬆了手，淡淡地說：「妳辦妳的事去吧！如果需要，喊我一聲，我送妳回去。」

　　餘思溶輕輕說：「謝謝妳，小衛。」

　　聶小衛沒有看她，說：「沒什麼大不了的，我走了。」

看著餘思溶的背影消失在人群中，聶小衛發起呆來。

介入別人的情感是一件很傻的事，我自己的事情還沒有處理清楚，就已經陷入她的情感漩渦了。我不知道她會怎麼處理這段感情，換了是我，又會如何是好？

我陪著她，看著來來往往的人群發愣。

她的手機忽然響了起來。她一愣，聽了一句，臉忽然變得慘白，手也顫抖起來。她一直在聽，只說了一句：「你太多心了，我沒那麼無聊。」放下電話，她表情機械地攏了攏頭髮，眼睛茫然四顧。我驚訝地詢問發生了什麼事情，她強打起精神，竭力想笑一笑，但是笑容還沒展開就凝滯了，「夏子平打來的。」

「他說了什麼？」

她自嘲地笑了笑，「他問我是不是想把我們的事告訴餘思溶。」

我蹙起眉頭，生氣地說：「這個人怎麼這麼不講理？」

她歎了口氣，輕輕說：「也難怪他起疑心，換了我也會這麼想的……看來他真的很在乎溶溶……」她的聲音逐漸微弱下去，消失在一陣突然爆發的寒顫中。她似乎忽然覺得冷，雙臂緊緊抱著胸前，慢慢退到路邊，靠在一棵樹上。「這麼多年來，我一直在做一件事，就是擺脫溶溶的影響，我以為我成功了，實際上根本沒有。」她仰起頭，茂密的樹葉抖落下滿樹的陽光，弄得她臉上忽明忽暗，陰影零碎。

「自從認識溶溶以後，我就一直處在她的陰影裡。大學前三

年，我聶小衛是不存在的，我只是溶溶的一個小跟班，用她的話說是『很鐵的哥兒們』。我總是跟在她屁股後面，跟著她參加各式各樣的活動，而她似乎很喜歡我的陪伴，就連有人追她，請她吃飯，她也要帶著我。我就像她的影子，緊跟在她身後，沒有她，我根本不知道該怎麼和別人相處。她是那麼受歡迎，那麼討人喜歡，而我呢？我什麼都不是，什麼都不是……友情有的時候也是磨人的，也能讓人失去尊嚴，如果雙方地位不平等的話……大四的時候，溶溶休學了，一切都變了，我好像忽然間找到了自己，忽然間明白原來我並沒有自己想像中那麼糟糕，即便沒有她，我也能好好地活下去……這麼多年過去了，我的傷口才剛剛癒合，沒想到又在夏子平這裡栽了這麼大一個筋斗，夏子平越在乎她，就越顯得我無限可悲。難道這真的是宿命？難道命中註定我這一輩子都無法超越溶溶，無法徹底擺脫她的陰影？」

　　憤怒與悲哀、絕望與傷痛，還有無能為力的苦悶，就像一個披著黑色斗篷的龐大幽靈，鉗住聶小衛的軀體，一點一點把她的心揉碎。

玩笑的代價

這是我迄今為止吃過的最難受的一頓飯了，飯桌上的談話零碎而刻板，夏子平話不多，徐悅函話更少。大部分時間大家都保持沈默，在沈默中自我克制。

玩笑的代價

接到餘思溶馬上返回的電話後，聶小衛就恢復了原先那種略帶一些玩世不恭的自在風度，她用一個假面具把所有的悲哀和苦痛統統掩蓋起來。她一直沒有正視我的眼睛，也許是因為我瞭解得太多，她在我面前已無可遁逃。

餘思溶很快就出現了，她那身白色的連衣裙在夕陽的餘暉下顯得耀眼奪目。她本人則滿臉紅暈，容光煥發。她拉住聶小衛的手謝了又謝，亢奮得有些異常。聶小衛似乎很不習慣這樣的含情脈脈，她適時地抽出了自己的手，說：「走吧，我們送妳回去。」

路上餘思溶給夏子平打了個電話，告訴他自己馬上就到。夏子平要讓她邀請我們去吃晚飯。聶小衛當即拒絕了。在夏子平的要求下，餘思溶把手機直接遞給聶小衛。我看得出聶小衛非常憤怒，她甚至沒打算在餘思溶面前隱瞞，我偷偷地拽了拽她的衣服。她拼命克制馬上就要突破胸口的怒火，陰沈著臉接過手機。不知道夏子平究竟說了些什麼，她始終一言不發，最後把手機還給餘思溶，淡淡地說：「那我們就去吧！」

餘思溶狐疑地看了她一眼，簡單和夏子平說了幾句就掛了。她把聶小衛拉到一邊，悄聲問了句什麼。聶小衛笑了笑，說：「妳太多心了，我沒那麼無聊。」

她把對夏子平說的話又對餘思溶說了一回，天曉得她心裡到底在想些什麼。

餘思溶猶豫了一下說：「小衛，妳是不是不喜歡子平？」

「我為什麼要喜歡他？」

「妳們倆一說話就犯沖，我夾在中間很尷尬⋯⋯」

「妳有什麼好尷尬的？」

不一會兒工夫，已經到了夏子平家門口。夏子平就在門口等著，餘思溶下了車，夏子平似笑非笑地攬住她，在她臉上吻了一下，轉過臉來看著聶小衛說：「多謝賞臉，聶小姐。」

聶小衛沒有回答，只是不動聲色地笑了一下。

餘思溶說她得上樓洗洗臉，換換衣服，夏子平點點頭，做了個手勢，司機趙伯天就開著車過來了。

我們剛坐穩，夏子平就吩咐開車。

趙伯天說：「不等餘小姐嗎？」

「她麻煩得很，我們先走吧！你待會兒再來接她。」

沈志白已經在餐廳門口等了很久，看見我們過來，低聲跟領班說了幾句話，打了個招呼就離開了。

夏子平把整個餐廳都包了下來，餐廳太大，顯得人太少。

西裝革履的服務生彬彬有禮地遞上菜單。

夏子平示意我們先點。

聶小衛把菜單遞給我，我擺了擺手，她忍住內心的不快，翻開菜單。夏子平把她的表情看在眼裡，笑了笑。

聶小衛不疾不徐地翻閱菜單。

夏子平看著我，有一搭沒一搭地和我閒聊。

聶小衛把菜單從頭翻到尾，又從尾翻到頭，才慢吞吞地點了幾個菜。然後把菜單遞給我，我很謹慎地點了幾個我吃過的菜，把菜單遞給夏子平。

餘思溶足足過了半小時才來，穿著一件非常性感的長裙，鬆鬆地盤著頭髮。夏子平用一種欣賞的眼光目不轉睛地看著她，微笑著說：「有人說男人一生中有一半的時間是用來等女人的，像妳這麼漂亮的女人，就算要花三分之二的時間來等，我也是願意的。」

這種場面非常尷尬，夏子平看來存心讓聶小衛難堪，他知道她愛他，卻偏偏要這樣作踐她。聶小衛不動聲色的沈靜下蘊藏著一種隨時可能發作的躁動不安，她面無表情，眼睛空洞地望向遠方。

我不知道餘思溶是習慣了任何場合都要好好修飾自己，以求自己始終達到最佳狀態，抑或刻意為之，只是為了展示自己，顯示自己的與眾不同，如果是後者，我覺得大可不必，而且有些可厭。在座的就只有聶小衛和我兩個客人，她絕對沒有必要這樣修飾，她是什麼意思呢？

服務生詢問什麼時候開始上菜，夏子平說再稍等一會兒，還有一位客人沒到。

我驚訝地看了聶小衛一眼，猜想會是什麼人，聶小衛沒有回應，我真擔心她會崩潰。但她臉上忽然露出驚訝的神情，我看見她目不轉睛地盯著門口，眼神逐漸失去了先前的冷靜，變得瘋狂而又憤怒。

　　我詫異地順著她的目光看去，只見沈志白推著一個坐在輪椅上的男人緩緩走來。

　　那個男人看起來很像下午遇見的那個人，只是不再顯得那麼渺小和無助，他看上去很沈靜，也很安詳，但身上有一種令人心頭發顫的威嚴。

　　我對著他的臉看了很久，他的眉眼似曾相識，但是表情太陌生。我忍不住悄聲問聶小衛那個人是誰。她慘白著臉看了我一眼，眼裡充滿憤懣和懷疑，有那麼一瞬間我覺得她恨不得殺了我。她咬了咬牙，壓低了嗓子說：「妳這個傢伙，信口開河的時候挺自在，到頭來自己居然不認得他！」

　　我心頭一震，她的話就像一條無形的鞭子，啪的抽在我身上，一下子就把我的魂魄打散了，思緒像失控的野馬在草場上狂奔。這一切太突然、太戲劇化、太不可思議，我實在難以置信。我好像就剩下一副軀殼，精神、靈魂、思想剎那間全部被掏空了，周圍的一切都變得如此模糊，都喪失了原有的形狀和顏色，都只是一團無影無蹤的煙霧。我好像重新回到蒙昧時代，世界裡只有混沌和恐慌，連我本人也變成了一片混沌……

　　我唯一的念頭就是完了，我把聶小衛害慘了，完了。

　　服務生搬走了餘思溶身邊的椅子，沈志白把那個人推到餘思溶和聶小衛之間的空位上。他恭敬而又冷淡地跟餘思溶打了個招呼，然後就目不轉睛地看著我。

　　這種場面實在太沈悶，太窩囊，也太難堪。

　　聶小衛全身都在顫抖，我想她一定恨透了我們每一個人。

　　夏子平笑著對服務生說人來齊了，可以上菜了，然後似笑非笑地，眼光輪流在聶小衛和我臉上打轉。我恨得牙癢癢的，真想馬上殺了他。我從來沒見過這麼可惡的男人，他明知道這一切都是個玩笑，卻故意要整我們，讓我們無地自容。

　　我對聶小衛深感歉意，我生平第一次對別人感到如此歉疚。如果夏子平挑明了問我，我就可以說明一切都是我在胡說八道，與聶小衛無關，但是他什麼也不問，什麼也不說，只是把另外一個毫無關聯的人扯進來，這讓我就算想澄清也無從說起。

　　我低著頭，把嘴唇都咬破了。

　　這是我迄今為止吃過的最難受的一頓飯了，飯桌上的談話零碎而刻板，夏子平話不多，徐悅函話更少。大部分的時間大家都保持沈默，在沈默中自我克制。

　　餘思溶儘管打扮得非常漂亮，卻未見得自適，我幾次看見她臉上露出慌亂、失落的神情，看到她這種顯露內心矛盾的表情，我腦子裡頓時閃過一個念頭：「今天下午她究竟做什麼去了？」

　　晚餐進行到尾聲，聶小衛似乎完全控制了自己的情緒，她一直在觀察，觀察每一個人的表情，有時候我能看見她嘴邊轉瞬即逝的笑容。她喝了不少酒，臉上泛起一種放肆的美，眼裡的光亮變得強烈而逼人，臉頰的紅暈燃燒得越來越灼人。

　　晚飯終於結束了。

　　我急於向聶小衛道歉，但餘思溶叫住了她，眼裡滿含著期

待。她當然明白是什麼意思，笑著說：「別這樣，我們又不是不再見面了，妳放心，我不會就這樣丟下妳的。」

夏子平淡淡地說：「妳們倆在一起待了一個下午了還這麼戀戀不捨的，要不聶小姐留下來住兩天？」

聶小衛聳了聳肩說：「那可不行。」夏子平追問了一句：「爲什麼？」

聶小衛笑著看著他說：「因爲我們犯沖，我可不想叫餘思溶尷尬。」

夏子平沒料到她會這麼說，一愣，說：「我可不這樣覺得，聶小姐太敏感了吧！」

聶小衛嗤之以鼻，說了聲再見。

夏子平說：「妳們稍等片刻，我讓沈志白送妳們。」

聶小衛拒絕了，拉著我的手，轉身就走。

這時我聽見悅函喊了一聲：「小爵，等一等！」我知道他喊的是我，但是所有人都以爲他喊的是聶小衛。我注意到連夏子平都露出了驚訝的表情。我猶豫了一下，這時我感覺聶小衛的手已經鬆開了，我緊緊拉住她的手，低聲說：「別回頭，快走！」

走出老遠，聶小衛問我：「他喊妳爲什麼不理他？」

我停下腳步，喘息著說：「就讓別人以爲是喊妳妳不理吧！」

她笑了笑，「妳以爲還能騙得了誰？」

「那我不管，反正能挽回一點是一點……對不起，我……」

她笑著搖搖頭，「不要說了，我知道妳想說什麼，我不怪妳，真的。」

我語無倫次地反覆道歉，一面道歉一面斥責夏子平太過分。她淡淡地說也許他有自己的邏輯吧！

那天夜裡聶小衛一直顯得很平靜，好像什麼都沒發生過似的，但第二天她就病倒了。生病有時候是一種應急機制，是軀體對過重壓力的排斥。我知道她遲早會病倒的，她已經撐了太久了。她和我不一樣，她總是把自己脆弱的一面掩藏得很深，尤其是在男人面前。

幾天後，她的病有了一點起色，她半躺在床上，看著窗外明麗的天。

我問她想吃點什麼，她搖搖頭，幽幽地說起夏子平，她說這些年來，她總是會想起他，思念就像毒藥一樣，把她的心浸泡得千瘡百孔……她明知道他是個沒心沒肺的花花公子，明知道自己和他不可能有任何進展和結果，可是還是愛他，還是忍不住要把對他的感情完好無損地封存到現在。

「妳這樣愛他，他卻那樣傷害妳，妳這又何苦呢？」

她黯然神傷，「我也不知道這是為什麼……其實我很早就知道自己很傻，夏子平顯然只是個不負責任的花花公子，慣於逢場作戲，即便是個天生麗質的女人他都未必放在心上，何況我這樣平凡的女人。但我真的忘不了他。」

「是不是因為他的誘惑太大了？」

「可能是吧！妳明知他不屬於妳這個世界，當他偶然經過妳面前，妳就妄想把他永遠留下。」

正說著，餘思溶突然怒氣沖沖地闖了進來。

我愕然站起，聶小衛驚訝地揚了揚眉毛。

餘思溶逼到她面前，怒不可遏地說：「為什麼妳要這麼做？為什麼？我到底哪一點對不起妳了，妳要這樣害我？」

聶小衛莫名其妙：「我不知道妳在說什麼，發生什麼事了？」

「為什麼妳要告訴夏子平那天我去見殷浩？」

聶小衛一愣：「妳那天下午去見殷浩了？妳……妳利用我！」

「我問妳為什麼要出賣我？」

「我什麼時候出賣妳了？我根本不知道妳那天做什麼去了，我怎麼出賣妳？」

「我不相信，妳一定跟蹤我了！」

「我可沒那麼大本事，也沒吃那麼飽！」

「那我再問妳，妳早就認識夏子平了是不是？」

聶小衛皺了皺眉：「誰告訴妳的？」

「自然有告訴我的人，妳只需要回答是不是真的。」

聶小衛十指交叉，平靜地說：「是真的，怎麼了？」

「那妳為什麼不告訴我？」

「我不覺得告訴妳會更好一些，何況我沒打算和他發展什麼

關係。」

「我沒辦法相信妳。」

聶小衛依舊很平靜：「那我很遺憾。我們這麼多年的感情，妳居然對我連一點基本的信任都沒有。」

餘思溶冷笑：「妳還好意思提到感情兩個字？妳這麼對我，我怎麼還能相信妳？」

「妳覺得我會為了夏子平而出賣妳？」

「不是我覺得，而是事實如此，我只能這麼想。」

聶小衛淡淡地說：「如果這麼想能讓妳覺得舒服一些，妳就這麼想吧！」

餘思溶那雙秋水流螢的眼睛充滿了鄙夷與遭到背叛後的憤怒，「妳以為妳這麼說我就會原諒妳嗎？我不會的，這麼多年來，我一直那麼想妳，想不到妳卻這樣對我，妳真的太讓我失望了！」

這話聽起來異常刺耳。

聶小衛咬了咬牙，「我沒有對不起妳，信不信隨便妳。」

「我不會信的！」餘思溶丟下這句話，掉頭就走。

我剛想追出去，聶小衛喊住了我。我扭頭看見她臉色蒼白，淚水縱橫。我跺了跺腳，說：「妳為什麼不解釋呢？」

「我解釋了，她不信！」

「妳應該拉著她到夏子平面前去說清楚，妳明明沒做過，幹麼背這個黑鍋？」

她淡淡地笑了笑，「那又怎麼樣？反正我在他們眼裡早已經糟糕透頂了，我何必做無謂的努力？」

我沈默了，負疚的罪惡感像毒蛇一樣啃噬我的心靈。

門鈴響了很久也沒有人來應答。

我執拗地一遍又一遍地按響它，我內心積壓著一股怒火，一股由無能和無力引起的怒火。我不該捲入這個漩渦。我早該知道自己是個徹頭徹尾的笨蛋，我連自己的感情都處理不好，哪有資格去干涉別人的感情？

我害苦了聶小衛。

我不知道該怎麼去挽回，我也不知道我來得到底對不對，但我已經顧不了那麼多了。我把全身的力氣都用在按門鈴上，我要把它按破為止。

我終於聽到了腳步聲。

門開了，夏子平的臉陰鬱而冷酷，「妳來這裡做什麼？」

我張了張嘴，一時不知從何說起。

他冷冷地看了我一眼，「是聶小衛讓妳來的？」

不！我瘋狂地搖頭，不是她，這和她一點關係都沒有。我在心裡大喊。他似乎聽見了我心裡的聲音，面無表情地說：「那妳就更沒有理由來了。」說著就要關門，我急切地擋住他，「你聽我說，就幾分鐘，我說完就走！」

他冷冷地站著，既不拒絕也不鼓勵。

我著急地想把真相告訴他，越著急越語無倫次，但他總算

是聽懂了，他點點頭，「妳說完了嗎？說完了就走吧！」

　　我臉色蒼白，心頭糾結，我是在自取其辱。換了以前，我敏感而脆弱的自尊心會受傷的，現在我卻無所謂了，只要能挽回聶小衛的名聲，我可以拋棄自己的名譽。我不知道自己究竟說清楚了沒有，也不能確定他是不是真的明白了，我哀懇地望著他：「你真的明白嗎？說徐悅函是她男朋友完全是我胡說八道，和她一點關係都沒有？餘思溶去找殷浩，她一點都不知情……她從來就沒有把認識妳的事情告訴過餘思溶……我一直和她在一起，我可以作證……」

　　門砰的關上了。

　　我失魂落魄地退了兩步，喃喃地說：「為什麼你這麼狠心？為什麼她那麼愛你，你卻要這樣傷害她？為什麼？難道在你眼中，別人的感情就真的一文不值嗎？」

漂泊在世界的溪流中

我淡淡地說：「愛不愛是我的事，和你有什麼相干？」他的
手沈重而蠻橫地按著我的肩膀，試圖把我的注意力吸引到他
身上，大聲說：「我在乎！」

漂泊在世界的溪流中

從夏子平那裡回來後，我直接回到自己的住處。一種從未有過的疲憊和挫敗感攫住了我，我倒在沙發上，不吃不喝，兩眼單直地盯著天花板，直到慢慢進入夢鄉。

我夢魘了。

夢中我努力想睜開眼睛，卻怎麼也睜不開。所有人都在指責我，包括聶小衛。夢裡正下著暴雨，我獨自一人遊蕩在漫無邊際的田野中，雨越下越大，伴隨著轟隆隆的雷聲，鬼影似的閃電，一條條抽打在我身上。

我猝然驚醒，翻身坐起。不知道是不是錯覺，我忽然聽到有人敲門。我聽了一會兒，的確有人敲門，敲得很用力，也很急促。我莫名其妙地感到心悸，跑去開門，看見鍾鄴站在門口。我來不及收拾自己的表情，就被他猛地摟進懷裡。我掙脫出來，平靜地把他請進屋。我回到沙發上坐下，他走過來摟住我，我沒有動彈，目不轉睛地盯著對面的牆壁。他執拗地扳過我的臉，凝視著我，不安地問我難道不再愛他了嗎？

我淡淡地說：「愛不愛是我的事，和你有什麼相干？」他的手沈重而蠻橫地按著我的肩膀，試圖把我的注意力吸引到他身上，大聲說：「我在乎！」

我冷冷地說：「你會在乎嗎？如果你在乎，不會連著四五個月一次也不來看我，甚至連一通電話也沒有。我給你打過多少次電話，你真的一次也不知道嗎？」

他急切地回答：「我知道，我當然知道，可是我實在忙得沒有時間，等我有時間回電話，已經太晚了，我怕影響妳休息。」

我淡淡地說：「是嗎？」

他抱住我，吻著我的手，要我相信他。

我感到他的吻像暖流一樣湧遍我的全身，我起了一陣微微的哆嗦。我一動也不動，心裡湧起無法排遣的哀傷，喃喃說：「我們已經這麼久沒有見面了，何不就這樣好聚好散？如果你是因為我在你生病的時候照顧你，我勸你看淡一點好，這種建立於一場疾病的感情實在太不牢靠，你遲早會後悔。」

他不說話，只是一個勁兒地吻我。

我掙開了，給他沏了一杯熱茶。他喝了幾口，我看著他，隨口問他吃過晚飯了嗎？他搖搖頭。我喃喃地說：「你老是這個樣子，難怪會生病……你坐一會兒，我給你弄點吃的吧！」

我簡單地做了點吃的，他顯然餓極了，吃了不少。我撥弄著刀叉，呆滯地看著桌面。我曾經無數個夜晚望眼欲穿地等他來，每一次都等到精疲力竭，現在我不等了，他卻來了。我不知道是該像以前那樣迎接他，還是該冷冷地把他送走。等他吃完，我起身收拾盤子，一種惱人的、莫名的緊張情緒攫住了我，讓我恍恍惚惚，不知所措。

我機械式地把手擦乾，轉身要出去，突然發現他一直默不做聲地看著我，我怔了一下。他把我的手指握在他的手心，我一聲不吭地讓他握著。他抓著我的肩膀，把我往他懷裡拉，現

在他和我貼得很近，連他身上的淡淡香味和頭髮上的濕氣我都能呼吸到。

　　我一動也不動，他也默不做聲，我覺得我好像發燒了，一些亂七八糟的念頭在我腦子裡迴旋激盪。他漸漸耐不住了，把嘴唇貼在我頭髮上，見我沒有拒絕，他就扳過我的臉來吻我的嘴唇。

　　我方寸大亂，頭頂的燈光變得非常刺眼，我接觸到的東西全都像火花似的在顫抖、在灼燃。他的熱情像一條無形的滾燙的鎖鏈，不知把我鎖了多久，是幾個鐘頭，還是僅僅幾秒鐘？在這瘋狂的感覺中，我覺得我已完全失去了理智，身上的每一根神經都在熊熊燃燒。

　　夜深風涼，窗簾被風吹開，偶爾可以看見一兩顆微弱的小星星。月光被外面的樹枝分割得零零碎碎，照進屋來，班駁一地。月色中屋裡的陳設若隱若現，像水中沈浮的孤島。

　　夜空明淨，星光閃動。我毫無倦意，睜著眼發怔。一陣冷風從窗子裡鑽進來，吹疼了我露在被子外面的手。

　　鍾鄴睡得很沈，我輕輕挪開他的手臂，披衣下床，走到院子裡。

　　夜色中的小城格外靜謐、格外安寧，然而在燈光下的陰影裡，仍不知隱藏了多少不為人知的苦痛和罪惡。看著燈光照不到的暗角，我彷彿站在懸崖邊上，看著黑沈沈的溪谷。天地如此之大，我卻感到自己孤獨無依，而鍾鄴和我幾乎是不相干

的。我曾經以為自己尋找到了一個強而有力的男人，可以保護我不受任何傷害，和他在一起後，我卻發現自己更加脆弱，也更沒有安全感。我本來很善於自我保護，只要不對別人敞開心扉。現在我敞開了，就關不上了，也不知道什麼時候應該關上，即使知道恐怕已經沒有力量。

我簡直不知道該如何獨立於這個世界，我覺得一切都是一場夢，只不過是從前比較像一場夢，還是現在比較像，我說不清。突如其來的流言改變了我的生活狀態，也讓我懷疑自己的能力，懷疑自己的分量。

我突然強烈地懷念起十年前的悅函，懷念那些單純而又美麗的日子，其實當初的日子並沒有多大波瀾，更多的時候是枯燥的，我是緊張的，他是沈默的，可是現在回想起來，一切都顯得那麼美好。

一切都已消逝。

我那天見到的悅函早已不是我記憶中的那個十七歲男孩。

想到這一點，我再也忍不住眼淚。我哭得傷心欲絕，彷彿自己一無所有。我坐在院子裡，渾身被風吹得冰冷，哭得幾乎岔了氣。過了很久我才回到屋裡，在沙發上躺下來，呆呆地凝視著窗外那一顆星，直到朦朧入睡。

第二天醒來後我沒有勇氣面對鍾鄴，就倉皇逃到附近的一家咖啡館。

我覺得自己像犯了罪似的，垂頭喪氣，心驚膽戰。我心煩意亂地攪拌咖啡，恨不得找個地方把自己埋起來。

　　不知道鍾鄴是怎麼找來的，他居然知道我在這裡——這其實恰恰說明以前他是有能力呵護我的，儘管他的確很忙，但只要他願意，他什麼都能做到。

　　他一直走到我身後，輕輕挽住我的肩膀，很自然地在我臉上吻了一下。他呼吸的氣流鑽進我的脖頸，我的臉通紅了。他在我身邊坐下，把我的手緊緊握在手心，很溫存地說：「妳怎麼一個人跑到這裡來了？」

　　我沒回應，他目不轉睛地望著我，我感到他的手臂越來越使勁地壓著我的肩膀。我掙扎著想站起來，他摟住我，說：「別走。」我毫無頭緒地說：「我想回去睡一會兒。」

　　他不放我走，緊緊摟住我，在我耳邊說話，由於內心激動，他的聲音顯得有些沙啞。他滔滔不絕的話語越來越洶湧澎湃，越來越急切，像欲望的火焰在冉冉升起。我微微顫抖，帶著一絲淡淡的哀怨，以極其微弱的聲音說：「你別再來找我了，我已經不愛你了。」

　　他吃驚地望著我，急切地說：「妳……妳說什麼？妳瘋了嗎？」

　　我掙開他的懷抱，眼睛看著地面，慢慢地說：「我想我們彼此都不適合。」

　　我沒有看他的表情，只聽他急促地呼吸著，帶著一絲怒意說：「我不明白妳的意思。」

　　我淡淡一笑，「你明白的。」

　　他突然抓住我的手腕，箍得我難受，氣沖沖地說：「那昨

天晚上算怎麼回事？」

我沈默了很久，輕輕的說：「昨天我受到刺激，我需要你……而且我還沒有想好……我以為我能像以前那樣愛妳，但我忽然發現，我已經不能了。」

他的手越來越無力，最後完全鬆開了，我任由自己的肩膀重重地垂了下去。這時咖啡館裡人漸漸多了起來，我仍然沒有看他，平靜地說：「再見，鍾總！」

「兩個男孩」咖啡館高高的天花板被幾十年的煙燻成淡褐色。磨得發亮的銅色吧臺，古香古色的桌椅，一切想必一如往昔。

聶小衛坐在第一次來時坐過的位置，而我則坐在夏子平坐過的位置。當她的目光落到我身上時，她的思緒便穿越時光，回到多年前的那個午後。

室內陰暗而清涼，尤其適合追憶往事。

當服務生送上咖啡的時候，我相信，往事歷歷全都逼真而實在地在她杯中顯現出來。

我告訴她那天我去找過夏子平，她歎了口氣，苦笑著說我真傻，我說這是我犯的錯，總得自己去彌補吧！她握著我的手說我不必如此自責，她從來都不怪我，要怪就怪她自己，她實在不應該把我牽扯進來。

我嘴角牽動了一下，勉強露出一個笑容。

她憂傷地看著我，停頓了很久，輕聲說：「昨天溶溶打電話給我。」

我感到一絲欣喜，「她是不是知道誤會妳了？」

她笑了笑，低頭攪拌咖啡，「她告訴我，她就要跟夏子平訂婚了。」

我的思緒頓時紊亂起來，無法清醒，也無法安靜，一切感覺和思考都不停地圍著一個痛苦的思緒瘋狂地旋轉。我忍不住喊出聲來：「都發生這種事了他們居然還要訂婚？」

聶小衛苦笑著說：「那有什麼不可以？」

我氣憤得簡直要哭了，「他寧可把感情給餘思溶揮霍，也不肯對妳稍微好一點，這個男人簡直不是東西！」

她眼裡閃爍著淚光，喃喃地說：「這世界就是這樣，很多事情都不是對等的。」

「她打電話告訴妳是什麼意思？」

「她在這裡沒有一個朋友，她要我陪她，她說她緊張……」

我氣得要死，「哪有這種道理，擺明了要妳難堪！妳沒把她罵一頓？」

她輕輕地說：「我答應了。」

我怔住，「妳……妳怎麼能答應呢？她是故意在妳面前炫耀，故意傷害妳！」

她呆呆的望著我，淚水順著臉頰緩緩流淌下來，「我知道……我知道……衣錦不夜行，這個道理妳應該懂的，她的榮耀和喜悅需要分享的對象，既然我是她的朋友，我理應去和她分享……」

「不許妳去！」

她笑了，「妳怎麼變得這麼橫了？她也邀請了妳……」

我說我不會去的，她擦去淚水，微笑著說隨便我。我看著她，還想勸她，一個電話進來了。她聽了一句，眉毛輕輕一揚，笑了，「她在，妳倒是精得很，妳怎麼知道她和我在一起？」把手機遞給我，「鍾郢，他明天就要回國了。」

鍾郢請我吃飯。

我竟然沒有拒絕。

位於教皇宮旁的「Chez Christian Etienne」是亞維農最頂級的餐廳，我從來都只是在外面看看而已，這裡的主菜基本消費都在230法郎以上，一頓飯吃下來，一個人至少得600法郎，實在吃不起。但我早就聽說，「Chez Christian Etienne」提供最正式、最傳統的法國料理，在那裡可以充分體會到法國人是如何把用餐當成藝術活動的。

來之前我沒有帶任何出席正式場合的衣服，無奈之下只能找了一條黑色無袖連身裙換上，稍微化了點淡妝。

走出房間的時候，遠處的燈光閃亮了。這一瞬間我感覺到心裡撞了一下，但並不清楚這是恐懼還是高興。除了風中樹木的簌簌低語，別的什麼都聽不見。各種思緒紛繁混亂，一起湧上心頭。兩年前，正是鍾郢的一句話，把我帶進了情感的漩渦。

那天是平安夜。

因為我幫了他一個大忙，在我下班前他說要請我吃飯，並

且說好去接我。去之前我一點也不知道他為什麼要請我，我心裡充滿了幻想和綺念。在他告訴我他晚上要請我吃飯的時候，我已經不知不覺地陷入一個暗流，那幾秒鐘是一種奇特的、充滿沈醉和遐想的迷失的開始，在那之前，我從來不敢有任何非份之想，那是我沈落和失落的開端。我可以對全世界的人否認，但當我面對自己的時候，我不能不承認，在與他共進晚餐之前那幾個小時裡，我始終有一種迷亂的、陶醉的、神魂顛倒的感受。

　　現在又是如此。

　　我不知道他為什麼還要這樣做，我已經那麼明確地告訴他我的感受，為什麼他還要這樣做？男人這東西，真是讓人不明白。

　　鍾鄴把位置訂在庭園上的露天餐廳，此時已進入亞維農藝術節的尾聲，但從這裡仍然可以看到廣場上的各種表演。

　　我隨便點了幾道菜，他問我：「不喝點葡萄酒嗎？」我猶豫了一下，點點頭。

　　上菜過程中，我們一直沒有說話。

　　儘管處於如此尷尬的境地，我還是充分享受到這裡異常舒適的用餐氣氛。並不是所有的高級餐廳都可以做得到這點，有些服務生總會把客人弄得很緊張。「Chez Christian Etienne」則呈現出一種很自然的親切。對男士尤其如此，因為服務生都是很漂亮的法國女孩，並且擁有一雙修長的美腿。

　　「Chez Christian Etienne」的主廚是位留著小鬍子的先生，

上甜點前，他走到我們面前，詢問是否符合我們的胃口。我微笑著說：「很好吃，我很喜歡。」他帶著微笑，很優雅地走著，彷彿成功演出後的音樂家正向鼓掌的群眾謝幕，難怪法國人會把知名的主廚當搖滾明星一樣崇拜著。

吃完甜點，我擦了擦嘴，很正式地說：「謝謝你的邀請，我吃得很好。」

他一愣神，看著我笑了笑，「有必要這麼正式嗎？」

「當然，你這麼破費，我還能不表示衷心的感謝嗎？祝你明天一路順利，再見。」

他按住我的手，「妳這就要走了？」

「飯吃完了，當然就得走。」

他露出一種哭笑不得的表情，「來這裡幾個月，妳倒是變得伶牙俐齒了。」

我抽出自己的手，往後挪了挪，雙手放在膝蓋上，坐得筆直，「還有什麼事你快點說吧！」

我的樣子就像在上禮儀課，鍾鄲一定氣死了，換了以前，他早就發火了，現在居然還保持著應有的風度，溫和而又平靜。他凝視著我說：「今天晚上我只想告訴妳：如果說我曾經忽略過妳，傷害過妳，那是因為我不知道自己要什麼，不知道珍惜妳，現在我知道了。」

「晚了。」我淡淡地說。

「妳真的不能再給我一次機會？」

「不能。」

「可是我記得我們從來就沒有正式說過分手。」

「那天早上我已經說了。」

　他苦笑。「妳的決定不能改變嗎？」

「不能。」

「為什麼？」

　我凝視著燈光中的他，慢慢地說：「我也想挽回這一切，但有的事情是不能改變的。過去的一切在我心裡留下了太深的傷口，就算有一天它能癒合，也還是能看見傷疤。有些創傷是免不了的……你明白嗎？在我最需要你的時候，你沒有在我身邊，我不否認我很愛你，即便是現在我也不能否認，但並不是所有的愛都能帶來幸福，我對你的愛代價太大了。就算我們重新在一起，可是我已經對你有怨氣，一旦將來你對我稍微有一點點不好，怨氣就會重新爆發出來，那樣就會造成更大的傷害，我不希望有那麼一天……這幾個月我一直在回想過去的事情，一直在思考我們的角色，我覺得我們都犯了一個錯誤，開始了一段不應開始的戀情……我們彼此不合適，真的不合適……如果可以重來，我希望一直是你的秘書，那才是我最適合於你的角色……」

　他怔怔望著我，神情悽愴而又落寞。

　我輕輕握了握他的手，輕聲說：「你知道嗎？鍾鄴，其實我最愛你的時候正是你傷我傷得最深的時候……但是，不管一種愛到底有多熱烈，它總有冷卻的時候……現在它已經冷卻了

……今晚之後我肯定還會難過，肯定還會流淚，可是那已經不是因為愛，而是因為惋惜。」

「可是我……」

我歎了口氣，「我知道你想說什麼。你現在覺得你很愛我，我不懷疑，但其實你不知道你要什麼……你天生不是一個追求愛情的人，愛情對你來說並沒有那麼重要。你現在這樣對我，是因為你在一個陌生地方生了病，你感到很脆弱，很無助——你沒有必要為此感到難堪，你也沒必要去掩飾——而且你對我有愧疚的心裡，你想補償我。你記得嗎？你最愛說補償這個名詞了。在你看來，沒有任何事情是不可補償的。事實上並不是這樣。我要告訴你的恰恰是，世界上有太多的事情是不可補償的，可補償的只是很少很少一部分。我以前不能理解你和許樂曼之前的那種關係，現在我明白了，那其實是最適合你們的。」

他緊緊握住我的手，然後輕輕放開，勉強露出一個笑容，「我很遺憾。」

我微微一笑，「再見了。」

他拉住我，「讓我送妳回去吧！最後一次。」

聞名世界的藝術節招徠來了全世界的遊客，整個亞維農絢麗璀璨，光彩照人。

「來這麼多天，你把普羅旺斯轉遍了嗎？」我問他。

他搖頭，「沒有。」

我笑了笑，「你太忙了——你的身體好了嗎？」

●多敦涅河

「算是好了吧！」

「以後要記得按時吃飯，別喝太多酒。」

　　我的話觸痛了他的心，他猛地轉過頭去，啞著嗓子說：「我知道。」我心一酸，不說話了。

　　我們拐進一條小巷，從旁邊的屋子裡飄出歌聲來，那是一首名叫《與愛絕緣》的英文歌，我們都聽懂了歌詞。

　　但願我能將妳的笑容放在心中

　　當我的人生如此低潮之際

那會使我對明天懷有一絲希望
當今天不知何去何從
我已與愛絕緣
失去妳讓我感到失落
我知道妳是對的
長久以來一直相信
我已與愛絕緣
沒有了妳，我算什麼
不能太遲
向妳承認我真的錯了

我要妳回來，帶我回家
遠離漫長、孤寂的夜晚
我正向妳靠近，妳感覺到了嗎
那是多麼棒的感覺
如果我現在向妳懇求
說我已撐不下去
沒有更好的方法
一天比一天更難熬
請妳愛我，否則我會死

Provence

　　我感到一陣心痛，眼淚不覺就湧了出來。結束一段感情沒有我想像的那麼容易，我知道我還會悲傷，只是我沒料到，這悲傷來得如此迅速。

把空虛染上顏色

我拉著她的手把她帶到小花園裡，安頓她坐下，著急地問她怎麼會變得這麼失魂落魄。她把一隻手放在額頭上，竭力回想著剛剛發生的一切。

把空虛染上顏色

鍾鄞離開普羅旺斯的那一天，正是夏子平和餘思溶的訂婚之日。

我堅決地對聶小衛說過我不會去參加他們的訂婚儀式，但最終還是去了。我不敢想像聶小衛一個人該如何面對那些人，雖然我起不了什麼作用，我還是決定陪著她。

出席這種場合，似乎不好再穿黑色的衣服。挑選禮服的時候聶小衛很猶豫，我幾度忍不住想問她為什麼老是一身黑，我死命忍住了，我不希望因為自己的好奇又挑起她的傷痛。最後她勉強選定一件天藍色的晚裝，款式其實非常適合她，讓她為難的是顏色太夢幻。

沈志白站在門口迎賓，見到我們，他沒有表現出一如既往的謙恭和客氣，而是顯得相當冷淡，看聶小衛的眼光似乎充滿了鄙夷和戒備。

聶小衛覺察到了，但是什麼也沒說。

沈志白的表情說明他知道了關於聶小衛的誤會，他認定聶小衛是個兩面三刀、卑鄙無恥的女人，所以敢於如此明目張膽地表示蔑視。

剛平息兩天的怒火重新在我胸中燃燒起來，經過他面前時我忍不住冷冷說：「當你想鄙視一個人的時候最好先把事情搞清楚，否則你沒有資格這樣隨隨便便地表示輕蔑。」

他怔了一下，我沒等他開口就快步走開了。

　　大廳裡流光溢彩，高朋滿座。

　　夏子平穿著一身白色禮服，在賓客中間周旋。他看見我們了，卻沒有反應。不知道邀請我們來到底是餘思溶自己的意思還是出於他的授意。我冷冷地看他，這個男人心思叵測，情感冷酷，委實可恨。

　　聶小衛似乎並沒有看見他，她找了個靠窗的位置坐下，表情溫柔而又悲哀。看到她這種表情，夏子平的笑容在一瞬間凝結了，也許他也感到自己的確做得太過分，也許他忽然想起那天我說過的話。他穿過人群，朝我們走來。

　　我對聶小衛說要去拿飲料，迅速走開了。

　　但夏子平最終也沒有走向聶小衛，他在半途中停住了腳步，笑著朝一個法國女人走了過去。我拿了飲料回來，聶小衛卻不見了。我舉目四顧，夏子平用視線的餘光掃了我一眼，似乎微微皺了皺眉。我找了一圈也沒看見她，在我走到樓梯口時，我聽到餘思溶在喊我，我抬頭看見她站在樓上，俯身看著我，表情急切而又惶惑，已全然失去了往日的傲慢和高貴。我上了幾級臺階，她啞著嗓子問我聶小衛來了嗎？我狐疑地看著她，點了點頭。

　　「太好了！」她喜出望外地說，「妳能不能叫她上樓來找我一下？」

　　她的語調裡有一種令人無法拒絕的哀怨，我考慮了幾秒鐘，點了點頭。

　　聶小衛一個人坐在花園深處，星光和燈光交織在一起，從

高處折射下來，她看上去彷彿只是一個虛幻的光與影的合成物。

我快步走到她面前，輕聲說：「我找了妳好久，妳怎麼一個人在這裡？」

她目不轉睛地凝視著我，微微一笑。

「餘思溶想見妳。」

她詫異地揚了揚眉，「她有沒有告訴妳是什麼事？」

「沒有，她顯得很倉皇，而且很著急。」

她猶豫了一下，「那我去看看。」她提起裙襬，快步離去。

「她在樓上。」我看著她的背影喊道。

她沒有回頭，只是揮了揮手。

她終究還是很在意餘思溶的，這麼多年的感情，哪能說放棄就放棄？

我慢慢朝房子裡走去，大廳裡傳出悠揚的琴聲。它富有表現力，極具穿透力，又是這樣刻骨銘心，彷彿跨越了時空，往日重現。突然聽到這首曲子，頓時使我渾身一震，我注意到我身上發生了非同小可的變化。一種強烈的渴望傳遍全身。琴聲細膩，柔情似水，在我心頭盪開一片漣漪。

琴聲從我臉上緩緩滑過，我可以如此真實地觸摸到它的質地，彷彿一匹光滑的絲緞，柔美、閃亮、富有彈性，我只覺自己的一顆心正在向湖心沈落，兩旁的水波迅速而又溫柔地將它

包容。它同時又是不可企及的，彷彿最名貴的一種香水，散發出神秘、優雅的芳香，妳可以追逐，可以拼命翕動鼻翼，但它總是若往若返，似有還無，游離於妳的感官之外，撩撥妳、誘惑妳。

客廳裡點起了蠟燭，搖曳不定的燭光照在黝亮的黑色鋼琴上，反射出一片迷離的冷光。

演奏者一身黑色禮服，全身心表現出一種渴望，一種激越，一種生命的極致，一種對音樂的追求、感動和無所畏懼的瘋狂、奉獻。他把他對音樂的理解和對生命的感悟淋漓盡致地傳達給每個人，儘管並非每個人都可以準確無誤地領會。

他的琴聲是變化的、跳躍的、個性化的，給人那種雨過天青的新鮮恆久的感覺，就像午後郊野的農村那麼寧靜、樸素，就像沒有星光的蔚藍色天空那麼悠遠、杳渺，又像充滿生命力的鮮花、果園，不同的人可以採到不同的花果。他的音樂流露出一種獨特的情緒、靈異的、冷峻的，不可捉摸的。

在一曲終了的間歇中，我注意到他身下的輪椅。

他只有右腿可以動。

一股沈悶的、痛楚的壓力突然自四周圍攏。我感到一陣難以名狀的、不可理解的疼痛壓迫著我的心臟。

接下來演奏的這首曲子我很熟悉，《致愛麗絲》。

他的右腿和他的手指配合得無懈可擊，瘋狂而富有力度。

我倚在角落，感覺淚珠輕輕沿面頰滴落。沈悶的疼痛感消失了，只是仍然殘存著一種深沈而奇異的驚懼，我徒然尋思它

的來龍去脈。

　　琴聲漸漸隱沒，消失在雷動的掌聲裡。燈光忽然閃起，賓客們報以熱烈的歡呼和驚歎，不僅因為他的琴聲，更因為他在這種無奈的殘缺下，還能有如此動人心魄的表現。

　　他在輪椅上欠身致謝，冷靜而克制地回應聽眾的盛讚。當他抬頭時，他的目光越過人群，準確而穩定地停留在我臉上。我曾經對這目光非常熟悉，只是當初它總是溫和而安詳的，而現在卻帶著一種可怕的穿透力，冷靜、犀利，令人無所遁形。

　　他撥動輪椅，緩緩向我走來，微笑著對我說：「妳還認得我嗎？」

　　他的話讓我全身震動了一下，腦子裡一片空白，一些稀奇古怪、轉瞬即逝的光和影混雜成的捉摸不定的形體在周圍飄來盪去。

　　我在對夏子平信口開河的時候本能地提起過他的名字，我在心靈深處保留著一個有關於他的模糊形象，可是我卻沒能在第一時間裡認出他來。

　　這已經是十年之後我們第三次見面，但這一次和前兩次都不一樣。第一次我沒能認出他來，第二次我的心思被歉疚感完全佔據，這一次我卻覺得心悸和痛楚。

　　看見他如此真切地出現在我面前，我的呼吸驟然停止，渾身的血液沖到了臉上，一種狂熱的暈眩讓我失去了理智，我覺得自己快要燃燒起來了。我感到頭重腳輕，眼冒金星，全身虛脫了一般，有種精力耗竭後的疼痛和疲軟。我下意識地扶住

牆，支撐自己不至於倒地。

　　他凝視著我，我看得真切，在他冷靜的臉上分明流露出狂熱、愛戀和期待，曾經那樣平和的眸子裡燃起了豔麗的火花。我的心口隱隱作痛，我感到很狼狽，我本已決心不再想他，永不見他，可是命運如此促狹地又把他推到我面前。這個在過去十年裡我一直不願想起但又願意為之拋棄生命和尊嚴的男人終於又來到我面前，一切恥辱和痛苦都變得可以忽視，可以接受，但我仍然如此申誠地感到痛楚，只是這種痛讓我覺得甜美，甜美得足以將我軟化。

　　「沒想到我們會在這樣的情境下重逢。」他說。

　　我目不轉睛地盯著他，一秒鐘也不敢放鬆，就怕一眨眼他就會消失無蹤。我喉嚨啞了，想說話，卻覺得千頭萬緒，一時不知從何說起。

　　他安頓我坐下，揮手叫來一個侍者，吩咐給我拿一杯飲料。

　　我心慌意亂，低頭一口接一口地喝著。他坐在我面前，離得很近，近得我可以感覺到他呼吸的氣流。我心頭亂跳，始終不敢抬頭。

　　他把手輕輕放在我膝蓋，柔聲叫我放鬆，他的聲音很親切，帶著一種無法抗拒的催眠力量。他在我耳邊輕聲撫慰我，使我慢慢平靜下來。過了很久，他微笑著問我是不是好一些了，我紅著臉點點頭。我喜歡他這樣對我，那麼溫柔，那麼細緻，和我上一回見到時的那個克制而冷淡的悅函簡直判若兩

人。我低聲說他變化真大，我都認不出來了。

他凝視著我的眼睛說：「在山路上看見妳，我可是一眼就認出來了。」

歲月已經在我臉上增加了十年的傷痕，我以為我的面容已經迥異當初，然而在陌生的普羅旺斯，他竟然還是一眼認出了我。

他解釋說，我的面容的確有了很大變化，但我的神情並沒有改變。對他而言，我那種茫然若失的神情比任何官方憑證都更有說服力。那種神情像印在他眼底一樣，一閉上眼睛就逼真地重現。

「那你當時怎麼不叫我呢？」

「當時妳太匆忙，」他忽然笑了，「那天晚上我喊妳為什麼不理我呢？」

我臉漲得通紅，那天晚上的情景在我心頭重現，讓我尷尬得無地自容。

「我還以為妳不願再見到我呢？」他低聲說。

「我是不想再見到你，這十年來，我從來沒有想過要見你。」我咬了咬牙，斷然說道。

他顯然有些失望，「那妳為什麼要對夏子平提起我呢？」

「他是怎麼跟你說的？」我迫不及待地問。

「他只是告訴我，他認識一個名叫辛翳的女孩，談話中提起我，說是我的表妹……他說我一定會很高興見到妳的……」

　　「那天晚上我可沒看出你見到我很高興……」

　　他歎了口氣，「那是因爲妳的注意力都在別人身上，妳整個晚上都沒看我一眼。」

　　我猶豫著問他：「夏子平有沒有跟你提起過別的？」

　　他看著我，目光依然很平和，但其中有一種冷靜的犀利，隱隱的，不明顯，卻很具殺傷力。我本能地避開他的眼神。「妳覺得他還會跟我些起什麼？」

　　我窘住了，我總不能把我的信口開河重複一遍吧？我確實難以自圓其說，我告訴他我不想他，從來不想見他，偏偏卻在一個陌生人面前惡意地開他的玩笑。換了是誰都會給我一頓臭罵。我猶豫著要不要把實情告訴他，眼角忽然瞥見聶小衛從樓上下來。我像抓住一根救命稻草似的跳起來，隨口說了聲失陪，就朝著聶小衛衝了過去。

　　我在樓梯口截住她，她一副茫然若失、大惑不解的樣子，眼睛空洞而寂寞，她游離的目光慢慢凝聚在我臉上，一時間竟像不認得我似的。我驚訝地喊她的名字。她看了我好半天，忽然笑了笑，似乎剛剛回過神來。我問她出什麼事了，她微微皺眉，搖了搖頭。

　　我拉著她的手把她帶到小花園裡，安頓她坐下，著急地問她怎麼會變得這麼失魂落魄。她把一隻手放在額頭上，竭力回想著剛剛發生的一切。我說：「妳該不會被人下了迷魂藥了吧！」

　　她笑著說：「那怎麼可能。」我問她餘思溶到底找她什麼

事。

　　她呆呆出神，「她跟我哭訴她的不幸，她說夏子平逼她，把她逼得快沒有活路了，她說她跟夏子平在一起一點也不幸福。」

　　我聽得目瞪口呆，「真的假的？我一直以為她很喜歡……」

　　「她還說她不願跟夏子平訂婚，她要離開他。」

　　我隱隱有種不太妙的感覺，「妳是怎麼說的？」

　　她想了半天，「我說妳要想離開就離開吧！」

　　我腦子裡瞬間一片混亂，我急切地問她然後呢？

　　「然後？然後她就說謝謝妳小衛，謝謝妳這麼勸我。然後我就出來了。」

　　「妳不覺得很奇怪嗎？」我不安地說。

　　她聳了聳肩，「怎麼了？」

　　我立起身來，苦笑著說：「我也不知道怎麼了？不過我已經看見夏子平朝著我們走來了，看上去很生氣，好像要殺人。」

　　一時間，夏子平已經到了我們眼前，臉部僵硬、刻板，只有一雙眼睛往外冒火，他盯著聶小衛，壓低了嗓音問：「是妳讓溶溶離開我的？」他的聲音雖然低，卻依然有力，而且帶著一種沈悶的威嚇，聽上去就像用一把包了布的鐵鎚一下一下地砸在心口上。

　　我看著他，不禁感到有一股寒氣嘶嘶地通過了全身。

聶小衛表情平靜得近乎麻木，「她本來就有離開你的念頭，她徵詢我的意見，我只是坦白說了我的想法。」

「妳是怎麼說的？」

「我說既然妳想離開他，那就離開吧！」

夏子平冷笑，「是嗎？恐怕沒那麼簡單吧？」

聶小衛淡淡地說：「溶溶已經對我有誤會，你覺得她會聽從我的意見嗎？如果真的是我慫恿了她？」

夏子平猛地把一張紙摔在地上，「如果真的像妳所說，這封信怎麼解釋？」

聶小衛撿起來，掃了一眼，不動聲色地說：「我不知道她為什麼要這麼說，但我的確沒那麼做！」

「妳這個兩面三刀的女人，妳說的話根本沒辦法讓我相信！妳以為溶溶離開我，我就會喜歡妳嗎？」

聶小衛緊緊攢住我的手，她身上的顫抖一波一波地傳遞到我心上。她坐得筆直，冷冷地說：「我從來沒有那種念頭，我是喜歡你，但還沒有喜歡到不擇手段的程度，你也把自己看得太重要了。」

夏子平暴怒起來，厲聲說：「妳馬上給我離開，我不想再見到妳！」

聶小衛霍然起身，她的聲音沈悶而哽塞：「我會馬上走的，你也用不著瞪著我，既然你不想再見到我。」

夏子平氣得渾身發抖，轉頭就走。

　　這一回我實在不知道還有什麼可說的，聶小衛緊緊抓著我的手正在慢慢地放開，人也像一朵枯萎的花一樣在一點一點往下墜。我急忙把她扶起來，她把手裡的信揉成一個小團，死死攥在手心，神情木然而絕望。

　　「她在信裡怎麼說的？」

　　「她說她走了，她說這一切都是因為我，她叫夏子平不要為難我。」

　　我嚇呆了，「難道她是存心要陷妳於不義嗎？」

　　「我不相信她會這樣。」她低聲說，「至少我相信她對我表現出來的悲傷是真的。也許她沒有辦法自我開脫，她害怕夏子平去找她，所以希望找到一個目標轉移夏子平的注意力……我相信她不是存心的。」

　　我已無話可說，只能扶著她向外走去。她沒有再說一句話，無聲而慘然，一時間我覺得她的靈魂已經死盡了，只在她那空洞而麻木的身體裡有一顆心猛烈衝擊著她的胸膛，每一跳動，都疼上加疼。

　　賓客們陸陸續續地往外走，紛亂的議論聲起起落落，像潮水一樣永無休止。

　　餘思溶出走，夏子平發怒，聶小衛絕望。

　　這三個人最終會有什麼樣的結局呢？

　　一個侍者在門口攔住了我，遞給我一張紙條，他說是徐悅函先生交給我的，徐先生三天後會在家裡等著我。我打開來看了一眼，是他的地址和電話。

十七年的相識

琴聲如雨打芭蕉，聲聲敲在心上。桔紅色的霞光折射進來，
大廳裡光霧淒迷，一片華彩，悅函沐浴其中，彷彿在夢境中
一般。

十七年的相識

　　三天之後，我按照悅函給我的地址去尼斯找他。

　　我猶豫了很久才決定前往。我一直以為我和他的關係在十年前就全部結束了，這麼多年來，說從沒想起過他是騙人的，但我真的不敢想他。我總覺得，在我和他之間，永遠隔著萬丈高牆，時間越久遠，牆就越厚、越高。

　　出發後我仍然猶疑不定，隨時準備改變主意。我躁動的心情一直到聽見那曲《維也納森林》才逐漸平復下來，琴聲中有一種似有若無、游離於琴聲之外的東西。

　　我鼓足了勇氣去按門鈴，面對他是一件太艱難的事情。前面三次的相逢畢竟是在一個相對開放的公共空間，我總可以找到機會逃走，這一回卻是在他的私人領地裡，想到他在密閉空間裡所具有的那種令人窒息的威嚴，我就覺得害怕。

　　一個三十多歲的法國人幫我開了門，笑著打個招呼，離開了。

　　琴聲如雨打芭蕉，聲聲敲在心上。桔紅色的霞光折射進來，大廳裡光霧淒迷，一片華彩，悅函沐浴其中，彷彿在夢境中一般。他在琴鍵上靈活跳躍的修長手指，他演奏時表現出的狂野奔放的激情，他的神態，他的姿勢，無不叫我如醉如癡，忘情忘形。

　　蘊涵著無限力量卻又不會爆發，這就是他的風格。

　　他的雙手如蝴蝶般輕靈，不是在彈琴，而是在撫摸音符，

一串串音符像絲綢一樣在我臉上滑過。

一曲終了，他轉過頭來看我。我向他走去。他微笑著打量我，我紅了臉。

「我真怕妳會不來。」他說。

我不自然地笑了笑。

「妳很早就出門了吧！從亞維農到這裡可不近啊！」他含笑望著我，「妳該不會想早早地來，早早地走吧？」

他說中了我的心思，我低頭不說話。他輕輕撫摸我的頭髮，柔聲說：「既然來了，多住兩天好嗎？」我搖頭。他問我為什麼，我搜腸刮肚地找藉口。「是因為妳那個朋友嗎？」我猜他說的是聶小衛，就拼命點頭。「她怎麼樣了？」

其實那天回去以後我一直沒見過聶小衛，她把自己藏起來了，白鸚說她現在誰也不想見，叫我一週以後再去找她。

我只能說還好吧！

他默默地看了我好半天，問我想喝點什麼嗎？我又搖頭。他輕輕抱了我一下，柔聲說：「別這麼拘束，這裡就我一個人。」就是因為只有他一個人我才會這麼緊張。他的擁抱讓我心跳加速，身上掠過一陣暗火，連聲音都顫抖起來：「我們去花園裡坐一會兒好不好？」他說當然好。

我向花園走去，一眼就看到一大片鳶尾花，我震了一下，「悅函，你現在還這麼喜歡鳶尾花嗎？」我聽他問了一句「什麼」，跟著「啪」的一聲巨響。我心裡抽了一下，回頭看見他的左手壓在琴蓋下，鮮血淋漓。我驚叫一聲，衝到他身邊，手

忙腳亂地為他包紮。冷汗從他額頭滾落，他卻微笑地寬慰我。在我認識的人當中，他始終是最能忍受痛苦的一個。我急得滿頭大汗，埋怨他不小心。他凝望著我，眼神出奇溫柔，他說這是意外。我想站起身，他卻握住了我的手。

一種奇異的感覺從他的手傳到我的手上，這種感覺清麗撩人，又如風息全無時落下一枚葉片般令人困惑。一抬頭我又看見他的眸子裡燃起的烈焰。他輕輕地將我帶入懷中，一股電流掃過我全身，我顫慄了一下。他溫存地攬著我，用那麼溫存、那麼纏綿的手指撫摸我的脖子，問我這十年來有沒有想起過他。

我感覺到他的氣息，就像岸邊的燈一點點掠剪柔膩的波心，雖無接觸，卻有那樣動人的搖曳。我怦然心跳，倔強地說從來沒想過。他笑了，慢悠悠地說：「我就知道妳會這麼說。真的沒想過？」我負隅頑抗，他笑著問我既然沒想過為什麼要來。我面紅耳赤。他嗤之以鼻，他的唇輕輕觸及我的臉頰，那麼輕，那麼柔，像玫瑰落在水面上。

一種異樣而又朦朧的哀傷從心底緩緩升起。他摟緊我，吻我。我感到暈眩，一時心痛得直想流淚。他溫柔得能把我溶化，但我眼前卻突然閃過鍾鄲疲倦消沈的面容，眼裡含著無限譏諷和憤怒。我全身顫抖著，下意識伸手推開他。他一怔，凝視著我，半天才慢慢地問：「妳是不是有意中人了？」

他的表情不可捉摸，我只覺得有人把我的心摘了下來，讓我難過得恨不能當即死掉。他的目光洞察入微，不放過我每一個轉瞬即逝的神色。「是誰？」他問，表情平靜得近乎冷漠，

聲音清晰，很有分量，我避開他的目光，不敢看他。他繼續研究我的表情，忽然問我是不是夏子平。我愕然，想不通他怎麼會這麼認為。我的沈默被他當成了默認，他眼中掠過一道陰影，淡淡地說：「想不到會是他。」他臉上浮起不以為然的神色，略帶嘲諷地問：「妳覺得他比我好？」我無言以對。

他用一種類似幸災樂禍的口氣說：「顯然妳並不覺得。」我咬著唇，剛想解釋，他卻撥動輪椅，向花園而去。我想起他左手受了傷，想到他因痛苦而扭曲、淌著冷汗的臉，我心如針札，驚叫一聲，急忙追了過去。他的手果然又因為用力滲出血來，我心疼得直掉眼淚。

他滿不在乎地笑笑，望著我說：「難得妳還這麼細心體貼，這麼說我不是一點機會都沒有？」我倍感無奈，只有苦笑。他拍了拍我的手，叫我去給他倒杯水。還是那樣溫柔、平和，那樣令人不知所措的從容、沈穩。

倒水回來，我看見他坐在落地窗前望著外面的鳶尾花，神情專注，但又帶著一絲落寞。我心頭一震，刹那間一切彷彿重新回到當年，他的這種姿態正是我所熟悉的。十年來，在我心靈深處的那個模糊的形象，始終如此。我慢慢走到他身旁，把水遞給他。我看見我的手在顫抖，他也看見了。他握著我的手說：「我以為三天的時間已經足夠讓妳做好心理準備，現在看來，妳還沒有。妳是不是不願意見到我？」

我搖頭。

他看著我，「那妳這是為什麼？」

　　我覺得胸口憋得透不過氣來，我放聲大哭，啞著嗓子說：
「因為我害怕！」

　　他歎息著輕撫我的頭髮，「妳害怕什麼呢？」

　　「我害怕回憶，害怕過去……」

　　「沒有一個人能把過去完全從腦子裡抹去，妳總是要面對的。」

　　「你太殘忍了！我恨你！」

　　他凝視著我的眼睛，歎息著說：「看來妳已經被十年前的那場無妄之災擊垮了，雖然已經過了這麼久，妳還是比任何人、比任何時候都害怕別人的議論……」

　　我渾身哆嗦，憤怒地叫起來，「你當然可以這麼說，因為當年被指指點點的人不是你。你別忘了，當時我才十六歲，有哪一個十六歲的孩子遭到過那樣的打擊？滿街的人都在數落我，認識的，不認識的，所有見到我的人都在戳我的脊梁骨，都在謾罵我、詆毀我……你知不知道他們說的有多難聽？你知不知道當時我連死的念頭都有？而這一切，只不過因為我喜歡你，而你的母親不喜歡我……這不公平！這一點都不公平！我做錯了什麼？我到底做錯了什麼？」

　　他抱緊我試圖安撫我，我扭開身子，使勁掙扎。他抱緊我，撫慰著我，聲音越來越低、越來越溫和地叫著我的名字。這輕柔的語調對我那痙攣的騷動具有強烈的平息作用。他托住我不住顫慄的身子，把我抱到腿上，讓我躺在他懷裡。但我的抽泣並沒有停止，我邊哭邊抽搐，全身都在聳動。他不安地靠

住我的身體，抓著我冰冷的手，不停地在我耳邊說話。說話的聲音很近，但我聽起來好像很遠很遠，模模糊糊地，沒有聽清。他的聲音在我心中震盪，把一切聲音都壓了下去。我覺得我的頭越來越重，額頭越來越熱，漸漸陷入了昏迷。

我醒來的時候天好像黑了，周圍靜悄悄的，一個人都沒有。我的頭依然沈重，我睜開眼睛，一點一點回想起早上發生的事。天越來越黑了，窗外的路燈亮起來。我覺得嗓子發乾，胃裡空空的。我想喝水，想吃點東西。我環顧四周，才發現我躺在床上，房間裡彌漫著淡淡的花香。我慢慢爬起來，坐了一會兒，穿鞋下地。

悅函正在打電話，看見我出來，急忙摞下話筒，撥動輪椅朝我走來，「妳怎麼起來了？」

「沒事，我沒事。」我在沙發上坐下，「怎麼天都黑了？」

他憂慮地望著我，顯得很緊張，「妳昏睡了一天……我找了一個醫生，他說妳沒事，可是我還是擔心……」

我笑了笑，注意到懸掛在半空的話筒，「你電話打完了嗎？」

「打完了，我讓一個朋友幫我找個幫傭……我原來的幫傭度假去了……妳知道，我不會做飯，也沒辦法很好地照顧妳……」

「我沒事，現在已經好了……我想走了。」

他的眼睛黯淡下去，「妳一定要走嗎？」

我沈默了一會兒，低聲說：「你真的那麼希望我留下嗎？」

他點頭。

我不知道最終是什麼促使我留了下來，並且一連住了一個星期。

悅函是普羅旺斯的常客，他對這裡的熟悉每每超乎我的想像。

他帶我去任何我想去的地方，儘管他只有一條腿。

當我們行進在普羅旺斯的大城小鎮裡時，他總會興致勃勃地指點我注意每一個細節，包括一朵花、一隻鳥、一片樹葉，甚至包括陽光透過樹葉灑落到地上的光斑。

他敏感、細緻的藝術氣質在他對這個地方的態度裡充分流露出來。普羅旺斯彷彿就是他的第二故鄉，這裡的每一座城市、每一座鄉村對他來說都是那麼親切，他熟悉這裡的每一條小路，每一道山脈，甚至能感覺得到每天空氣氣味的細微變化。

他說他從未見過一個地方能像普羅旺斯一樣將寧靜與熱情完美地結合起來，宛如一首百聽不厭的曲子，在給他力量的同時也給他撫慰。

有時候他的話會讓我想起塞尚，想起那個一旦在外面遭受了什麼挫折、徬徨、迷惘和失敗，就立刻回到這裡來養傷，重新汲取力量和勇氣的著名畫家。他似乎也是如此。

他的感情內斂而隱蔽，一旦爆發則如熔岩一般狂熱可怕。

有時候他會遠遠注視我，一言不發看我忙碌。他有種令人恐懼的冷靜和定性，這比暴戾更可怕，那是一種超越生死界線

的無畏，即使整個世界毀滅在他面前，他也無動於衷。

他彈琴時和平時判若兩人，音樂是他的生命，他的唯一支柱，也許正是因爲音樂耗盡了他的熱情和能量，生活中他有時會顯得毫無血性，不近人情。他不常笑，也很少說話，他的笑容缺乏溫度，他的聲音總是平靜得讓人從心底往外冒寒氣。而他看我的目光，總是那麼犀利，那麼穩定，彷彿我是個玻璃人，他一眼可以把我看得通通透透。這種目光常常叫我不安，它幾乎是無所不在的，即使我見不到他，也能感覺到它。

他的感情只爲我釋放。他說在他生命裡只有兩樣東西可以讓他動容，一是那一排黑白琴鍵，可以讓他無限損耗自己的精力；再有就是我，他的生命因我而燦爛，我的存在可以使他的熱情空前高漲。他是個不可捉摸的人，同時最冷又同時最熱。

然而我必須承認，和他在一起是種享受。他會的東西太多，行動的不便激發出他體內所有能量。音樂是他的專長，自不必說，譜曲、演繹、樂理、樂器、劇院、典故，他可以滔滔不絕說一整夜。他記性過人，而且能用最淺白的語言講最深奧的道理。他喜歡植物，無論走到哪都樂意與花草爲伴。

一個愛花的男人，應該很熱情、很細膩才對，但我不知道他是不是。

人只有在走得最近的時候，才能眞正發現彼此之間距離的遙遠。

和他朝夕相處，我卻仍然覺得他遙不可及，好像游離於我的世界之外。我明知自己爲他所愛，卻總也走不進他的心，總

覺我們之間有一道不可逾越的鴻溝，它與距離無關，永遠不可磨滅，不能迴避。對我來說，他始終是一個遙不可及的背影，也許加快腳步，我就可以趕到他前頭把他看清楚，可是我始終做不到。

那期間他曾多次去演出。手指一觸及琴鍵，他立刻變成另一個人。難以想像平時那麼沈靜的一個人會變得如此瘋狂、如此富有熱情。坐在臺下，我每次都為他釋放出來的不可思議的能量感到恐怖。他的表演具有強大的震撼力，再鐵石心腸的人也會被他感動。我總是聽得熱淚盈眶，情不自禁。我知道我是愛他的，只是他太好、太完美，我不敢接受。

人們為他歡呼，為他喝彩，他光彩奪目，任何接近他的人都會被淹沒，變成陰影。我怎麼敢相信，這樣的人會為我癡狂？我們來自不同的家庭，生活在不同性質的世界裡，沒有共同點，豈能長久？他不可能永遠心平氣和地扮演一個引導者的角色而不為我的無知和他的使命感到厭煩，我也不可能永遠心安理得地生活在他的翼護下逐漸失掉個性。也許改造我的過程能讓他覺得充實、興奮，那我又怎能保證他不會再熱中於另一個過程？

我當然愛他，只是我擔心他和鍾郢一樣成不了我的歸宿。

最後一場演出圓滿結束，好容易擺脫狂熱的聽眾。我心疼地握住他又滲出鮮血的手，用紙巾輕輕拭去血跡。他笑了笑，接過紙巾。他不習慣這種含情脈脈的小動作，不習慣被體貼。我有點難過，轉頭望向窗外。

　　過了好久，我聽見他低聲說：「妳生氣了？」我眼裡泛起淚光，輕輕搖了搖頭。他伸手把我摟進懷裡，在我耳邊柔聲道歉。我不希望讓他看見我眼裡的淚花，低著頭說：「沒什麼，我沒事……」他無聲地笑了，「妳有事沒事，我還看不出來嗎？」我勉強笑著說：「我知道你很聰明……」

　　「聰明？」他的口氣表明他對這個名詞不屑得很，「我在你眼裡只是聰明？」

　　我抬頭看著他，「在我眼裡你是什麼樣的，你不知道嗎？」他嘴角掠過一絲淡淡的笑意，「我的確不知道，我擔心連妳自己也不是很清楚。」我愣了一下，頓時無言以對。他又淡淡一笑，再也沒說什麼。

　　回到家，他脫了外套，自己掛起來。我曾經因為搶著要幫這個忙而惹他不高興，他自己能做的事絕不要別人代勞。有了這個教訓，我再也不敢犯同樣的錯誤。

　　我去廚房做飯──我從未想過在普羅旺斯這個地方我竟然還要自己做飯。想起剛來的時候每天穿梭於各個餐廳的自由和愜意，我懷疑自己是不是重新跌入了一個深淵。

　　我曾經為鍾郢做了一整年的飯，他從未誇獎過我，也從未感謝過我。似乎在男人眼中，女人為他們做飯是天經地義的。而我呢？常常會把為心愛男人做飯當成一種無上的榮耀。

　　現在又是如此。

　　我甚至早已適應了悅函的生活習慣，演出前十二小時內他絕不吃東西，他說食物會分散他的精力，使他的表演無法達到

極致。我簡單做了些吃的，雖然他從不對食物發表意見，我還是感覺得出他不滿意。他如果結婚，一定是個苛刻的丈夫。他太崇尚完美，我不相信他能容忍在他看來十分不堪的缺陷。我把飯菜擺好，去他臥室喊他。

　　門半開著，我一面喊他一面推門進去，一眼瞧見浴室門口的輪椅。我以為他在浴室裡，猶豫著要不要喊他，冷不防聽見他的聲音從房間深處響起：「我在這兒。」床頭燈忽然亮了，悅函穿著白色睡袍，靠在床上。我定了定神，笑著說：「你嚇了我一跳。」

　　他不動聲色：「我以為妳能看見我。」

　　「我沒注意。飯做好了。」

　　「我不想吃。」

　　「已經做好了，還是吃點吧。」

　　他毫不領情：「我一點也不餓。」

　　我有點無奈地說：「你應該告訴我。」

　　他淡淡說：「妳並沒有問我。」我怔了一下，轉身走出去。他問我做什麼，我頭也不回地說：「收拾桌子。」

　　他叫住我，讓我到他身邊去。我猶豫了幾秒鐘，慢慢走過去。

　　他目不轉睛地盯住我，唇上掠過一道似有若無的笑影，「如果我現在問妳肯不肯嫁給我，妳會怎麼回答？」

　　「我……我不知道。」

「不知道？那好，現在告訴我，肯不肯一輩子和我在一起？」

我怔在那裡不知如何作答，這問題突如其來，我毫無準備。我心煩意亂，指尖冰涼。

「是不確定還是不願意？」他面無表情地追問，眼睛亮得讓我不敢逼視。我扭轉頭，遲疑了幾分鐘，慢慢地說：「不願意。」

「不願意？」他重複了一遍，口氣十分奇特，然後笑出了聲。我吃了一驚，愕然望著他。他眼裡毫無笑意，「這麼說我一直都是自作多情了？」他輕描淡寫地說了這麼一句，緩慢而艱難地下了床。我想扶他一把，又怕他生氣，不敢。他這句話讓我心裡漾酸，我不知道他是不是在嘲諷我，我最怕他這種看似不經意的暗含譏諷的口氣，更甚於我害怕他近乎冷酷的沈靜。那其中殺傷力不明顯，但是銳不可擋。我眼睜睜看著他拄著拐杖進了浴室，眼裡泛起了淚花。過了一會兒，他又走了回來，已經換了一身休閒裝，「來吧！」他平靜地說，「我們去吃點東西。」他溫柔地握了握我的手，輕輕放開。

飯桌上我們誰也不說話，他不想說，我則不知道說什麼好。他很快就吃完了，我知道他一直在看我，但我沒有抬頭，我不確定他是否需要我的回應。

「妳晚上總是作噩夢嗎？」

他突然問我，我一愣，「你怎麼知道？」

他看著我說：「我聽見妳的哭聲，不止一次了……每一次

妳哭，我都會去看妳，妳一直都不知道嗎？」

我怔住了，一時有些神色恍惚。

「妳夢見什麼了？」

我沈默了很久，輕輕地說：「我不記得了。」

他笑了笑，不再說什麼。

等我收拾完碗筷，他已回房了。房門緊閉。我在門口呆呆站了好久，回到自己的房間。我知道我傷了他的心，一切已無可挽回。我的心像浸泡在黃連汁裡一般苦澀。我對他的愛是真心誠意的，卻不能和他生活在一起，愛情和生活原本就是兩回事。

我隨手翻開床頭的那本書，才看了兩頁就睡著了。

迷迷糊糊中，我的胃痙攣起來，腦子裡一陣陣轟鳴。我的雙手無意識地揮動試圖抓住什麼來緩解疼痛。我的每根神經都在跳動，每根肌肉都在抽搐。我呻吟起來，呻吟聲像打雷般在耳邊轟響。恍惚間我又回到從前，思緒千變萬化，無數幻象一個個掠過。

滿天霞光中，我又看見那條白樺林立的長街，看見悅函蒼白漸趨模糊的臉。我推著他在長街漫步，依稀記得他轉頭對我笑，但他的笑臉立即被兩張猙獰的黑臉覆蓋。他們向我逼過來，狠狠地推開悅函。我眼睜睜地看著他從高處倒下，清清楚楚地看見他臉上痛苦而又絕望的表情。那種無力乏天的悲哀，幻化成滿天的愁雲，籠罩在我額頭。我想躲，想逃，卻一步也挪不開，傾倒的輪椅死死壓住我的雙腿，我因絕望而哭泣，因

恐怖而驚叫……。

　　我沈浸在無邊的噩夢中，呻吟著，抽搐著，淌著冷汗，耳邊聽到一個模糊的聲音，像在對我說話，可是它是那麼遙遠。我像一個身陷原始森林的孤身旅客，四面八方都是直插雲霄的古木，變幻出各種妖形鬼狀，對我張牙舞爪。劇烈的頭痛又突然發作，我捧住頭部，翻來覆去，掙扎，驚叫——但這疼痛像潮起潮落，一下子又過去了，我又陷入夢魘之中。

　　昏暗陰冷的夢境之外，似乎有一個聲音在呼喚我。我四下張望，看不見任何人，自己卻深陷泥沼之中不能自拔。「小霨！小霨！」我終於聽清了，是有人在喊我的名字。有人摟住我，不停搖晃我，試圖把我喚醒。

　　我猛地睜開眼睛，悅函的臉就在我的正上方，月光照亮了他的半邊臉，朦朧中只覺他的臉異常蒼白。他的臉和夢中那張充滿自責和悲哀的面容慢慢重疊，我打了個冷顫，翻身坐起，呆呆望著他說：「你……你怎麼在這裡？」

　　他微微一笑，輕輕說：「妳忘了我晚上說過的話嗎？」

　　我魔怔地盯著他，夢中的情境再度閃現，讓我感到難以名狀的痛苦和恐懼。

　　「妳是不是夢見我死了？」他似笑非笑地問我。

　　「不不不……不是……」我慌亂地搖頭。

　　「那妳夢見什麼了？」

　　我沈默。我永遠也不能告訴他我夢了什麼。我知道我為什麼會作那樣的夢。他不能給我安全感。他的殘疾對我來說是一

個無法跨越的障礙，過去如此，現在依然如此。

他靜靜地看著我，我抬頭注視著他清澈的眸子，不覺癡了。他撥開遮住我眼睛的髮絲，柔聲說：「為什麼妳不願意嫁給我呢？」

我喃喃地說：「我也不知道，我很願意跟你在一起，可是我又很害怕……」

「妳害怕什麼？怕我會辜負妳，還是怕我這個人？」

我怔了半天，搖搖頭說：「我不知道。」

他說：「妳不用急著做出選擇，妳應該知道，我有足夠的耐心，可以等妳很久。像我這樣的殘廢，本來就不配被人選擇，如果有人要嫁給我，只能是為了錢，或是為了名聲。妳可以慢慢決定，也可以盡情去嘗試各種愛情。這麼多年我都熬過來了，再多等一些時候又有什麼關係？等到妳對別的男人都不感興趣了，我還會等妳。」

我先是聽得目瞪口呆，然後就覺得滿腹辛酸，喃喃地說：「你為什麼要說這種話？」

他笑了笑，「我說的是實話，我知道現在很多人都在說假話，我不說謊並不是因為我特別誠實，我只是不屑於說謊而已。」

他總是這樣，他不會讓妳老老實實地受感動，他是一個不習慣於溫情的人，因此他也不會做出一些含情脈脈的舉動，如果他無意中做出來了，他就一定會用冷酷的言行或嘲諷的口吻來消解這種溫情。

我又是無奈，又是難受，咬著唇說：「你為什麼老是這樣不近人情？」

他淡淡地說：「因為我本來就是這樣的人。」

「可是你明明可以做到善解人意，為什麼你不？」

「因為不必要。」

我低了頭，說：「我知道了，哪怕是對我都沒有必要。時間可以摧毀一切。經過這麼多年，我們到底還有什麼相見的必要？我還能指望什麼？我早該知道我倆的距離，只可惜一直沒有人提醒我。」

換了任何男人，聽到我這麼說，總該對剛才的話做一番解釋，然後溫存地安慰我，哪怕並不是真心誠意。可是他沒有，他還是淡淡地說：「妳想得太多了，妳應該知道，我沒有那個意思，妳明明知道，卻要假裝不知道，這又何必？」

我怔了半天，感到有些心灰意冷，我翻身下床，眼睛看著別處，說：「我想走了。」他拉住我說：「妳現在走只會更難受。」我竭力克制自己，壓低了嗓子，絕望地問他：「為什麼？為什麼你要這樣折磨我？」

他看著我的眼睛，慢慢地說：「是妳自己在折磨自己，同時也在折磨我，因為妳患得患失，因為妳不信任自己。妳愛我，可又不想跟我生活在一起，因為妳受不了我的苛刻和冷酷，雖然妳知道我比誰都愛妳，妳還是不能忍受我的不近人情。而且，妳不確定是不是真的願意嫁給一個殘廢——雖然我很有錢，很有名，而且我也不難看，可是妳還是害怕別人會以

為妳是為了錢才嫁給我。」

　　我恐懼地瞪視著他，他說話的口氣比他說的內容更讓我心驚肉跳，我接連打了兩個哆嗦，跌坐在床上。

　　他握住我的手，聲音忽然變得異常溫柔，表情也充滿了憐惜，「我早該知道妳根本就沒有長大……我是不是太過分了？」

　　我瞪著他，只覺他眼睛出奇的明亮，也出奇的溫柔。他身上有一種柔和而又強大的力量，搖撼著我的心，我覺得自己的生命已完全被他的生命照明、溶解、征服。

　　他微微一笑，輕輕把我拉到懷裡，雙臂環抱住我，我伏在他胸膛上，久久地不說話。他輕輕撫摸我的臉頰，柔聲說：「和妳在一起是我這一生中最幸福的事情……」

　　我感覺到他的手指輕撫自己的嘴唇，心裡湧起無限柔情，握住他的手，用臉頰來回地蹭。他用另一隻手環住我的腰，我把頭枕在他肩上，他溫存地撫摩我的臉頰、下巴、脖子，我順從地承受著，愜意的舒適感一點點滲入全身每一處神經末梢，猶如置身茵茵草地，沐浴著溫暖的陽光，享受著多情的和風，又像躺在順水漂流的小船上，兩岸繁花似錦，花瓣紛紛落在身上。所有的痛苦、哀傷和憂愁似乎都離我而去，幸福、溫馨和甜蜜則悄然降臨。

相近情怯

大風扇在頭頂旋轉著，灰黃的石磚牆滲出淡淡的涼意，空氣
中洋溢著酒香、蒜香及橄欖味。

我食不甘味，魂不守舍。

Provence

相近情怯

　　這一星期是我一生中最特殊的日子，每一秒鐘都充滿無法言喻的奇特感受，讓我沈浸在其中不能自拔。但我沒有忘記白鸚的話，她讓我一週之後再來。現在一週已經過去了，我再度來到聶小衛下榻的飯店。這一回她沒有再避而不見，除了消瘦之外，我看不出她和初見時有什麼區別。

　　中午的時候我們在亞維農市政廳旁的Chez Floriane餐廳吃飯。

　　大風扇在頭頂旋轉著，灰黃的石磚牆滲出淡淡的涼意，空氣中洋溢著酒香、蒜香及橄欖味。

　　我食不知味，魂不守舍。滿腦子裡想的都是悅函，來見聶小衛之前，我對悅函再三強調我來的必要性，現在我來了，我卻沒有自己想像中那麼熱情。這才離開悅函幾個小時，我就這麼想他了。他不在身邊的時候，我真的覺得心裡空蕩蕩的，那種無所依歸的感覺讓我恨不得馬上回到他的身邊。我無法解釋自己對他的感情。和他在一起，我有壓抑感，不和他在一起，我有失落感。我不知道自己該怎麼辦。也不知過了多久，我感覺聶小衛在拍我的手，我回過神來，她詫異地問我怎麼了。我掩飾地笑了笑，象徵性地啜了一口咖啡。她的目光銳利地盯著我，「妳該不會在想鍾鄴吧？」我不出聲。

　　她聳了聳肩，說：「不告訴我就算了。」

　　我趕緊打點精神，挖空心思地開始尋找話題。沒等我想出

來，她忽然告訴我，昨天沈志白打電話給她。我隨即想起沈志白那天晚上鄙夷的神情，皺著眉說：「他不會無聊到打電話罵妳吧？」

她失笑了，「那倒不至於。他只是讓我勸勸夏子平。溶溶的背叛讓他受不了，沈志白說他簡直發瘋了，變得非常狂暴，一直在摔東西、破壞東西。沈志白說再沒有人阻止他，他會燒車、燒房子。」

「妳怎麼說的？」

「我就說我勸不了他。其實他根本不需要人勸，他很清楚自己在做什麼。他這是惱羞成怒，這個人太霸道，容不得一點背叛、一點挫折。這時候去勸他，無異於自取其辱，他一定會把怒氣發到我身上，我可沒那麼傻。」

「沈志白怎麼會想到讓妳去勸他呢？他不會不知道夏子平以為是妳唆使餘思溶離開的吧？」

她聳聳肩說：「那誰知道。」

服務生忽然走到聶小衛身邊，低聲說：「小姐，外面有一位先生想見妳。」

聶小衛抬起頭，看見沈志白，驚訝地揚了揚眉毛，「請他過來吧！」

沈志白快步走近前來，神情恭謹而克制，這神情和那天晚上可是有天壤之別。我皺了皺眉，兩眼緊張而嚴厲地盯著他。

聶小衛很詫異地問他怎麼來了，他說：「我覺得自己應該來一趟。」聶小衛笑著請他坐下，問他要點什麼。我剛想起身

迴避，聶小衛按住我的手說：「妳哪也不用去，坐下吧！」我看了沈志白一眼，正好他也抬頭看我，還非常客氣地對我笑了笑。我忽然一陣火氣上來，心想這幫人怎麼都這樣翻臉不認人，一會兒笑得這麼甜，一會兒又恨不得殺了妳。我報以淡淡一笑，重新坐了下來，我倒要看看他到底又想搞什麼鬼。

聶小衛看著沈志白，笑著說：「我還一直沒有謝過你呢！」

沈志白似乎很驚訝，顯得又緊張又尷尬，「謝我什麼？」

「三件事。首先要感謝你三年前在我暈倒之後把我送回房間，其次要感謝你替夏子平給我買的禮物，最後要感謝那天你端咖啡給我時那種同情的眼光。」

沈志白苦笑，「聶小姐，妳何苦嘲諷我？」

「我沒有嘲諷你的意思，我是真心誠意的。其實還有一件事，我更應該感謝你。」

「什麼？」

聶小衛似笑非笑地說：「三年前我去別墅找他，是你開的門，你對我說他不在……你不要解釋，我知道你並不想那麼說，我也知道他當時其實就在屋裡……我記得你當時面無表情地看著我，你是不是見過很多像我那樣去找他卻被拒於門外的女人？」

沈志白臉漲得通紅，「對不起，聶小姐，我當初……」

聶小衛笑了笑，輕輕說：「沒關係，你那樣對我是對的。如果你讓我進去了，我只會陷得更深，所以我必須感謝你。」

沈志白茫然望著聶小衛，神情窘迫，手足無措，他不知道

聶小衛究竟想說什麼，我也不知道。我一次又一次地試圖從她眼裡發掘出她的真實意圖來，但總是以失敗告終。她的眼睛清明澄澈，乾淨得像一眼山泉。

她慢慢喝了一口咖啡，忽然漫不經心地問了一個毫不相干的問題：「你是在中國長大的嗎？」

「是的，我老家在東北，大學主修的是當時最冷門的珠寶鑑定學，本來很擔心畢業後怎麼辦，正好夏先生到我們學校挑助手，選中了我。算來算去，我跟著他也有六、七年了。」

「原來夏子平是個珠寶商？他好相處嗎？」

沈志白笑了笑，「他是我的老闆。」

聶小衛也笑了，「你來找我，還是為了他？」

「對。」

「他現在怎麼樣了？」

「動不動就發火。」

「他也有這時候？」

「妳去勸勸他吧！」

「我不去，我說過我勸不了他。」

「妳勸得了他，畢竟事情是妳引起的。」

「事情是我引起的？你開什麼玩笑？」

「如果不是因為你，這一切可能不會發生。」

聶小衛搖搖頭，「那我更不能去。我可不想自討沒趣。」她忽然笑了，「你該不是想叫我去挨他一頓臭罵，好出出氣

吧？」

一句話叫沈志白窘得恨不得一頭撞死，他正苦於無法解釋，手機響了。

聶小衛眉毛輕揚，笑著看了我一眼，「他這電話來得倒很是時候。我記得第一次跟餘思溶去見夏子平的時候，我恨不得有一百個電話找我，可惜半個都沒有，我只能自我安慰說，想發生的事眞的發生了，那是小說，沒有發生，那才是人生。怎麼他就這麼幸運呢？」

正說著，沈志白回來了，「夏先生打來的，他臭罵了我一頓，我現在得趕緊回去，要不就不好解釋了……聶小姐，請妳考慮一下我的話。」說完就匆匆離去。

聶小衛歎了口氣，說：「這麼大脾氣，做他的手下眞是倒楣。喂！想什麼呢？」

「鍾鄴脾氣也很大，我也經常被他罵得狗血淋頭。有一次我一直加班到晚上十點，回到家全身都要散了似的，兩隻手臂軟綿綿的沒有半點力氣，趴在沙發上一動不動。大約十一點的時候，鍾鄴一個電話打來，情緒特別惡劣，火速地催我趕緊到公司去。我說我很累，有什麼事不能明天再說嗎。他斷然說不行，現在馬上過去。我委屈地提醒他現在已經十一點了，他火了，劈頭一頓臭罵，叫我馬上過去，說完就摔了電話。我不敢再耽擱，路上又接到他催命似的電話，質問我怎麼還沒到。我又委屈又難受，解釋說時間太晚，等了半天才等到計程車。他很不耐煩地打斷我的話，叫我別跟他解釋，他不想知道……他

又是催又是罵的，嚇得我半死，一不小心把包包忘在計程車上了，我的錢包、我的手機、我的鑰匙，統統不見了！結果他還因為我太慢，大發雷霆，不分清紅皂白地訓了我半個小時……」

「他那麼惡劣，妳還老想他做什麼？」

我臉紅了，「我也沒有老想他，我只是剛剛想到而已。」

她笑了，要了一小碟點心吃著，吃了兩口忽然想起問我這一週都幹麼去了。我吞吞吐吐地說在徐悅函那裡。她先是一愣，隨即大笑起來，「搞了半天他是妳的男朋友，那妳當初幹麼栽贓到我頭上？」

我趕緊聲明這是沒有的事。她搖了搖頭，眼睛又一次打量我的臉，只有一秒鐘，很長，很緊張的一秒鐘。她哼了一聲，說：「妳別瞞我了，我還看不出來嗎？其實那天晚上我就發現了，他一直盯著妳看，妳倒好，理都不理人家！」

我很狼狽，千方百計地岔開話題，試圖轉移她的注意力。她見我實在窘迫，就放了我一馬，不再沒完沒了地追問下去。但接下來的時間裡我已神魂飛越，思緒游離，有好幾次都答非所問，氣得她拍了我一下，揮著手叫我趕緊走。我面紅耳赤地說我再陪妳多待一會兒吧！她哼了一聲說我還是趕緊回去陪徐悅函吧！她已經很大了，用不著我陪。

我充滿歉意地告別了聶小衛，離開沒多久，我就覺得渾身輕飄飄的，恨不得馬上飛回悅函身邊。但往往天不從人願，我搭乘的車半路上拋錨了，平白無故地耽擱了一個小時，回到尼

斯天都黑了。

悅函說過他會等著我回來。但他沒有。

我站在空蕩蕩的屋子裡，一種無法克制的失落和傷心猝然湧上心頭。

他的屋子一片死寂，外界的喧嘩與騷動與它毫不相干，站在門口，就彷彿進入了一個波瀾不驚的別樣的世界。

問余何意棲碧山，笑而不答心自閒。桃花流水窅然去，別有天地非人間。

可惜我沒有李白那樣的超脫和閒逸，我只覺得恍惚又看見了悅函冷靜得近乎冷漠的面容，那比世上的任何一切更能安撫此時此刻內心騷動不安的我。月光被厚厚的窗簾擋在外面，整個屋子像籠著一個嚴絲合縫的鐵罩，靜悄悄的，令人魂悸魄驚。我幾乎不敢邁步，生怕驚擾這個沈睡的世界。

我腳底發冷，靜悄悄地站著不動，直到慢慢適應屋裡的黑暗，首先映入眼簾的就是那把停在落地玻璃門前的冷漠、堅硬的輪椅。輪椅上方一片幽暗，一片虛空，可是我覺得悅函就坐在那裡，默默地凝視窗外的殘月。我摸索著上前，拉開窗簾，月光一下子傾瀉在我身上，嚇了我好大一跳。

輪椅冷冷地反光。我撫摸著椅背，不知不覺坐下。

我想像著悅函坐在這上面的感受，我想親身體驗他的感覺，分擔他的感傷，但我立即感到嚴重的不適，我幾乎想立刻站起身。但我沒有，我怕唐突了悅函，儘管他不在面前。輪椅上曾經留下他的體溫、他的氣息。我坐了很久，像被什麼麻醉

了一樣，再也不想起身。我猛地想起《變形記》中突然變成一隻大甲蟲的格里高利，心裡感到一陣恐懼，又有一絲兒病態的興奮，我想我要是也變成了殘廢不知道會怎麼樣。我胡思亂想，迷迷糊糊睡著了。

初陽穿透窗子，照在我臉上。我驚醒過來，呆坐著不動，然後就看見了悅函。我不知道這是不是夢，我使勁揉了揉眼睛，看見他拄著拐杖站在陽臺修剪花枝。我站起來，倚著玻璃門靜靜望著他，他忽然轉頭，用一種若有所思的探詢目光看了我一會兒，似笑非笑地說：「妳怎麼坐在我的輪椅上？」

我咬著唇無言以對。

「妳是不是想體驗一下殘廢的感覺？」

「我……」

他笑了笑，「拿個噴壺來澆水吧！」

我默默地澆花，不敢出聲。澆了一圈，我不知道還能做些什麼，呆呆望著他。他剪下一枝白色的玫瑰，插在一個天藍色的敞口瓶裡，問我什麼時候回來的。

「昨天晚上。你……你昨晚怎麼沒回來？」

「我？去看醫生了。」

我吃了一驚：「看醫生？你怎麼了？生病了嗎？」

他輕描淡寫地說：「只是例行檢查而已，妳不用緊張。」

「檢查什麼？」

「腿。」

●莎拉小鎮

　　我不說話了。和他的腿有關的所有話題，我都沒有勇氣涉及。

　　他轉頭看著我，目光犀利而冷靜，我避開他的眼光。他笑了笑，問我：「上次妳為什麼不告訴我妳的意中人是鍾鄴，而現在妳已經跟鍾鄴分手了？」

　　不知道他從那裡得來的消息，我討厭在他面前沒有任何秘密可言。我沒好氣地說：「還用得著我告訴你嗎？你不是都知道了嗎？」

　　他沒有理會我的怒氣，凝視著我問：「妳很愛他？」我說我覺得是。他眉毛微微一揚：「僅僅是覺得？」我有點受不了，歇斯底里地喊起來：「我以為我愛他，我相信我愛他！」

　　他微微一笑，「如果真愛他，為什麼要用這麼多主觀詞？」

我瞪著他說愛情本來就是主觀的行為。他仍然微笑著，「妳現在還愛他嗎？」

我氣沖沖地說：「不愛！」

他慢慢走進客廳，從茶几上拿起一本舊書，在我面前晃了晃，「前天晚上妳還在看這本書，如果妳不愛，妳為什麼還要看它？」

我咬著牙說：「你管不著！」

他笑著搖搖頭，「妳真是個孩子。」

我覺得受了侮辱，更覺得昨天對他的牽掛毫無意義，一文不值。我大聲叫起來：「我不是個孩子！別老把我當孩子！」

他平靜地說：「妳就是個孩子。」我對著他大喊：「你才是孩子呢！我已經長大了！」他淡淡一笑：「妳要真的長大了，就應該有勇氣面對過去。」

我一怔，「你是什麼意思？」

「一個人只有勇於面對過去，才能真正長大，唯有如此，妳才能承受生活施加給妳的壓力和痛苦。」

他這話與聶小衛所說的何其相似！我茫然不知就裡。

他慢慢地在輪椅上坐下。那把堅硬、冷漠的黑色輪椅，讓我打了個寒顫。我想我的眼睛一定流露了我的心思，我的表情沒能逃過他的眼睛。

他淡淡一笑：「就比如現在，妳到現在還不能接受我是個殘廢這個現實？這麼多年了，妳看到我走路，還是會感到害

怕，是不是？」不等我回答，他接著又說，「這也不能怪妳，對任何一個正常人來說，走路和吃飯喝水一樣，都是些平常的動作，而我也的確做得很吃力，吃力得讓妳不忍心看，對不對？」

我語塞了。

「記得妳剛到我們家的時候，一直在迴避我，避免和我說話，為的也是不看到我走路的辛苦樣子，是不是？」

我最怕的就是他這種嘲諷的語氣，甚於我害怕他的冷漠。這是一種很尖銳、殺傷力極強的諷刺，平淡，甚至貌似溫和，但絕對傷人。他一向很敏感，有時候難免會近乎歇斯底里，但他說得很對，我是害怕看到他撥動輪椅走路的樣子，我只要看到他走得那樣辛苦、那樣艱難，我就渾身發冷，心裡充滿悲愴之情。

我看著他沈默不語。他淡淡一笑，那種笑容實在令人心悸，我莫名地說了些自己都不明白的語詞。他盯著我看了一會兒，又露出我久違了的溫柔的笑容，慢慢地說：「我相信。」口氣裡有一種我所不能理解的超脫，感覺他遙不可及。

我忘了我說了什麼，因而也就不能明白他相信什麼。我看著他發呆。

「我相信妳，妳相信嗎？」

「相信……相信什麼？」

「告訴我妳相信什麼？」

「我……我不知道。」

「妳什麼也不相信？」

「我不知道！」

我忍不住放聲大哭，他把我摟進懷裡，我哽咽著說：「為什麼你要這樣說！為什麼！」他握著我的手，歎了口氣，「我也不想這麼說。」我執拗地說：「你故意的，你故意要傷害我。」

他捧著我的臉，端詳著我，柔聲問：「為什麼妳不能正視過去呢？」我淚眼矇矓地搖頭。他的表情顯得有些悽愴，笑容也變得苦澀，他把他的臉頰貼在我臉上，輕輕說：「過去的事情就是過去了，妳可以遺忘，但妳不能逃避。妳這樣逃下去，到底要逃到什麼時候？」

我淚流滿面，嗚咽著說：「我也不想逃，可是我就是害怕，想起過去的事我就覺得全身發冷，求求你別再提起以前了好不好，我受不了。」

「人怎麼可能不回顧過去呢？其實我們每個人都只能活在兩個時間，不是過去，就是未來，根本沒有現在……現在是很短暫的，它在一秒鐘一秒鐘的消逝，當妳說出現在這兩個字的時候，現在就已經消失不見了……妳明白嗎？」

我的眼淚連續不斷地湧了出來，澀聲說：「悅函，我……我……」

他伸手為我拭淚，寬容地說：「好吧！我不說了，我等著妳慢慢接受這個道理，不管有多久，我都等著。」

獨自在自己的奧秘中流連

回想起那天我失魂落魄地跑到這裡來跟夏子平解釋，我的臉都白了。悅函說得很對，人確實只有過去可以回顧，未來根本看不見，而我的過去始終那麼混亂，那麼不堪回首。

獨自在自己的奧秘中流連

悅函是一個信守承諾的人，他說過他不再提，他說過他會等，這些他都做到了。但我不知道我應該怎麼做才好，我不可能讓他永遠等下去，我不知道這個過程究竟有多長。

有一天我從COURSSALEYA廣場買了一大堆蔬果，路過夏子平的住宅時我心裡爲之一震，我才發現他的住所離悅函的住所很近。房子看起來很好，沒有被火燒過的痕跡，不知道夏子平現在怎麼樣了，也不知道離開他以後的餘思溶是不是過得更好。

房門緊閉，花園一片靜默，顯得異常冷寂。

回想起那天我失魂落魄地跑到這裡來跟夏子平解釋，我的臉都白了。悅函說得很對，人確實只有過去可以回顧，未來根本看不見，而我的過去始終那麼混亂，那麼不堪回首。過去的一切都讓我覺得丟臉，我希望這輩子再也不要見到夏子平。我沒有勇氣去面對他，我在他面前的尊嚴早已喪失殆盡。

一進門我就聽到一個似曾相識的聲音在跟悅函說話，我好奇地張望了一下，不覺倒抽了口冷氣：夏子平！眞是怕什麼來什麼。我對他的感覺是又怕又恨，就像一個人偷東西被人當場抓住，就永遠也抬不起頭來了。我低著頭，想趁他們不注意時趕緊溜走。但是已經來不及了，悅函和夏子平都看見了我。悅函笑著招呼我，我只好硬著頭皮走上前去。

夏子平笑著說：「好久不見，辛小姐。」他笑得坦然而又

自適，看來已經擺脫了餘思溶背叛他的陰影。

我渾身僵硬，臉部的肌肉尤其如此，勉強擠出一絲笑意。

悅函笑著說：「一直忘了告訴妳，小霈，卡爾梅特太太就是夏先生介紹來的。」

卡爾梅特太太是新的幫傭。

我正考慮著是不是該說點什麼，悅函告訴我他要留夏子平吃晚飯，我說那好，你們慢慢聊，我去幫幫卡爾梅特太太。

天知道悅函為什麼要夏子平留下來吃飯，我一邊走一邊詛咒，一邊又祈求上帝保佑，千萬別讓他提起有關聶小衛的任何事情。想起我騙他說聶小衛是悅函的女朋友，想起我在他面前痛哭流涕地承認一切都是我一個人的錯，我後悔得想一頭撞死。但願他沒跟悅函說起過這些事，否則悅函會氣死的——其實我並不知道他是不是會氣死，我只是這麼想而已。我對悅函的瞭解其實很淺薄。

晚餐時，悅函請卡爾梅特太太到酒窖裡拿了一瓶桃紅酒，全是1953年瓦爾堡出產的。

可惜了這樣浪漫的好酒，肖琳要是知道我喝的時候沒半點感覺，八成要心疼死了。

儘管我對夏子平有成見，我還是得承認他很健談，而悅函今天的心情好得出奇，談興極濃。他們什麼都談，戲劇、歷史、美術、建築，當然還有音樂。音樂是談得最多的，他們不僅談論貝多芬、莫札特、海頓、蕭邦、勃拉姆斯、魯賓斯坦、李斯特、瓦格納、約翰‧施特勞斯，還談論格魯克、胡戈‧沃

爾夫、戈德馬克、舍伯格這些我從未聽說過的音樂家。悅函瞭解音樂中的每個細節，甚至熟悉加盧皮和特勒曼等人最最孤僻的作品和三、四流音樂家的作品，他都熟悉。

夏子平讚美藝術的不朽與魅力，悅函卻說：「藝術能使我們每個人得到滿足，但它對於現實生活卻無能為力。」

這句話讓夏子平感到很意外，他笑著說：「我以為身為一個音樂家，你會很推崇藝術的作用。」

悅函笑了笑說：「正是因為瞭解藝術的不朽，才更感到世界的脆弱。」

這是那天晚上我聽到的印象最深的幾句話，說這話的時候悅函的表情依然沈靜，我不知道他對於這世界到底是持悲觀態度還是持樂觀態度。他很少表露他對外界的看法，而是偏重向內在去發展。不是萬不得已，他從來不出門，更不喜歡和陌生人打交道，所以那些崇拜他、追逐他的人常常讓他感到非常苦惱。

後來他們談起普羅旺斯，悅函出人意外地表達了他對這個地方的強烈好感，他說這是一個適合生活並且值得永遠駐留的地方，這個地方能給人內心帶來安寧。夏子平則說這個地方雖然不錯，但他還是更願意到處遊歷，願意在無邊無際的世界裡漫遊，他說那種不確定的感覺最刺激，也最恆久。

悅函當時並沒有回應，他拿起酒杯，發現酒已經喝光了，酒瓶也已見底。

那天晚上他們談興很濃，酒興也不錯，一瓶酒很快就喝光

了。

　　我見他酒興不錯，就說我再去拿一瓶，他點點頭。我起身時不小心，鞋跟勾到椅子腳，險些摔倒，幸好夏子平及時扶住了我。我感覺到他的手指似乎漫不經心地滑過我裸露的手臂，我臉上一熱，全身掠過一絲暖流。我道了謝，夏子平微笑著說：「妳太客氣了。」似乎還沒有鬆手的意思，我有點窘迫地掙開了。

　　幸好悅函正在跟卡爾梅特太太說話，沒有注意。我心裡鬆了口氣，剛剛培養起來的對夏子平的好感頓時煙消雲散。我不知道他想做什麼，或者真像我第一次見到他時感覺的那樣，他會本能地誘惑他身邊所有的女人。

　　下酒窖時我一腳踩空，摔了一跤，幸好走到了樓梯最後一級，否則非得把腿摔斷不可。我坐在地上，用力晃了晃頭，努力讓自己清醒起來。我的腿已經摔斷過一回，我不能再冒險了。我扶著牆緩緩站起來，腿上的舊傷開始隱隱作痛。我停了一會兒，手按著胸口，直到劇烈的心跳慢慢平靜下來。我拿了一瓶酒，回來時正好聽見悅函在說話。

　　他說：「我不喜歡沒有盡頭的東西，尤其不喜歡到陌生的大城市裡去。去年我曾經到過紐約，才待了半天就離開了，那麼大的一個城市，亂糟糟的，幾千條街道，幾千所房屋，在那麼混亂的環境裡，一個人到底該如何去生活？如何去選擇？我希望我所看到的一切都有盡頭。鋼琴上有88個鍵，一個不多，一個不少，它是有限的，在有限的琴鍵上彈出各種音樂，彈出各種情緒，這才是無限的，才是我願意做的事情。有時候看著

外面那麼大的世界，我會覺得不安，外面的世界不是我所能駕馭的，它就像一首我從來沒有彈過的曲子，根本不知從何入手……」

夏子平驚訝地望著他，過了很久才說：「我一直認為你可以很自如地應付很多事情，至少你看起來是那樣的。」

悅函看著我說：「很多事情其實並不像看起來那麼簡單。」

我知道他這話是說給我聽的，我猜不透他想說什麼。

夏子平也把目光轉向我，笑了笑，然後就告辭了。

我以為夏子平走後悅函還會跟我說些什麼，但他沒有，他說他累了，很快就回房去了。

我可以理解夏子平的吃驚，當悅函帶著我四處漫遊的時候，我從來沒有想過他其實並不願意做那樣的事情。他今天晚上的這些話其實都是說給我聽的，他以一種間接的方式袒露了自己的心聲，希望我更加瞭解他。但他不知道，很多時候，瞭解並不比不瞭解更好。

客廳的電話響了。

我拿枕頭蒙上臉，想繼續睡。

悅函只在很稀罕的情況下接電話。我曾打電話給他，通常不是他本人接的，如果湊巧沒有旁人在，就得等上半個小時，我經常耐著性子一邊等一邊酸溜溜地想：「只有他這麼酷的人才這麼不把電話、不把別人當回事，哪像我，每次聽到電話鈴響，就跟中了獎似的，急得不得了……」他總是過了很久才來

接電話，聲音總是顯得很冷淡，總是不冷不熱地用法語問「哪一位」，只有在聽出我的聲音後，他的溫度才有點回升，但還是淡淡的。所以我痛恨打電話給他。

奇怪的是卡爾梅特太太竟然沒去接電話。

是不是她不在家？

電話還在響。

我睡眼惺忪地走出臥室，拿起話筒。

一個令人心跳的聲音說：「徐先生在嗎？」

雖然他說的是法語，我還是立即聽出這是夏子平的聲音。我全身的血一下子全湧到了頭部，這話筒就像毒蛇一樣咬痛了我的手。我勉強控制住自己的抵制情緒，四下看了看，說：「不在。」

「是辛小姐嗎？我是夏子平。」他忽然開始說中文。

我怔了一下，「哦！你……你好。」

他笑了，老天，他的聲音真的很好聽，帶著無可抗拒的吸引力，叫人迷失。那感覺就像吸毒，明知不安全，還是忍不住要反覆地嘗試。

「有什麼事需要我轉告他？」

「今天晚上我家裡有個小聚會，他答應過要帶妳一塊來的，妳提醒他別忘了，他很健忘的。」

「我會告訴他的。」

他笑了笑，「很高興再見到妳。妳的氣色比我第一次見妳

時好多了，看來徐先生很會照顧人。」

他的聲音像一種魔法，令人在瞬間麻醉，而且即便魔法已經停止，也會讓人回味無窮，長時間停留在剛才的迷失裡。我忽然明白為什麼連聶小衛那樣冷靜、成熟的女人也會為他癡迷了。這個男人天生具有一種可怕的誘惑力。他的聲音讓人產生各式各樣的幻想。女人都是虛榮的，聽到他這樣的聲音，每個女人都會覺得他只會對自己一個人這麼溫柔。也許女人之所以會上當，就是自我感覺太良好了。我想那些為他所俘虜的女人都不見得不知道他是一個怎麼樣的人，只是她們都太自信，都以為自己天生是他的剋星，絕對能成為他的最後一個女人。

夏子平是不會真正愛上一個人的。無論是對餘思溶還是對聶小衛。

放下話筒，我腦子裡忽然閃過這個念頭。

兩年前在蔚藍海岸，他對聶小衛純粹只是逢場作戲。因為她很特殊。永遠一身黑衣，永遠以旁觀者的冷靜遠觀人群，這已經夠特殊了，何況她那麼聰明。

她不是漂亮女人，但絕對是個性女人，這在單調的時期，是能引起一陣衝動的。等到過了那段時間，等到夏子平又遇到更特別、更美麗的女人，這種衝動就消失了，如果他仍然表現出興趣，那就是不懷好意的欺騙和玩弄。雖然聶小衛沒有說，但我相信她一定以為他愛過她，女人在愛情面前總是盲目樂觀。這個男人是個不負責任的人，極不負責，對他來說，逢場作戲是家常便飯，玩弄感情是等閒小事，只有不諳世故的女孩

才會把一切當眞。他的感情是受時空限制的，他是一個無情的人，一個壞男人。照理說，這樣的男人對聶小衛應該沒有吸引力。但事情偏偏就是這樣奇怪，越是眼光過人的女人，越容易上當受騙。

至於對餘思溶，又是另一回事。餘思溶曾經是他的女人，這一點他很明白，對屬於自己的女人，他就顯露出可怕的霸道和獨佔性。在這方面，他不是個大方的人，也談不上寬容。寬容對他來說是個怪異的字眼，如果他不追究一件以他的個性應該追究的事，那只是例外，可能是一時心血來潮，也可能是他覺得不值得，成本太高，不屑去追究。

我歎了口氣，走到悅函房門口。房門緊閉，我不能確定他到底在不在，試探地輕輕敲了敲門。

「誰？」悅函的聲音很低，卻很尖銳。

我怔了一下，我從未聽過他這樣的聲音，「是我。」

「什麼事？」

我不明白他聲音裡怎麼有那麼多戒備的意味，「夏子平剛剛來電，提醒你晚上去參加聚會。」

「知道了。」

我猶豫了一下，忍不住問：「悅函，你……你沒事吧！」

他很不耐煩地說：「我能有什麼事？」

他說話的口氣讓我覺得很委屈，難道是我太多事了嗎？我在他門口站了很久，悶悶不樂地回到自己的房間。

　　我沒想過在普羅旺斯結束一段愛情，然後再開始另一段。剛來這裡的時候，我給了悅函非常明確的回答，現在我反而不明確了。我對他的愛從來都沒有消失過，這麼多年來，我只是在動用自己的全部力量把對他的愛封存起來，我希望那種愛會讓自己窒息而死。可是我沒有料到它的生命力那麼堅強，居然延續了十年之久，並且逐漸有控制我全副身心的趨勢。

　　我分明愛極了他，卻總在他面前退卻，總有一種現實與夢境相混雜的感覺。我不知道阻止自己愛他是真的出於對他殘疾的顧慮，還是骨子裡的自卑感作祟——我不相信他會愛我，我不敢相信他能一直愛我。我們的差距太大了。

　　儘管伊莎貝拉說的那句話給我很大震撼，相信是一種幸福，可是我還是無法相信。

　　相信也是需要勇氣的。

　　我打開電腦，肖琳給我發了一封郵件。她說鍾鄴早就回到北京了，她在一次會議上見過他一次，感覺他情緒很低落。她還說她男朋友第六次向她求婚了，她已經接受了，如果我年底之前能回去，一定要去參加她的婚禮。我回信祝賀她，並希望她永遠開心。

　　永遠開心？

　　誰能夠永遠開心？

　　在我認識的這麼多人當中，沒有誰是真正開心的。肖琳雖然性格開朗，敢說敢想，卻也有弱點，那就是她太多欲求，太相信廣告，太依賴物質，所以當她有買不起的好看衣服或化粧

品或者好房子的時候，她就會不開心。鍾鄴太忙，太執著於事業，他忙得沒有時間去開心。聶小衛呢？心事和秘密太多，太堅強，太自立，這就讓她承受了許多本不該承受的痛苦和壓力。餘思溶也不開心，因為她在愛與不愛之間徘徊。夏子平呢？我不知道，但從餘思溶這件事來看，至少他有不開心的時候。

至於悅函，我更不瞭解了。也許對他來說，其實無所謂開心和不開心，他太淡然，也太冷靜。

我沈思著，靜坐良久，我不知道當我抬頭看見悅函時，他已經在那裡站了多久。在家裡的時候，他總是拄著拐杖，雖然那樣走得慢。看著他，我經常默默地想，用拐杖來支撐，得需要多大的力氣啊！

他穿戴得整整齊齊，我從未見他穿著睡衣出過臥室。

他已經把手上的繃帶拆掉了，一定是昨天晚上拆的。照理說，彈鋼琴的人應該很愛惜自己的雙手才是，他偏偏不。越是受傷他越要彈，每次都彈得手鮮血淋漓，皮開肉綻，想起來都覺得心悸。我跑過去看他的左手，傷口倒是癒合了，要不是他的醫生下了最後通牒，不許他再碰鋼琴，他的手會毀掉的。他對醫生把他的左手裹起來很憤怒，我親耳聽到他怒氣沖沖地說：「我的腿動不了，你還要讓我的手也動不了嗎？」

他的醫生沒有理他，不慍不火地說：「我得對你的藝術生命負責，我會派一個護士來照顧你的飲食起居，你放心。在這期間，我會借給你很多手來替代你的。」

「你怎麼把繃帶拆了？醫生同意嗎？」我問他。

他看著我，面無表情地說：「同意。」

「我不相信，我打電話問他。」

他忽然發起火來，「不相信，不相信！妳什麼都不相信！妳到底相信什麼？」

我愣住了，震驚地望著他燃燒著怒火的眸子，「你……你這是怎麼了？」

他仰頭靠在門框上，閉上眼睛，似乎在極力控制自己。我走過去扶他，他突然睜開雙眼，久久地注視著我，目光就像長矛一樣刺進我的身體。我無法形容他目光裡的表情，只隱隱感到不安，不自主地退了一步。他捉住我的手，把我拉進他懷裡，他的唇饑渴地壓在我嘴上。我吃了一驚，他的唇帶有強烈的侵略性和佔有性，幾乎要把我整個身心攫取過去。我本能地反抗，使勁推他。

我忘了他的腿。

我這一推，他就摔倒了。

看著他摔倒，我的眼淚一下子就湧了出來。淚水彷彿直接從心裡倒出來似的，我覺得有一種看不見的力量在撕扯我的心，把它撕得一片一片的。

我在夢中重複過無數次的場景最終還是真實地發生了。

他真的摔倒了。

他的臉瞬間變得毫無血色。

我試圖伸手去扶他，他用力甩開了。我一次次去扶他，他一次次拒絕。他慢慢地坐起，我感覺他在使勁，他試圖調集全身所有的力量來支撐起他的身體。他一眼也沒有看我，我不知道他是憤怒還是悲哀。他的太陽穴在蹦跳，他手上的青筋一條條變得異常明顯。他全身的力氣都集中到眼睛裡了，但他沒有看我，而是死死盯著自己的左腿。

他眼裡射出的一閃一閃的怒火嚇得我四肢僵硬、全身發抖。我呆滯的眼睛，等著聽他大發雷霆，我的心停止了跳動，只有每根神經像繃緊了的琴弦在顫抖。

「索菲！」他突然厲聲喊道。

索菲是他的法國女護士。

我哭倒在地上，淚眼婆娑地望著他。

「索菲！快過來扶我！」他用法語喊道，聲音裡充滿震怒，還有一種無力乏天的挫敗感。

索菲從他臥室裡跑出來，嘴裡嘟嚷著「可憐的小寶貝」之類的語詞，很快就扶著悅函進屋去了。

悅函自始至終沒有看我一眼。

房門砰地撞上了。

我呆呆望著他的背影消失在門後，身上一陣陣發冷。我不明白剛才到底發生了什麼事情，在他絕望而憤怒的表情下隱藏著一種決絕的力量。我感到又悲傷又委屈，伏在地上痛哭不止。過了很久，我聽到卡爾梅特太太的聲音，她扔下手裡的東西，跑過來扶我。我哭得全身虛脫，她把我扶到床上，關切地

詢問緣由，她的聲音很親切，就像媽媽一樣親切。

我無法複述剛才的一切，即便能夠，我也不能複述。我只能不停地搖頭。她要去找悅函，我趕忙拉住她，哽咽地說：「別去找他，他……他病了……」

「找醫生了嗎？」

「有護士呢！」

她給我拿毛巾擦臉，坐在我身邊使勁安慰我。我勉強笑了笑，「我沒事了，我剛才嚇壞了，謝謝您……我真的沒事了，您忙您的去吧？」她問我想吃什麼，馬上給我做，就像哄小孩一樣。我搖搖頭，她聳了聳肩，走了。

我關上房門，慢慢走到窗前。小花園裡的鳶尾花開得正盛。相信是一種幸福。可是我到底該怎麼去相信？看著滿眼的花朵，我打了個冷顫，突然感到一陣從未有過的哀傷，一種深沈而奇怪的苦痛。其實在此之前，有時我腦海裡會不知不覺浮現出他在夢境裡絕望而悲哀的面容，熱情就會慢慢冷卻。儘管我一再告訴自己那只是個夢，不是真的，我仍然無法擺脫一種無法排遣的傷感。而現在，夢境的一部分成了現實。理智和情感在我心裡搏鬥、撞擊，也許我該轉身離去；可是我又怎麼捨得離去，我對他的感情這麼深，深得根植於靈魂深處，我寧可捨棄生命也不願它有絲毫瑕疵。

我以為隨著時間的流逝，隨著兩人相互瞭解的加深，橫亙在我們之間的鴻溝可以漸漸彌合。現在我才發現，我現在反而更加不瞭解他。原先我自認還能勾畫出一個關於他的完整形

象，儘管模糊，現在各種資訊紛至遝來，他的形象反而支離破碎，就像被風吹散的煙一樣，再也無法凝聚在一起。而他身上始終有一種令我不安的力量，我不知道它何時會爆發，也不知道一旦爆發出來會導致何種後果。

難道這段愛情就跟我剛剛結束的那段一樣無望嗎？

我擦乾眼淚，開始以最快的速度收拾東西。我拎著行李，衝出屋子。

「妳上哪去？」

悅函坐著輪椅堵住了去路。他望著我，神情溫柔而又平和，目光也很沈靜，和剛才判若兩人。我張了張嘴，使勁咬著嘴唇。我懷疑剛才是不是在作夢。

他緩緩撥動輪椅，向屋裡走來。

我只能後退。

他關上房門，靜靜地說：「別鬧了，把東西放下。」

我攥緊了行李不放手。

「還要我幫妳嗎？」

我渾身抖個不停，連牙齒也在格格作響。他靠近我，輕輕掰開我的手指，把行李擱在地上。「坐下，」他說，「我們談談。」

我咬著牙，直挺挺地站著。他也不急，耐心地等著，目光祥和得像外面的陽光。

我們倆面對面地耗著，誰也不退讓。

　　時間緩緩地流逝，陽光從窗口射進來，就像時間的腳一樣，一會兒爬上我的後背，一會兒爬上他的臉龐，一會兒又在他眼裡打轉。他平靜地看著我，即使陽光照著了他的眼睛，他一動也不動，眼睛連眨都沒眨一下。

　　我胸口起伏，越來越焦躁，越來越憤怒；他卻始終沈靜得像一口古井，深不可測，而且冰冷。

　　我兩腳發軟，實在承不住了，一轉身坐在床上。

　　「站累了吧？」他說。

　　我呼吸變得急促，內心像起了波瀾似的，全身都在顫抖。

　　他把手放在我膝蓋上，柔聲說：「好了，別氣呼呼的，我們好好談談。」

　　我使勁揪著床單，沒好氣地說：「沒什麼好談的。」

　　「那也得談。」

　　「談什麼？」

　　「談談妳的感受。」

　　「我沒感受。」

　　「可是妳很生氣。至少妳得告訴我，妳為什麼生氣，為什麼想離開。」

　　「你不是什麼都知道嗎？幹嘛還要問我！」

　　「我不知道，我要妳告訴我。」

　　我死命咬著嘴唇，低著頭不吭聲。他的手仍然放在我膝蓋上，手指細長，皮膚白皙，卻很有力。我動了動膝蓋，想把他

的手抖開，沒成功。我斜眼瞪他，用一根指頭撥他的手，撥了半天也沒撥開。他慢慢地抓住我的手指，緩緩地，溫柔地把我整隻手包了起來。我使勁掙扎，臉漲得通紅。

「別生氣了好嗎？」他輕輕說，「有什麼話都說出來，別憋在心裡。我不希望我們之間有什麼不愉快……我希望妳每天都快快樂樂的。」

「我不快樂，和你在一起我一點也不快樂！」我脫口說。

他溫柔而悽愴地望著我，「真是這樣嗎？」

「你……你……」他的表情讓我心軟了，我忍了忍，忍不住脫口說，「剛才為什麼不讓我扶你？」

他沒有回答。

我瞪著他，「你幹嘛生那麼大氣？我做錯什麼了？」

「妳什麼都沒做錯，是我的錯。」他靜靜地說，「我不該對妳發火。」

「那你幹嘛要發火？」

「因為我是個殘廢！」他說。

我不明就裡地望著他。

他的手起了一絲顫抖，略帶嘲弄地說：「妳還不明白嗎？一個男人在自己心愛的女人面前站都站不起來，這還不夠悲哀嗎？要是妳受到傷害，我就只能眼睜睜地看著，一點保護妳的能力都沒有，這還不夠失敗嗎？」

我忽然想起我作過無數次的那個夢，不覺打了個寒噤。

　　他看著我，目光漸漸變得銳利，「也許在妳的夢裡，妳早就看到了這一切，對嗎？」

　　我呆呆地望著他，不覺點頭。

　　他輕輕放開我的手，唇邊掠過一絲淡淡的苦笑，「我早該想到了……」

　　我下意識地拉住他的手，急切地說：「聽我說，悅函，我……我愛你。」

　　他驚愕地看著我，然後就笑了，笑容裡帶著善意的嘲諷，「妳沒有必要在這個時候這麼說，我這個人不容易受傷，妳不必擔心。」

　　如果他真的不容易受傷，剛才又何必發那麼大的火？

　　我緊緊抱住他的膝蓋，把臉貼在他腿上，顫聲說：「你以為我是在安慰你嗎？不，不是，我不知道我是不是選錯了時機，可是我就是愛你……我一直都愛你……」

　　他輕撫我的頭髮，溫柔而悲哀地問我：「那妳為什麼還要走呢？」

　　我怎麼跟他解釋我心裡種種複雜的感受？我渴望一種簡單、純真、有力量的愛情，這種愛情鍾鄴不能給我，他只給了我痛苦與失望。而悅函也似乎無法給我。儘管我們知道我們彼此相愛，但我們心裡都存有太多的顧忌與猜疑，並且這些猜忌絕不是一兩次的開誠佈公就可以徹底消滅的。

黑眼睛的深潭

看到他的眼睛，我忽然想起泰戈爾的那句詩：「我的心跳進
你那雙黑眼睛的深潭裡。」他的目光在我臉上長久停留，讓
我身上掠過一陣陣暗火。我垂下眼皮，淡淡地說：「我所見
到的，讓我不能不懷疑。」

黑眼睛的深潭

　　我不清楚出席宴會的都是些什麼人，夏子平沒有介紹，他也沒必要跟我介紹。但他們其中的大多數人都認識悅函。

　　燈光下的悅函顯得異常莊重，也格外冷峻，蒼涼中透出一種冷冷的魅力。我從未意識到原來他是如此俊逸──如果他不是左腿有殘疾的話，一定可以傾倒很多女人。

　　我也知道，即使他左腿有殘疾，仍然有很多女人願意主動投懷送抱。

　　猜測我不在場時他會如何對待這些女人是無益而又無聊的。悅函是個什麼樣的人，其實我並不是十分清楚，但我知道他不會為了任何人去偽裝，哪怕是為了我。

　　我拿了杯飲料，獨自一人到小花園裡去。當日聶小衛就是在這裡茫然失措，飽嘗痛苦的折磨。希望她現在已經擺脫了這種惱人的苦悶。沈志白迎面走來，看到我顯然吃了一驚。他停住腳步，以一種充滿懷疑的眼光審視我。我猜他一定以為我也迷上了夏子平。我笑著跟他打了個招呼，他彬彬有禮地欠了欠身，恭謹而又冷淡。

　　花圃中開滿梔子花，芬芳撲鼻。

　　青翠的樹枝上有一片捲曲的枯葉，我忍不住湊上去，輕輕揪了下來。

　　「辛小姐喜歡養花嗎？」

　　夏子平不知何時來到我身邊，他穿著一身白色禮服，就像

從神話裡走出來似的。我一出來他就跟來了，這說明他一直在注意我。他想做什麼呢？

我直起腰來，淡淡地說：「我只是喜歡花，但不會養花。」

他笑了笑，折了一枝綴滿花蕾的梔子花遞給我。

我猶豫了一下，接了過來，「你總是喜歡折花送人嗎？」

「不總是。」他笑著說。

「這花平時是誰照料呢？」

他想了想，說：「我還真不知道。」

「你從來都不知道是誰為你做了這一切，卻總是將另一個人的心血隨隨便便送人？」

他揚了揚眉，富有興趣地看著我：「怎麼能說是隨隨便便呢？我折花給妳的時候可是很有誠意的？」

「送給不相干的人，難道不是隨隨便便嗎？」

「誰是不相干的人？」

「我。」

「妳？」他笑起來，「那妳倒是告訴我，什麼叫相干，什麼叫不相干？」

我閉上嘴，喝我的飲料。他也不說話，似笑非笑地看著我。我實在無事可做，只能喝了又喝，一下子就把飲料喝光了。他做了個手勢，一個侍者端著托盤走過來，他又幫我拿了一杯，自己拿了一杯白葡萄酒。

「咱們到那邊走走好嗎？」

　　我心裡暗暗詛咒這個居心叵測的男人，向屋裡張望了一下，隱約看見悅函正在跟一個年輕女人談話。他看出我的心思，說：「妳不用擔心徐悅函，他很忙。」我看了他一眼，淡淡地說：「他再忙也沒有你忙。」

　　沿著綠茵茵的小徑一路向前，兩旁花枝繽紛，香氣氤氳。

　　他有一搭沒一搭地跟我說話，我從不主動找話題，只是消極地聽，消極地反應。他心裡一定很惱火，臉上卻沒有顯露半點端倪。

　　花園深處有幾株很大的醋栗，把月光篩了一地碎片。

　　「在這坐會兒吧！」

　　他在一張白色長椅上坐下，給我留下很大的空間。我不否認我有點緊張，我側著身子坐下，緊緊併著腿。他的手臂搭在椅背上，笑著說：「妳用不著這麼緊張，我又不吃人。」

　　我很生氣，沒好氣地說：「誰緊張來著，我幹麼要緊張？」

　　「那正是我想知道的！」

　　我氣得沒話說，低頭想啜一口飲料，發現已經被我一路喝光了。

　　他看著我笑，「妳這麼渴啊！再給妳要一杯？」

　　「我自己去拿。」

　　他按住我的肩，「不用妳去，我讓他們送來就是。」

　　他這麼隨隨便便地碰我讓我很不舒服，我動了動身體，把他的手晃開了。我等了一會，沒見他起身，「你不是要幫我要

飲料嗎？怎麼還不去？」

「我已經幫妳要了。」

我很詫異，「是嗎？」

「妳很渴嗎？」

「是，我很渴。」

「那妳先喝我的吧！」他很自然地把杯子遞給我，理所當然，一點也不覺得不妥。

「不用，我可以忍一會兒。」

他笑了笑，「妳不用忍了，已經送來了。」

我抬頭果然看見一個侍者端著托盤快步走來，我驚訝的看著夏子平，覺得很神奇。侍者放下托盤，飛快地離開了。托盤裡有我要的飲料還有點心。我想了半天，想不通他到底是怎麼辦到的，忍不住問他。

「妳就當我會魔法吧！」

我看了看他，看了看房子，又抬頭看了看天，然後站起身來，走到他側面。低頭一看，果然不出我所料，椅子側面有按鈕，他只要一按，房子裡就會有反應。但是送來的東西絲毫不錯，正是我要的，這只能說明永遠有人在關注他的需要，而他也經常和其他的女人在這裡閒扯。說穿了真是一文不值！我嗤之以鼻。

他笑了，「妳倒是挺有探究精神的。」

別的女人肯定被他這些小伎倆迷得七葷八賽，世界上的事

真是不能太計較，否則就沒意思了。

「一個人站那琢磨什麼呢？坐下吧！穿這麼高的高跟鞋，很容易累的。」

我沒動，腦子裡忽然一熱，一個不適宜的問題立即脫口而出：「妳真心愛過誰嗎？」

他笑，笑得玩世不恭，「當然愛過，我對每一個女人都是真心的。」

「是嗎？」

「妳懷疑？」

我看著他的眼睛，他的眼睛就像聶小衛說的那樣，黑得像深潭，幽幽的，深不可測，令人迷失。一個女人被這麼一雙眼睛盯著，很難保持理智。看到他的眼睛，我忽然想起泰戈爾的那句詩：「我的心跳進妳那雙黑眼睛的深潭裡。」他的目光在我臉上長久停留，讓我身上掠過一陣陣暗火。我垂下眼皮，淡淡地說：「我所見到的，讓我不能不懷疑。」

「對妳來說，這很重要嗎？」

「不重要，只是好奇。我不相信一個人可以真心地愛許多人，如果他宣稱他對所有人都是真心的，那麼只有一種解釋，他對誰都不是真心的。」

他面不改色，望著我的眼睛還是那麼深邃，那麼沈穩，甚至帶著一點天真。我的話對他沒有任何作用，這個男人已經修煉成精了，我的這點道行對他來說，實在太淺了。「妳不是很渴嗎？快把它喝了吧！」他把飲料遞給我，「我勸妳最好坐下

來，吃點點心，妳好像一晚上都沒吃東西。」

我只好坐下來。

他斜靠在扶手上，似笑非笑地看著我。

「妳愛過聶小衛嗎？」

他一定被我煩死了，我這麼沒完沒了，不屈不撓。他攤了攤手，聳聳肩說：「是她讓妳問的嗎？」

「是我自己要問的，人家才不在乎呢！」

「是嗎？」他居然顯得很高興，「既然人家都不在乎，妳問這個幹麼？」

我不知道這個男人是真的這麼滿不在乎，或者只是假裝超脫，我看不透他的內心。「她是不在乎，我偏在乎，我替她在乎不行嗎？」

他笑著說：「那就奇怪了，妳替人家操這個心做什麼？」

我幾乎要被激怒了，「我多事，我好奇，你管得著嗎？」

「我是管不著，但妳想知道，不是嗎？妳要是想從我嘴裡知道什麼，就不能這麼問。」

「那得怎麼問？」

他笑了，「我不告訴妳。」

這談話沒辦法繼續下去，我氣得要死，瞪著他，腦子裡閃過無數個念頭。他十指對頂，神態優遊，顯然覺得很有趣。我猛地站起身來。

「怎麼了？」他問。

「我要走了。」

「兩句話不合心意就要走啦？小孩子才這樣呢！」

我最恨別人說我是小孩，悅函這樣說也就罷了，他夏子平憑什麼這麼說！我瞪了他一眼，「你到現在才發現我是個小孩子嗎？這只能說明你老了，眼力不行了！」

他雙手抱胸，笑著說：「妳倒是挺牙尖嘴利的，以前還真沒發現。」

「你沒發現的事多了！就怕你到死都發現不了到底誰才是真心愛你的人！」

談話進行了這麼久，我第一次發現他眼裡出現了陰影。那陰影就像太陽照不見的潭水，冰冷、抑鬱、沈寂，看來我無意中戳到了他的痛處。我忽然想到，他想必還沒有從餘思溶背叛他的憤怒中解脫出來。他這麼驕傲的一個人，想必從未那樣慎重地對待過一個女人，但是那個女人卻離開了他，而且選擇了那樣一個場合離開他。我不知道那天晚上他是如何向那麼多前來道賀的賓客解釋他的未婚妻突然失蹤的，不管他的謊話編得如何圓滿，他畢竟已經被釘到了恥辱柱上，這恐怕是他這一生都無法擺脫的灰暗回憶。

我看得出他很憤怒，換一個時刻也許他會即刻暴跳如雷，將我罵得狗血淋頭，但現在他在竭力控制自己。

男人的尊嚴和虛榮起了作用，原來他也並不是無懈可擊的。

我不知道自己究竟是出於一種什麼樣的心態，非要激怒他

不可。他現在這個樣子讓我覺得有些幸災樂禍。或許我是想替聶小衛小小地報復他一下？

　　在他回過神來之前，我悄悄溜走了。這樣做有點不太光明正大，但我沒辦法，我自我安慰說我反正不是男子漢大丈夫，犯不著那麼光明正大。

　　我沒找到悅函。

　　一個侍者告訴我，他一個小時前就離開了。

　　我怔了一下，心裡暗暗叫苦，狂奔回去。

　　我敲了半天門也沒人來開，卡爾梅特太太通常在七點之前就回家了，難道悅函還沒回來嗎？我手忙腳亂地找鑰匙，開了門發現客廳裡亮著一盞壁燈，光線很幽暗。

　　他房門虛掩著，透出一點亮光。我喊他，他應了一聲。我走過去，在他說「等一下」之前，我已經把門推開了。眼前的情景讓我嚇了一下，臉頓時漲得通紅。他迅速穿上睡袍，說：「妳回來了。」他的聲音遠沒有以前那麼平靜，等他轉過臉來對著我的時候，我仍然面紅耳赤。

　　「妳不該不經我允許就推我的房門，儘管我沒有關好。」他說。

　　我沒敢看他，心虛地說：「對不起。」

　　他慢慢在床上坐下，「給我拿條毛巾來。」

　　我脫了鞋，赤著腳走進浴室，給他拿了條毛巾，看見他滿頭大汗，胸口上也佈滿了汗珠，離得這麼近，我可以聽見他劇烈的心跳。「你……你怎麼出了這麼多汗？」

他沒有解釋，把臉上的汗擦乾。

我想不通他一個人大汗淋漓地在屋裡做什麼，忍了忍，忍不住問：「你……你怎麼了？」

「我很好。」

「真的嗎？」

「真的。」他把毛巾遞給我，看著我笑了笑，「我以為妳還得晚點才能回來。」

我沒辦法讓自己轉移注意力，我的全部心思都集中在猜測與懷疑上，我明知他不願說實話，可還是又追問了一次：「你剛才在……在做什麼？」

他淡淡地說：「我在鍛鍊。」

我驚訝地瞪大了眼睛，隨即明白過來，「那你為什麼要關著門？」

「妳以為做那樣的鍛鍊好看啊？」

「你……你總是不穿衣服嗎？」

「是啊，每次都要大量出汗，穿著衣服不方便。」

「那……今天早晨你……你也……」

「也什麼？」

我惡聲惡氣地說：「你和索菲在屋裡做什麼？」

他似笑非笑地反問我：「妳以為我們會做什麼？」

我羞憤交加，氣狠狠地說：「我哪知道！」

他沒有解釋，還在笑：「妳還在因為這個生氣？」

我氣壞了，「你說啊！」

「我爲什麼要告訴妳？」

我咬了咬牙，「不說就算了！那你總該告訴我，你爲什麼一個人先回來？」

「我習慣在十一點之前回家。」

「你怎麼不叫我？」

「十一點鐘往往是玩得最開心的時候，我幹麼要叫妳？」

「你……你不生氣吧？」

「生什麼氣？」

我嘴唇發乾，「我以爲你生我的氣呢！」

他笑了笑，「怎麼會呢？玩得開心嗎？」

「不開心，氣死我了。」

「爲什麼？」

我把我和夏子平對話的內容簡單跟他說了一遍。

他失笑起來，「妳爲什麼非要問他呢？」

「我就要問，我氣不過他那樣對待聶小衛。」

「妳怎麼知道他到底是怎麼對待聶小衛的？」

「當然是聶小衛告訴我的。」

他微微一笑，「妳怎麼知道聶小衛就一定不會撒謊？」

我呆呆地看著他，「我從來沒有想過聶小衛會撒謊……她有必要撒謊？」

「妳嘴裡說這不信那不信的，其實比誰都輕信。在妳看來她是沒必要撒謊，但她未必不會說假話。」

「撒謊和說假話有什麼區別？」

「總有一天妳會明白的。但妳得記著，沒有誰會把自己的一切原原本本地告訴別人。」

我怔住了，這句話我自己還跟餘思溶說過呢。想起當初餘思溶變了臉色的模樣，我還常常自鳴得意，想不到現在反而被將了一軍。我有點懊惱，「我知道……可我還是很生氣，夏子平這個人太狡猾了！」

「他當然不會跟妳說實話。夏子平是個軟硬不吃的人，他沒有妳想象中那麼好對付。」

「那你告訴我，怎麼對付他？」

他看了我一眼，眼色很奇怪，「妳爲什麼想要對付他？妳其實已經讓他難堪了。」

我托著腮幫子發了半天呆，「我也不知道。」

「妳對他很好奇？」

「應該是吧！」

他笑了笑，低聲說了句什麼。他說的是法語，我沒聽懂，「你說什麼？」他向後靠在枕頭上，微笑著說：「好奇是女人的天性，也是危險的開始。」

「什麼意思？」

「沒什麼意思。我說過的話永遠都是有效的，妳不用擔

心。」

「你說過的什麼話？」

「妳又忘了嗎？我說過，妳可以儘管去嘗試各式各樣的男人，等到妳對所有的男人都不感興趣了，我還會等妳。」

我氣紅了臉，「你以為我對他感興趣嗎？」

「妳的確對他感興趣，這是事實。」

不管這是不是事實，我都無法接受悅函說話時那種優遊的、嘲弄的、玩世不恭的、彷彿看透了一切的口吻。我氣沖沖地離開他的房間。

陰鬱的一天

以前我很喜歡聽他彈琴,現在這琴聲只讓我覺得煩躁。我千
方百計試圖排除琴聲的干擾,但沒有成功。我的睡眠徹底被
毀掉了。

陰鬱的一天

　　那天晚上我一直沒有睡好，悅函的一句話像一道陽光射進我許久以來一直略顯混亂的生活，我開始慢慢回味和思考過去的一切。我陷入了一段新的感情漩渦，同時也陷入了別人的情網。我無法清晰地解釋我與悅函之間的感情，也無法清晰地預見我們的未來。而對於聶小衛與夏子平，我一直以爲是出於同情與譴責，但我現在發現，我陷得太深。悅函說得很對，其實我並不十分清楚他們之間發生的每一件事，不瞭解又怎麼有資格發表意見？我昨晚的確太莽撞了，可能聶小衛並不希望我這麼做，她可能根本就不希望我再見到夏子平。

　　但願她不要怪我，也別恨我，如果我眞的幫了倒忙。

　　想得太多，睡得太少，我直到天快濛濛亮時才睡著，沒睡多久就被琴聲吵醒了。以前我很喜歡聽他彈琴，現在這琴聲只讓我覺得煩躁。我千方百計試圖排除琴聲的干擾，但沒有成功。我的睡眠徹底被毀掉了。

　　我惱火地跳下床，打開門對著鋼琴的方向喊了一句：「你就不能等我睡醒了再彈嗎？」話一出口我才看清彈琴的人並不是悅函，我頓時愣在那裡。

　　琴聲倉皇地停頓了，那感覺就像一個伸手偷糖吃的孩子被大人一巴掌打了回去似的。

　　悅函坐在鋼琴一側，平靜地看著我說：「現在已經九點了，我以爲妳早就醒了。」

彈琴的女孩不知所措地站起身，不停地向我鞠躬道歉。

我看著悅函，視線的餘光注意到那個女孩也是個中國人，很漂亮。我把一肚子火吞了回去，點點頭說：「是我不對，我起得太晚了，妳繼續彈吧！」

悅函點了點頭，對那女孩說：「坐下吧！接著來。剛才這首曲子……」

我關上門，他的語聲很快淹沒在驟然而起的樂聲裡。我早該聽出琴聲的不同才對，悅函的風格哪有這麼委婉、這麼柔弱。是什麼讓我如此焦躁、如此不安？不知道那個女孩是誰，悅函竟然沒有做介紹。很多時候他蔑視社交禮儀、蔑視通行規則，但他從來不考慮，這些禮儀和規則我是必須遵守的。他沒有介紹，大概是覺得沒必要。

我躺到床上，徹底放棄了繼續睡覺的念頭，我聽著外面的琴聲。

那個女孩可能練了很久的鋼琴，但一直缺乏指導，她的琴聲缺乏統一的風格，最致命的是，缺乏自信，也缺乏應有的表現力。難怪她的琴聲會把我吵醒並且使得我這麼不高興。她的琴聲不時被打斷，有一段曲子反反覆覆彈奏了二十幾遍，仍然沒有長足進展。我真佩服他們，每天得花這麼多時間做同一件事，也不知悅函當年花費了多少時間、精力才達到今天的水準？

有幾分鐘時間外面很沈靜，然後琴聲重新響起。

我的心為之一震。

我聽得出來，這是悅函在彈。

內斂含蓄，飽含力量，明快熱烈，這正是他的風格。

接下來又輪到那個女孩了，可惜進步還是很小。或許是悅函的示範嚇住了她，讓她更加缺乏自信了。

我不想再聽了，我決定出去走走。

悅函這個時候的耐性好的驚人，竟然到現在都沒有發過火。我走出房門的時候他正在低聲指導，我沒有打擾他，到廚房跟卡爾梅特太太打了個招呼，叫她不用做我的飯，徑直出去了。

我本來只是想在周圍轉轉，走了幾步發現這個地方我已經太過熟悉，於是決定到芒通逛一逛。

蔚藍海岸的療養勝地很容易讓人聯想到傲慢的上流社會。然而檸檬之城芒通至今仍保持著它曾經是漁村的濃厚純樸氣息。由於毗鄰義大利，芒通的建築也染上了義大利式的繽紛色彩，這是一個充滿度假氣氛的小城市，山腰間分佈著華美的巴洛克式別墅與種滿奇花異草的花園。

漫步在芒通的舊城內是一種享受，狹長而陰暗的石階就像通往過去的時光隧道，彷彿能引導我重返歷史。

從舊城區來到海邊的步行道，歷史戛然而止，眼前的一切令人目眩。這裡高級飯店和賭場林立，完全一副高級療養勝地的氣派，與嘎納和尼斯相比，更加整潔舒適、小巧玲瓏。

出了步行道往左轉，邊欣賞海景邊朝前走，便來到舊港。舊港的步行路盡頭，可見到一座可以眺望大海的小城堡，那就

是讓‧考克多博物館。做為一名前衛又叛逆的導演、藝術家，讓‧考克多是的芒通的另一特色。據說博物館裡展示著電影《詩人與血》、《美女與野獸》的劇本，以及他的著名小說插圖、陶藝作品等。

我正想走入他瑰麗而奇異的夢想世界，一輛跑車在我身邊停下，阻斷了我的遐想。

夏子平？

我冷淡而刻板地打了個招呼，還沒想好接下去怎麼對待他，他就興致勃勃地問我有沒有去過葛拉斯，看樣子好像一點也沒受昨晚的情緒影響。

他所說的葛拉斯在尼斯西北部，是舉世馳名的法國香水城市。據說環繞著該城的香水工廠不下30家，在巴黎出售的香水大都在此生產。蔚藍海岸是紙醉金迷之都，是王孫公子、巨賈富商尋歡作樂的銷金窟。但蔚藍海岸也有像葛拉斯那樣的清潔場所，在那裡可以盡情享受軟綿綿的陽光，沁人心肺的花香。據說那裡農民的財產就是花，數不清的花，玫瑰、茉莉、薰衣草、合歡……我早想去了，只是一直沒有機會。

看我搖頭，他推開車門，「那就上車吧！我帶妳去轉轉。」

兩年前，聶小衛來到蔚藍海岸的時候，他也曾經這麼邀請過。我看著他神采飛揚的臉龐，心想這個男人真是健忘。我笑了笑，說我不想去。

「那妳想去哪？」

「在你來之前，我正想去考克多博物館，現在我哪也不想去

了，就想在這待著。」

「那好，我就陪妳在這待著。」

「我不用人陪。」

他看著我，笑了，「妳最好還是上來，我有話跟妳說。」

「有話就在這兒說吧！」

「昨天晚上妳讓我大受刺激，自己倒跑了，世界上哪有這麼便宜的事？」

我不自覺地後退兩步，緊張而戒備地盯著他說：「你這是什麼意思？」

「我的意思是妳給我敲了警鐘，我得好好謝謝妳。」

我皺眉，「你這人很叵測，我不明白。」

「妳上來，我會讓妳明白的。」

悅函說得很對，我是對夏子平感興趣。只不過這種感興趣不是女人對男人的那種興趣，而像一個社會學家對個案的執著。現在我已經安安穩穩地坐在車上了。夏子平不時看我一眼，但很長一段時間他都沒有說話。他不說話正好，我也懶得開口，反正欣賞沿途的風景已經足夠讓我忙了。

開出十幾里路，他忽然遞給我一罐飲料。

「謝謝。」我打開來喝了一大口，「我正覺得渴呢！」

「我知道。」

「妳怎麼知道？」

「前天晚上那麼涼爽妳都能喝那麼多飲料，何況今天這麼

熱。」

　　我臉紅了，趕緊岔開話題：「你不是做珠寶生意的嗎？去香水之城做什麼？」

　　「誰規定珠寶商不能做香水生意的？」

　　「既然是去辦正事，帶著我不礙事嗎？」

　　「旅途寂寞，多一個人陪伴有什麼不好？」

　　我臉一沈，「誰陪伴你來著？」

　　他笑了笑，「開個玩笑妳就這麼當真。妳不是沒去過嗎？我辦事的時候妳可以四處看看，我完了事就帶妳去PAR-FUMERIE FRAGONARD。」

　　「那是什麼地方？」

　　「它是一個可供遊人參觀的香水工廠。然後再帶妳去國際香水博物館，不但可以瞭解香水完整的製作過程以外，還可以到博物館的屋頂溫室去欣賞滿室的玫瑰、薰衣草、茉莉等香精原料。不過我先提醒妳一下，去了妳就會發現香水原來是臭的。」

　　「什麼意思？香水怎麼會是臭的？」

　　「濃度太高，香的過了頭，鼻子受不了，就是臭的。就像說乾冰燙手一樣，物極必反這個道理妳應該懂的。」

　　我不出聲。

　　「徐悅函到底是妳的表哥，還是妳的男朋友？或者兩者都是？」

「這和你無關。」

「本來是無關，但妳騙了我，現在妳得說實話。」

「我本來沒打算騙你，是你欺騙聶小衛在先。」

「怎麼能算是欺騙呢？我對她有過什麼承諾嗎？她跟妳說有嗎？」

我哼了一聲，「就算你沒騙她，你總騙過別的人吧！偶爾被人騙一騙就這麼耿耿於懷，那些被你騙得團團轉的人豈不是都不要活了？」

「不管怎麼樣，至少我沒騙過妳。而妳卻騙了我，總之妳對不起我。」

「我不覺得，我一點也不內疚。」

他看了我一眼，「小小年紀心別這麼狠。」

「在適當的時候對適當的人心狠也是必要的。」

「妳怎麼能斷定我就是那個適當的人？」

「就憑你那麼對待聶小衛。你不但欺騙她的感情，還冤枉她，導致她和餘思溶感情出現危機。」

「她和溶溶感情出現問題是早晚的事。」

「為什麼？」

他沒有回答。

我腦子裡一片混亂，想了半天問他餘思溶到底是怎麼找到聶小衛的呢？他聳聳肩說他也不知道。

「你是怎麼知道餘思溶去找殷浩的？」

夏子平淡淡笑了笑，「我不是瞎子，也不是傻子。」

「你真以為是聶小衛告訴餘思溶你們早就認識？為什麼你們會誤會她呢？為什麼餘思溶會來找聶小衛興師問罪？」

「那是因為我們倆都在氣頭上，口不擇言，很多時候誤會就是這樣造成的。」

「那也不該扯到她身上才對！」

「怎麼都會扯到她身上的。溶溶後來又去找過殷浩，而且總是拿和聶小衛在一起當擋箭牌。這引起了我的懷疑，當我質問她的時候，她就問我是不是聶小衛告訴我的。我說我還用得著她告訴我嗎？她冷笑著說：『那你怎麼知道！你和她其實早就認識了不是嗎？只是你們兩個都挺會演戲，居然裝得那麼逼真，不知道內情的人還真以為你們根本不認識呢！』當時我一點也不覺得驚訝，我問她是不是聶小衛告訴她的，她倒是怔了一下，不過馬上就順口承認了……」

那時候餘思溶一定以為聶小衛出賣她是為了報復她；夏子平則認為聶小衛是因愛生恨，一方面恨他，所以唆使餘思溶離開他，讓他難堪、痛苦，一方面又嫉妒餘思溶，所以在中間扮演不光彩的拉皮條的角色。而沈志白他們自然也會認定聶小衛品行惡劣、卑劣無恥。而她其實是最無辜的，她被餘思溶利用了，又被夏子平傷害了；餘思溶不管怎樣還有殷浩，夏子平反正是不缺女人的，只有她一無所獲卻又弄了一身傷。

我歎了口氣，愛情要是牽涉到友情，真是令人難堪。「餘思溶離開你，你一定很生氣？」

「我是很生氣，我簡直就要氣瘋了。」

「你很愛她？」

「我是很愛她。溶溶是一個很奇特的女人，這種女人妳一輩子就只能遇見一個，美麗、知性、極聰明，跟她在一起妳會覺得很舒服、很滿足……可惜她所有的心思都放在殷浩身上，她這輩子最愛的人就是殷浩。她愛他勝過愛自己的生命，為了他她什麼都願意做。她只想和他一起過幸福的、衣食無憂的日子……我送給她的東西足夠他們無憂無慮地過一輩子，如果他們不太揮霍的話……」

「殷浩居然能接受？」

「我不知道，溶溶說殷浩很愛她，沒有她就活不下去。她說每次離開，殷浩都會用刀子把自己弄得到處是傷……」

我忍不住說：「既然如此又為什麼要讓餘思溶離開自己？天底下哪有這樣的男人？」

「有溶溶那樣的女人，就有殷浩這樣的男人。妳應該看過黛咪・摩兒主演的那部電影吧？《桃色交易》，她為了一百萬而去和一個億萬富翁過夜。溶溶也是如此，只是她走得更遠。」

我腦子裡亂七八糟的，簡直無法理解我所聽到的一切。這樣的男人，這樣的女人，這樣的關係，實在令人難以接受。

「你恨她嗎？」

「不。」

「你是怎麼認識她的？」

他笑著看了我一眼，「我認識她是因為妳的表哥，徐悅函。」

「什麼？」我喝水嗆著了，咳個不停。

我是一個小小的女人，我一直以為我生活在一個大大的世界。現在我卻發現，我的世界其實很小，走過來走過去都是這些人。我總算明白為什麼那天晚上餘思溶的表情那麼奇怪了。

「去年三月份，我身為嘉賓出席了他在北京舉行的一場演奏會。演出結束以後，有很多人瘋狂地圍住了他要求簽名。我在門口等了他很久。他出來的時候，溶溶出現了，她大膽地評論他的音樂，大膽地分析他的風格，她的見解其實不深刻，也不準確，但她還是引起了徐悅函和我的注意──妳知道，溶溶很美麗、很性感，也很聰明，她那樣的女人是很容易引起男人注意的，何況她那麼勇敢。當時她一下子就吸引了我。我看得出徐悅函也動了心。後來的幾場演出，溶溶都來了。她很敏銳，她能感覺到徐悅函風格的細微變化。最後一場她也坐在貴賓席，恰好坐在我身邊，我就邀請她第二天來參加我的私人宴會，她來了……」

「然後妳就搶走了本該成為我表哥女朋友的女人。」我冷冷地說。

「妳還挺替他抱不平！其實妳該感謝我。」

「為什麼？」

「如果不是我，今天這麼難堪、憤怒的就是妳表哥了。」

「你怎麼知道我表哥也會像你這麼倒楣？」

「因為……」他似笑非笑地看了我一眼，沒接著往下說。

他眼裡的那種含而不露的譏諷與輕視刺痛了我。我兩眼冒火，沒好氣地說：「停車！」

他怔了一下，「為什麼？」

「停車！快停車！」我氣沖沖地喊起來，沒等車子停穩就跳了下去。一種無法遏制的憤怒讓我變得異常暴躁，我想大喊大叫，想罵人。

他下了車，朝我走過來。

「給我站住！」我指著他怒吼。

他站住了，攤開兩手，滿臉詫異，「妳是怎麼了？」

「你憑什麼輕視他？你憑什麼以為他會跟你一樣倒楣？」

他笑了笑，「原來妳是因為這個生氣。」

「我當然生氣，我明白你的意思。你想說連你這麼好的條件餘思溶都會背叛你，更何況他是個殘廢！你還想說我應該感謝你，因為如果不是你捷足先登，搶走了餘思溶，我表哥就會為她瘋狂，為她痛哭，根本連看都不會看我一眼！你想說她美麗，她性感，她充滿魅力，男人無法抗拒，而我什麼都不是，我無法跟她比，我無法跟她爭！」我氣得渾身發抖，連站都站不穩。

他倚著車身，淡淡地說：「我的確想這麼說。」

我不停地來回兜圈子，我不知道該怎麼發洩自己的怒火。

他以一種局外旁觀的態度看著我，「現在妳應該知道我那

天晚上的心情了吧？小姑娘，不要無緣無故地去傷害別人，否則妳會付出代價的。」

我瞪著他點點頭，「謝謝你告訴我，我會記一輩子的！」說完我轉頭就走。

「妳去哪？」

「我要回去。」

「妳別開玩笑了，這裡離尼斯遠著呢！」

「謝謝你的提醒，再遠我也能自己走到！」我頭也不回地說。

他追上來拉住我，「我說妳這個人怎麼這麼倔強，開個玩笑妳就當真了？」

「我就這麼倔強！」

「別鬧了，上車，我送妳回去！」

「哪敢誤了夏大老闆的正事，我還是自己想辦法吧！兩年前你也曾經讓聶小衛一個人走回家去，這沒什麼大不了！」

夏子平惱怒起來，「妳怎麼又提起她！」

「我就偏要提！我告訴你，聶小衛很可能是你這輩子唯一一個真心愛你的女人！」

他的臉扭曲起來，「妳怎麼知道？這是她說的？她說什麼妳就信什麼？」

「你才跟她相處了多久時間，她卻始終對你念念不忘，為你痛苦，這難道還不能說明一切嗎？」

「妳不覺得有可能是因為她沒有得到過，所以心裡累積下了一股怨氣？」

「不覺得，沒這種可能！」

他瞪著我，「妳就這麼相信她說的每一句話？妳怎麼知道她說的就一定是真話？」

「我就是相信她，不相信你！」

他簡直要氣瘋了，「妳簡直不可理喻！就算她是這輩子唯一愛我的女人又怎麼樣！」

「你在乎她嗎？」

「不在乎。」他回答得很乾脆。

「那你就等著後悔吧！」我甩掉他的手，自顧往回走。

「妳什麼時候成了小女巫了？我可告訴妳，不能這樣隨隨便便詛咒人！」

「你這種人活該被詛咒！」我惡狠狠地說。

他使勁往車身上搥了一拳，惱火地往葛拉斯去了。

車子揚起的塵土使得我灰頭土臉，我也顧不得擦拭，一路小跑。憤怒的浪潮過後，我忽然深切體驗到聶小衛的無奈與悲哀，她用了那麼長的時間試圖擺脫餘思溶的影響，最終還是被她的陰影籠罩。我以為與她相比起來我幸運得多，誰料想在我不知情的時候我已經輸了。悅函從來沒有提到過餘思溶，我知道他這一輩子都不會提到她。但我還是覺得憤怒難平。也許夏子平說的是對的，如果不是他，悅函極有可能陷入對餘思溶的

愛戀中，難道我想盡方法去激怒的人到頭來卻是幫了我最大忙的人嗎？這可真是一個巨大的諷刺！

憤怒、猜疑、嫉妒輪番襲擊我，我像吸了過量的毒似的，起初是極度亢奮，滿腦子錯覺，然後就開始覺得虛弱、覺得疲倦。我的雙腿漸漸沈重起來，我沒有想像中那麼強悍，我的體力根本不足以支撐到我走回尼斯。我疲憊地繼續往前走去，什麼也不想，只是心中有一種亂糟糟的陰暗感覺，覺得有一層迷霧輕輕地向下飄來，遮住了一切。

半路上有一對老夫婦載了我一程，回到尼斯時天已經全黑了。

悅函不在家。

卡爾梅特太太說黃昏的時候來了一位小姐，把他約出去了。

我當時又累又睏，根本沒在意，洗了個澡，倒頭睡了一覺。一個人冷冷清清吃晚飯時，我忽然想起這件事，就問卡爾梅特太太那位小姐長什麼樣。她說是個像我一樣的東方人，個子高高的，穿白衣服，很漂亮。我的心一下子提了起來，我隱隱猜到來的人是誰了。我沒頭沒腦地吃著飯，卡爾梅特太太收拾完後和我告了別。我無聊地看了一會兒電視，節目和我的心情一樣無聊。

時間過得很慢。

我想盡一切辦法消磨時間，時針卻寧死不屈地停留在八和九之間，絲毫沒有動靜。我開始猜測餘思溶的來意，猜測悅函

的反應，猜測他們如何交談、如何互相審視。我太疲憊了，胡思亂想了一會兒就睡著了。我醒來的時候，電視已經一片雪花，十一點半了，悅函竟然還沒有回來。

他說過他十一點之前肯定會回家。

這個騙子。

我決定出去。

我找了個有歌手演唱的酒吧，我請她唱《Big Big World》這首歌，她說她只會唱法語歌，然後唱了下面這首《我叫伊蓮──伊蓮·霍萊》的歌。

伊蓮

我叫伊蓮

一個很普通的女孩

伊蓮

我也有快樂和悲傷

有喜怒哀樂的生活

我只想找到簡單的愛情

屬於我的愛情

伊蓮

我盼望夜裡詩歌和美夢的陪伴

那樣我會別無所求

每星期報紙上都會有我的照片

妳卻從沒留意

只剩下我一顆破碎的心

和偷偷的哭泣

每天在電視裡

妳都微笑著輕唱歌曲

我只有更難受的心

和更深的哭泣

我的悲傷終會埋藏於記憶深處

只要我找到簡單的愛情

屬於我的愛情

　　這首歌很好聽，很符合我現在的心境。我今天很受傷害，情感和自尊都受了傷害。但我覺得我的承受能力比幾個月前強多了。至少我沒有哭。至少我可以用憤怒的方式來表達。

憤怒是屬於年輕人，因為憤怒需要力量。

我忽然明白了這句話的深刻涵義。

我要了一大杯雞尾酒，喝光以後居然沒有一點反應。來普羅旺斯之後，我連酒量都大增了。我又要了一杯，並且和旁邊的人聊得興高采烈。

那天晚上最神奇的表演是一個被稱為「屁仙點火王」的中年男人，這個名字聽起來就夠搞笑的。他穿著一件綴滿了亮片的皮夾克，騎著一輛很酷的摩托車。他能放屁點火，還能用屁射飛鏢。看得我目瞪口呆，簡直不敢相信世界上竟然有這樣的神人。

最後我自己演唱了《Big Big World》這首歌，那天晚上不唱這首歌簡直比死還難受。

我猜我一定唱得很爛，但沒有人在意。唱這首歌的時候我沒有哭，我甚至還笑著向跟我一塊喝酒的人揮手示意。在外國人眼中，中國人長得都差不多，他們通常都會恭維我長得很漂亮，我照單全收，權當是真話吧！這世界沒有那麼多值得較真的事情。

男人一沈默，夜色就來臨

在酒吧裡的時光消磨得特別快，在我反應過來之前，已經凌晨四點鐘了。我覺得我該回去了。

我還很清醒，我真的還很清醒。

男人一沈默，夜色就來臨

在酒吧裡的時光消磨得特別快，在我反應過來之前，已經凌晨四點鐘了。我覺得我該回去了。

我還很清醒，我真的還很清醒。

我身上混合著酒味和煙味，進門前我使勁拍了拍衣服，沒用。我知道沒用，我只是在尋求心理安慰。悅函討厭煙味，就讓他討厭好了。他最好連我一塊討厭。

屋裡一片漆黑。

悅函還沒有回來。

我鬆了一口氣，從頭到腳沖了個澡，把煙味和酒味通通沖乾淨。我在沙發上坐了很久，我想等他回來。冷水澡讓我清醒下來，我承認我去酒吧是為了刺激他、傷害他。現在我反而很慶幸他還沒有回來，我希望他永遠也不知道這件事。他和餘思溶出去不見得有什麼，我這麼做卻顯得我太狹隘。人不應該隨隨便便傷害別人，尤其不應該傷害愛你的人。我不允許夏子平用言語詆毀他，自己卻想用行動刺傷他。

我一直等到天亮，實在熬不住，就去睡了。我醒來時已經是中午了，卡爾梅特太太早就準備了午餐。悅函竟然沒有出現。我驚訝地問她：「先生呢？」她說先生剛回來，睡著了。他到現在才回來？我頓時沒了胃口，隨便吃了點東西，就出門去了。

我垂頭喪氣地經過夏子平家門口，他正要出門，看見我叫

住了我。我看都不看他一眼，不冷不熱地問他什麼事。他笑著說：「怎麼，還記仇嗎？」

我沈著臉說：「沒什麼事我走了。」

他上下打量著我說：「妳該不會氣得一天沒回家吧？昨天徐悅函可是找了妳一晚上。」

我吃了一驚，「他找我？你怎麼知道他找我？」

「他問了所有能問的人，找了所有能找的地方，凌晨五點多還去了亞維農──是趙伯天開車送他去的，我當然知道。」

這麼說我還是傷害了他。我讓他傷了心，還不可理喻地生他的氣。

夏子平看著我，「我告訴過妳，不要隨隨便便傷害別人，否則會付出代價的，看來妳還沒有記住。」

我看了他一眼，冷冷地說：「這句話還是留給你自己吧！你傷害的人數之多、力度之大，我哪裡比！」

我從來沒有像現在那樣後悔捲入聶小衛和夏子平的糾葛，我把本來很單純、很清晰的事情弄得一團糟。我一路狂奔回去，只想在第一時間向悅函道歉。一進門卡爾梅特太太就舉著話筒說移民局的人找我。我的簽證快到期了，我必須在一週之內離開法國，離開普魯旺斯。

我拿著話筒愣住了。

卡爾梅特太太從廚房出來，「沒事吧，小姐？」

我搖搖頭，看見她端著食物，「是給先生的嗎？」

她點頭。

「我給他送去吧！」我接過托盤，輕輕敲門。

「請進。」悅函用法語說。

我推門進去，他看著我，既不感到意外也不感到驚喜，目光平靜而又空洞。我走到床前，放下托盤。他沒說話，端起杯子，慢慢地喝牛奶。他滿臉倦容，眼裡滿是血絲，昨天晚上他一定急壞了，也累壞了。我很想向他道歉，可是看他這麼平靜，實在說不出口。

男人一沈默，夜色就來臨。

記不得這是哪位女作家說的話了，她認為女人對夜色既嚮往又恐懼，男人的沈默恰如夜色給女人的感覺。

他找了我一夜，卻不告訴我。

我實在摸不透他的心思。

我在他身邊站了好一會兒，只好沈默地走出房間。帶上房門時，我回頭看了他一眼，他只是埋頭吃東西，我的存在與否對他來說似乎無關緊要。一種巨大的憂傷向我襲來，在我眼中引起灼熱的疼痛。

我回到房間，開始機械似地收拾東西。普羅旺斯雖好，終究不是久留之地。我原想死在這裡的，現在看來沒有機會了。幾個月的異域生活讓我失去了死亡的勇氣。我擺脫了來時的陰霾，卻又染上了新的哀愁。

回到北京以後該怎麼生活，我還沒有想好，但我並不畏懼。

　　收拾到一半，卡爾梅特太太來跟我告假，她說她的小兒子病了，她必須馬上回去。

　　行李收拾完畢，我打電話訂了一張四天後的返程機票。我其實可以訂六天以後的票，我不知道爲什麼要縮短停留的時間。

　　悅函的房門緊緊關著。他一下午都沒出過臥室。

　　我百無聊賴，坐在琴凳上，輕輕撫摸那一排黑白鍵。我的動作很輕，輕得連自己也感覺不到自己的存在。也許這才是他真正的靈魂所在。夏子平說餘思溶敏銳得可以分辨出悅函每場演出風格的嬗變，我沒有這麼敏銳。

　　當我和鍾鄴在一起的時候，有一個許樂曼整天壓得我喘不過氣來，現在和悅函在一起，又有一個餘思溶充分襯托出我的各種缺陷。這難道是一種宿命？

　　我很不甘心。

　　鍾鄴可能從來沒有真正愛過我，他只是需要我。悅函是不是也這樣？被愛和被需要是兩種截然不同的感受。前者不可替代，後者卻可以複製。我又開始懷疑了。

　　鳶尾花並不能真正讓我相信什麼。

　　相信需要心靈的指引。

　　如果悅函也只是需要我，那麼他早晚可以找到新的對象來取代我。有時候人並不能真正瞭解自己需要什麼，悅函說他愛我，也許只是一種需要，連他自己也不知道。就像鍾鄴對我那樣，他以爲他不能沒有他，其實是一種虛幻的假象。

有時候愛情是虛妄的，不足恃的。

鍾鄴不適合我，也許悅函也不適合，他甚至比鍾鄴更不適合。

我坐在鋼琴前胡思亂想，那天下午我腦子裡閃過千百個念頭，千奇百怪。但我始終很平靜。離別是傷感，但我決定去承受。

我忽然意識到自己的問題在哪了。在愛情面前，我早已棄械投降了。我放棄了選擇的權利，我的所有決定都是在別人的選擇基礎上做出的。我總是在等待，等待別人的最後宣判。我對鍾鄴的最後選擇挽回了自己的一點尊嚴，現在我又在悅函面前放棄了我的權利。我等著他宣判，他如果真的愛我，我就會留在他身邊，他如果不愛我，我就離開。

為什麼我不能主動選擇呢？

為什麼我總是如此被動呢？

餘思溶也許有很多不可原諒的地方，但至少她是自己做決定，自己把握自己的命運，無論是當初選擇夏子平，放棄悅函，還是如今選擇殷浩，放棄夏子平，她都是主動的。在她面前，男人反而是被動的。就像昨天晚上她來找悅函，不管他們的談話結果如何，她終究還是贏得了悅函的同意，至少她成功地把悅函約出去了。換了是我，處在如此尷尬的境地，我能做到嗎？

我很清楚，我不能。我甚至沒有勇氣來找悅函。我永遠都是被動的。我是牆角的植物，我從來不會主動尋找陽光，我只

能等待陽光來找我。而那樣的機率很低很低。

　　我是個弱者，看上去也就是個不折不扣的弱者。

　　餘思溶是個強者，但她卻讓自己看起來像個弱者。

　　聶小衛是個強者，她讓自己看起來也是個十足的強者，也許正是因爲這一點，夏子平被嚇跑了。

　　我重新回顧自己的過去，悅函說的對，只有勇敢面對過去，才能眞正長大。我的過去在琴鍵上流動，我只看見怯懦和逃避，只看見退縮和收斂，只看見徬徨和絕望，只看見痛苦和困惑。把希望寄託在別人身上，永遠只能收穫失望。

　　黃昏時分，我開始準備晚餐。

　　我聽到悅函的房門打開的聲音，隔了一會兒，就聽到他在彈琴。我沒有在意，但只過了幾秒鐘，我的神經就高度緊張起來。

　　我從來沒有聽過他那樣彈琴。

　　琴聲激越奔放，狂野熱烈，充滿力度，是爵士樂。

　　在我印象中，他從來不彈這樣的樂曲，太過熱情，太過張揚，根本不是他的風格。

　　從琴聲裡我可以聽出他的苦悶，他把自己壓抑的心情完全釋放到琴聲裡去了。

　　我走出廚房，一瞬間只覺得眼花撩亂。他的彈奏速度極快，就像是有幾百隻手在同時彈奏一樣，速度快得不可思議。我定了定神，目瞪口呆地望著他，一個人的速度怎麼可能快到

如此不可思議的程度？

　　他把自己全身的力量都集中到了手上，像著了魔似的，瘋狂地即興彈奏著。樂曲衝擊著我的聽覺，讓我熱血沸騰，胸膽賁張，也讓我恐懼、驚愕。

　　好像只持續了幾秒鐘，又好像持續了幾個小時，樂曲突然毫無徵兆地停頓，那麼突兀、那麼有力。我的腦子裡一片空白，耳邊仍迴響著激烈的旋律。

　　他坐在那，滿頭大汗，全身像水洗過一樣。

　　過了一會兒，我突然感受到從未有過的靜寂，就像從一個喧囂的迪斯可舞廳突然來到一個人跡罕至的山谷，突如其來的寧謐讓我感到極度的不適應，我甚至可以聽到他汗珠滴落的聲音。我忍不住打了個寒顫，動了動，想咳嗽一聲，製造出些動靜來。我不習慣這樣的寧靜，我甚至感到害怕。但我不敢打擾他，我一動也不動地站著，等著他先開口。

　　幾分鐘以後，他讓我給他倒杯水，聲音很平靜，也很客氣。

　　倒水回來，我發現他在長窗外看滿天的晚霞，霞光慢慢黯淡，濛濛一片，他漸漸和黑夜融為一體。客廳裡一片幽暗，只有掀開的琴蓋下，一排白鍵發出淡淡的白色冷光，淡到不可說、不可擬。我魔怔地站在琴旁。一彎新月冉冉升起，冷冷照著蘢蔥草木掩映中的他。

　　我覺得我應該說點什麼，但我找不到一句適合的言語。許久以來似乎一直在慢慢消失的壓抑感驟然回轉。我把水杯放在

他伸手可以拿到的地方。他沒有說話，也沒有回頭看我。

我回到廚房，繼續準備晚餐。我的手藝雖然不至於差到難以下嚥的程度，比起卡爾梅特太太來可就有天壤之別了。他其實並不鼓勵我下廚，但他也從來不反對。只是他從來不誇獎我。也許在他眼中，我實在是乏善可陳。

在我忙碌的時候，他又回臥室了。

我把晚餐擺上桌，敲門讓悅函出來吃飯。他說他馬上就來。我換了一條寶石藍的裙子，點燃蠟燭，靜靜地坐在桌邊等他。

五分鐘後，我聽到輪椅在地毯上軋過。

現在他已經坐在我對面，黑色襯衫，黑色長褲，顯得沈默而又莊重，像極了一尊大理石雕像。

我笑著說：「你幹麼穿了一身黑？我記得你在家裡從來不穿黑衣服的。」我事先已經喝了點酒，所以比較放肆。在他面前我一直沒有找到平衡點，我經常覺得自己在他面前是個透明人，而且沒有絲毫心理優勢。我很想打破這種格局。

他沒說話。

我本來也沒指望他解釋，「我的裙子好看嗎？」

他臉上隱隱約約有種似笑非笑的表情，「我看不見，妳站起來讓我看看。」

我站起來轉了個圈，他看我的眼神非常古怪。我從來沒見過那樣的眼神。我本來還想再轉一個圈的，被他的目光嚇回去了。我覺得自己就像一個高速運轉的陀螺，突然一隻大手拍下

來，把我摟住了。我呆站在原地，一時有些不知所措。

他手肘攔在桌上，十指交叉，隔著燭光注視我，「裙子很漂亮，穿在妳身上更好看。」

我忽然想起自己該做什麼了。我給他倒了杯葡萄酒，然後注滿自己的杯子，舉起杯子對他說：「昨晚的事實在對不起。」說完就一口喝乾了。

他沒有動。

我又給自己倒了滿滿一杯，「謝謝你這一個月來對我的照顧，我很感激你。」

他任憑我又喝光了一杯，居然沒有阻止我。

兩杯酒下肚，胃裡火燒火燎，感情變得異常脆弱，眼淚很快就下來了。我知道自己肯定會流淚，所以我點了蠟燭。燭光讓一切都朦朧起來，連哀愁和痛楚也變得模糊。我背過臉，輕輕抹去臉頰上的淚珠，倒了第三杯，對著燭光中的他微笑說：「為了這一個月來的所有快樂時光，我還得喝一杯。」

「妳別喝那麼快，也別喝那麼多，妳酒量沒那麼好。」他不動聲色地說。

我笑了，再次喝光了。酒這東西，喝第一口是最困難的，喝到後來就變得容易了。「你不讓我喝，是不是因為你認為這一個月來壓根兒就沒有快樂的時候？」

「我沒有這個意思。」

我的身體已經有點不聽使喚了，重重地跌坐在椅子裡。我極力控制自己，看著他說：「為什麼你不喝我敬的酒？你總得

●寒水修道院

喝一杯吧？」

　　他默不做聲地端起酒杯，一飲而盡。

　　我起身爲他倒酒，酒漫出了酒杯，他也沒提醒我。在我察覺到不對勁的時候，酒已經浸透了白色的桌布。我端起酒杯，遞到他唇邊，笑嘻嘻地說，「再喝一杯吧！這可是我們最後的晚餐。」

　　「妳別胡說！」

　　「眞的，我不騙你……我從來沒騙過你……我敢發誓我從來沒騙過你，你敢嗎？」

　　「妳別鬧了好不好？」

　　酒太滿，我的手太不穩，酒灑了他一身，「你喝了這一杯我就不鬧。」

「我不想喝。」他沈著臉說。

「你為什麼不想喝？是不是因為你不敢？你心虛了是不是？我知道你心虛了……你不喝就算了，我替妳喝……」

他劈手奪下酒杯，重重地放在桌上。桃紅色的酒液四下飛濺，在燭光中閃爍。我瞟了他一眼，回到自己的座位上，拿起刀叉，說：「不喝就嘗嘗我做的法國菜吧！我知道我做得不好，也知道你很挑剔，但你至少嘗一口吧。為了做這頓飯，我忙了兩個小時。就算我的勞動再不值錢，你也得給我點面子。」

我的話顯然刺傷了他。

「妳這話是什麼意思？」

「你本來就很挑剔。」我笑著說。

「我有多挑剔？」

「你是我見過的最挑剔、最苛刻、最難伺候、最沒人情味的人。」我扳著指頭笑嘻嘻地說。

「還有呢？」

我已經看不清他的表情，他的臉在燭光裡變得非常遙遠，也非常陌生。「暫時就這些，別的想不起來了……你沒生氣吧！」

「我沒生氣，可我想知道，妳到底想說什麼？」

「我什麼也不想說，我餓了。」我一邊說，一邊切牛排。我高估了自己的酒量，也錯誤地判斷了刀的落點，一刀切在自己

左手虎口上。血湧出來，迅速染紅了白色的餐巾。我呆呆地望著手上的傷口，我不覺得疼，看著血湧出來，我覺得很有趣。

過了很久，我聽見他問我昨天晚上去哪了，儘管他極力控制情緒，我還是聽出了其中的不滿。我抬起頭，笑著說：「你怎麼現在才問，我等著挨罵都等了一天了。中午你怎麼不問？」

「那時候我的心情很不好，我不想談。」

「這麼說你現在心情很好？」我若無其事地用餐巾把傷口裹起來。

他盯著我，「妳還沒有回答我。」

「我去了一個酒吧，在那裡唱歌、喝酒、聊天。」

「爲什麼？」

我笑，「因爲我很無聊。」

「妳從來沒有一個人去過酒吧。」

「不錯，你也從來沒有在夜裡十一點之後還在外頭待著。」

「妳是因爲我沒有回來而生氣？」

傷口開始疼痛起來，我又倒了一杯酒，迅速地喝了下去，「我沒有生氣。我發誓我眞的沒有生氣。那是你的自由，我只是覺得無聊。」

「妳知道我昨晚做什麼了？」

「知道，」我晃晃悠悠地走到他旁邊，「不就跟餘思溶出去了嘛！」

「誰告訴妳的？」

我瞪大了眼睛試圖看清他的表情，倚著他的肩膀，笑嘻嘻地說：「天底下沒有永遠的秘密，我當然知道……我還知道你早就認得她……」

他似乎變了臉色，「是夏子平告訴妳的嗎？」

「夏子平？夏子平是誰呀？」我撥弄他的頭髮，把他的頭髮弄得亂七八糟，「我不知道誰是夏子平……」

「妳喝多了！」他伸手拉我。我閃開了，他又說：「妳的手怎麼了？」

「沒怎麼……」我使勁晃了晃頭，朝臥室走去。

他想拉我沒拉住，「妳去哪？」

「我回房睡覺。」我一面說，一面砰地把門關上，倒頭就睡著了。

離愁彌漫的普羅旺斯

我在老城區裡漫步，略帶惆悵地觀察我見到的每一個人、每一處風景。對我來說，普羅旺斯是一個再好不過的療傷之地，它在給我安寧與靜謐的同時，也給了我勇氣。

離愁彌漫的普羅旺斯

酒醒了。頭痛欲裂。傷口劇疼。

悅函在發脾氣。我從來沒見過他這樣對人發火。

那個倒楣蛋好像是他的助理。

餐巾布還裹在手上，我打開來，不覺嚇了一跳，傷口好深！想起昨晚的事，我頓時臉上一陣發燒。其實我本來想跟他好好談談的，結果一不小心就演變成耍潑發酒瘋。昨天穿的新裙子躺得皺巴巴的，而且血跡斑斑，算是毀了。我懊惱地脫下來，沖了個澡。傷口浸了水，越來越疼。我擔心傷口感染，趕緊裹上浴袍，把門打開一道縫，探出頭來喊卡爾梅特太太。

悅函頭也沒回，陰沈著臉說：「卡爾梅特太太今天沒來，妳叫她做什麼？」

「我想叫她給我拿點藥來。」

他轉頭看著我，「妳怎麼了？」

「我……」我舉著左手說，「我的手劃破了。」

他一面打發他的經紀人走，一面取了藥箱，撥動輪椅朝我走來。我打開房門讓他進來。他握住我的左手，觀察我的傷口，吃了一驚，「這是怎麼弄的？妳也太不小心了！」

「昨晚切牛排時切的。」我笑著說。

「妳還笑，妳居然還笑得出來！」他看著我，又氣又心疼。

我看著他細心地給我消毒，上藥，包紮傷口，柔情伴隨著

歉意湧上心頭。「我就要走了。」我輕輕說。

「別胡說。」

「我真的就要走了，昨天移民局打電話給我，說我的簽證快到期了……我已經訂了大後天……不，後天的機票……」

「傻瓜，那又怎麼樣，我可以陪妳回去，可以幫妳重新申請簽證，或者我們就一直住在國內，這有什麼難的，值得妳這樣……」他看著我，他的眸子如此深邃、如此悠遠。

我呆呆望著他，我以為很嚴重、很複雜的事情怎麼到了他這裡就變得這麼簡單了？我輕輕問：「你真的愛我嗎？」

「我愛妳，到現在妳還懷疑嗎？」

「你到底是愛我，還是需要我？」

他的臉一下子變白了，「妳為什麼這麼問？」

「我不知道。」

「我愛妳，也需要妳。這兩者是不矛盾的。」他望著我慢慢說。

「你需要我什麼呢？」我哀怨地望著他，「我又不漂亮，帶出去無法豔驚四座，讓你有面子。我也不夠聰明，對音樂瞭解得那麼膚淺，根本當不了你的知音……我做的飯也不合你的口味，我能為你做什麼呢？」

「我需要妳的愛，我喜歡和妳在一起，我喜歡妳跟我撒嬌，跟我發脾氣耍小性子……這難道還不夠嗎？」

「我的愛又不是獨一無二的，別的女人也能像我這樣愛

你。」

「不！」他急切地說，「別的女人根本不能像妳這樣愛我，她們誰也不能像妳這樣眞誠，她們對我都是有所求的，只有妳不是……在她們那裡，我沒有根，沒有過去，而在妳這兒不一樣，我不能沒有妳，我們的過去是緊緊相連的……」

「那餘思溶呢？」

「餘思溶和我沒有任何關係。」

我望著他的眼睛，淡淡地說：「眞的嗎？」

他的呼吸變得異常急促，「妳不相信我？妳到底還在懷疑什麼？」

我低頭看著手上的緞帶，「我只是想知道，如果當初不是因爲夏子平橫插進來，你還會記得我嗎？」

「這也是夏子平告訴妳的？」他顯然有了怒意。

「他只是告訴我他是怎麼認識餘思溶的。」

「他爲什麼要告訴妳？」

「因爲我問他了。」

「妳……妳爲什麼對他的事情這麼好奇？」

「我說過，這是爲了聶小衛。」

「恐怕聶小衛也不希望妳知道那麼多。我不相信她會把發生在她和夏子平之間的所有事情統統告訴妳。妳敢說妳對他們的事情瞭如指掌？妳敢說妳眞的知道他們在想什麼？不，妳根本就不知道，妳所知道的只是別人要妳知道的，別人不想讓妳知

道的，妳根本不瞭解。」

「說來說去你還是想說我傻，對嗎？」

他無奈地望著我，「我並不想這麼說，可是有時候的確很傻。」

「既然我這麼傻，你幹麼要喜歡我？」

「妳……妳說的這是什麼話？」

「好，就算你剛才說的是對的，那麼我問你，我怎麼知道你告訴我的就是真的，我怎麼知道你是不是還有很多不想讓我瞭解的事情？」

他簡直要瘋了，「難道我會騙妳嗎？」

我使勁咬著嘴唇，「那我怎麼知道？」

「那妳要我怎麼樣妳才肯相信？」

他的聲音很尖銳，我吃驚地抬頭，他兩眼冒火，怒氣沖沖地瞪著我。我呼吸急促起來，我自知理虧卻又無所適從，我惱羞成怒，大聲說：「我不相信，我怎麼樣都不相信！你也用不著費盡心思要讓我相信！反正我就要走了，大不了我們永遠不要再見面！」

「妳……」他氣得渾身哆嗦，「妳存心想氣死我是不是？妳到底想做什麼？」

我猛地站起來，衝向牆角，把早已收拾好的行李歸置在一起。

「妳做什麼？」他變了臉色。

「收拾東西走人！」我氣沖沖地說。

「不許走！」他撥動輪椅，擋在門口，那種執拗而震怒的樣子十分嚇人。

「你讓開！」我毫不示弱。

「妳現在走算什麼？」他臉色慘白，眼裡充滿憤怒和痛楚。

「我才不管算什麼呢！我就是要走，就是要離開你！」

「為什麼？」

我不說話了。

如果我任憑自己的腦子繼續發熱，由著性子亂來，我肯定會傷透他的心，甚至造成無法挽回的後果。我很清楚，假設我強行要走，他根本攔不住我。但我不能那麼做。我已經傷他傷得太厲害。傷害自己所愛的人是世界上最容易的一件事。

冷靜下來想想，我其實一點都不明白自己為什麼要跟他吵架。我真的是因為餘思溶來找過他才那麼憤怒嗎？還是因為我恨他一而再再而三地強調我長不大？或者我只是想尋求一種心理優勢，我只想藉此證明我不用在他面前自卑，不用在他面前退縮？

我一屁股坐在床上，轉過頭不看他。如果我願意，我可以從窗口跳出去。可我沒有。

對峙。

爭吵、猜忌和對抗讓我感到異常疲憊。

我累了。

悅函一定也累了，他前天一夜沒睡，昨晚也一定沒有睡好。我這樣折磨他到底有什麼意義？可是我不想這麼快就道歉。我真的累了……我不知道我是什麼時候睡著的，我醒來的時候天已經黑了。借著月光，我看見悅函仍然一動也不動地坐在門口。我驚跳起來，感覺他目不轉睛地看著我。我背脊發冷，他該不會這樣耗了一整天吧？

「妳醒了。」他說，聲音沙啞而乾澀，顯得非常疲憊。

我不敢吭聲。我覺得自己相當可恥。我開了燈，看見他滿臉倦容，眼圈發黑。

「妳還要走嗎？」

我走到他面前，默默地抱住他。他的手顫抖著落在我肩上，緊張而又執拗地問我：「妳還想離開我嗎？」

我沒有說話。

他緊緊攬住我，一顆心劇烈地跳動起來，「不要離開我，我不能沒有妳……現在我收回我曾經說過的那句話，我不能再等，我不願意再等，我現在就要妳一輩子和我在一起，我要妳時時刻刻和我在一起……」

悅函是個信守承諾的人。但那一刻他卻收回了自己的許諾。事實上，在心愛的人面前，沒有人能大方到那種程度。他以前那麼說，只是因為他不確定我的感情，他不知道我是不是真的能接受他的殘疾，他不想逼我。

我承認一開始的時候，我顧慮重重，退縮而又膽怯，我不知道我是不是有足夠的勇氣去接受他的愛並且承擔由愛衍生的

各種問題。我似乎只是知道我們彼此相愛，但我不敢肯定對方的愛究竟經不經得起考驗與消磨。我原以為隨著相處日深，所有不確定的因素都會漸漸變得穩定，橫亙在我們之間的障礙也會逐漸粉碎。事實上並沒有。

瞭解越多，猶豫越多。

儘管他幾度明確地要求我一輩子和他在一起，我仍然無法做出最後的決定。

聶小衛曾說普羅旺斯是一個催生愛情的地方，這個地方讓人瘋狂，儘管妳明知傷痛如影隨形，很快就會掩殺過來，妳也願意不顧一切地在瞬間放縱自己全部的激情。

她的話基本上是對的，這個地方的確會催生愛情，但我和她不同，我做不到不顧一切。悅函是很愛我，我也很愛他，但我越來越發現，我沒辦法和他生活在一起。對我來說，很多時候他太冷漠、太不近人情。和他在一起，我壓力太大，我總是想方設法要去適應他，儘管他可能不這麼希望，可是我的性格還是會驅使我勉強自己去適應他，這樣實在太累了。

那天晚上他一直抱著我不放手，他跟我說了很多話，那些話比過去一個月裡說過的話加起來還要多得多。但是第二天他立刻就恢復了往日的模樣，也許是因為有外人在場的緣故，他似乎一直覺得在別人面前流露自己的感情是一件很丟臉的事。

那個年輕女孩又來練琴了，他在指導她的時候依然是全神貫注，心無旁騖，連我出了門都不知道。

世界上的一切都沒有鋼琴重要。我從來沒有想過要和鋼琴

爭寵，我很清楚鋼琴在他心裡的分量。也許絕大多數藝術家都是這樣。他不喜歡出門，不喜歡跟人打交道。他討厭大城市，尤其討厭過度發展、過度繁華的大城市。他說那樣的城市亂七八糟，什麼都不缺就是沒有盡頭。他討厭沒有盡頭的東西。他希望看到的一切都有盡頭。他說在有限的鋼琴上表現無限的快樂，這才是他真正想做的。

愛情呢？在他眼中，愛情有盡頭嗎？

我在老城區裡漫步，略帶惆悵地觀察我見到的每一個人，每一處風景。對我來說，普羅旺斯是一個再好不過的療傷之地，它在給我安寧與靜謐的同時，也給了我勇氣。它很日常，也很閒適，這種日常和閒適能教會妳如何生活、如何觀照自我，而只有當你真正懂得了自己、懂得了生活，你才知道如何去愛與被愛。

我在反覆思考我和悅函的關係，要割捨這麼一段感情實在不是件容易的事。但我必須儘快做出決定。我很矛盾，我愛他，不願意傷害他，可是很多時候我真的無法忍受他。儘管我知道他有那麼多別人無法想像的缺點，在我眼中，他依然完美。他把自己的全部感情放在音樂上，這勢必會影響他在現實世界裡的愛情。我能理解。我原來以為理解就代表著接受，實際上並非如此。

我越來越瞭解他的怪癖，但也越來越不能接受他的冷峻。

這不是我要的生活。

雖然他會很寵我，但他太沈靜。

　　我需要一個可以隨意撒嬌、隨意耍賴、隨意玩笑的男人。但他不能。我在他面前沒有任何心理優勢，我很難自如地面對他。

　　我抬頭看天，如此明亮純淨的天空，回到北京肯定看不見了。我好留戀這裡的一切。我深深吸了口氣，我希望我剛剛吸進來的這一口空氣永遠不會變成濁氣排掉，這樣我就可以把普羅旺斯空氣的味道永遠留在體內。

　　這種念頭傻極了。

　　我自我解嘲地笑了一下，攏了攏頭髮，卻無意中看見了聶小衛。我感到非常詫異，正想招手示意，眼角掃見了另外一個人——夏子平！他們結伴而行，樣子很親密。如果和夏子平走在一起的是餘思溶，我不會感到絲毫的意外，可是現在居然是聶小衛！他們的神情儼然是一對情侶。我無法解釋我看到的這一切，我呆呆站了片刻，決定趕緊躲開，我怕聶小衛看見我會尷尬。但我多慮了，沒等轉身，我就聽見聶小衛在喊我。

　　我停下腳步，假裝沒發現夏子平，眼睛只盯著聶小衛的臉。她快步向我走來，神態鎮定自若，微笑著問我怎麼一個人跑這逛來了。我說我的簽證快到期了，趁這最後幾天把能逛的地方再逛一遍。她驚訝地揚起了眉毛，「我還以為妳不會離開普羅旺斯了呢！妳表哥呢？」

　　我笑了笑，說：「他當然還是繼續留在這裡。」

　　她探詢地望了我一會，「妳該不會決定離開他吧？」

　　「妳很敏感。」

國家圖書館出版品預行編目資料

把愛留在普羅旺斯／李一然著.
－－初版－－ 台北市：知青頻道 出版；
紅螞蟻圖書發行，2007〔民96〕
面　　公分，
ISBN 978-986-6905-15-5 (平裝)

857.7　　　　　　　　95024608

把愛留在普羅旺斯

作　　　者／李一然
發 行 人／賴秀珍
榮譽總監／張錦基
總 編 輯／何南輝
特約編輯／林芊玲
美術編輯／魏淑萍
出　　版／知青頻道出版有限公司
發　　行／紅螞蟻圖書有限公司
地　　址／台北市內湖區舊宗路二段121巷28號4F
網　　站／www.e-redant.com
郵撥帳號／1604621-1　紅螞蟻圖書有限公司
電　　話／(02)2795-3656 (代表號)
傳　　眞／(02)2795-4100
登 記 證／局版北市業字第796號
港澳總經銷／和平圖書有限公司
地　　址／香港柴灣嘉業街12號百樂門大廈17F
電　　話／(852)2804-6687
法律顧問／許晏賓律師
印 刷 廠／鴻運彩色印刷有限公司
出版日期／2007年1月　第一版第一刷

定價 250 元　港幣 83 元

她若有所思地說：「看來妳做出了一個和我截然不同的決定。」

「妳做了什麼決定？」

她似笑非笑地說：「行了吧妳，妳那點心思還瞞得過我？妳明明已經看見夏子平了，何必再裝作沒看見？看見他，妳就應該什麼都明白了。」

我歎了口氣，「這是爲什麼？」

她很認眞地說：「因爲我愛他。」

「可妳明明知道他是一個什麼樣的人……他愛妳嗎？」

「至少現在是愛的。」

夏子平也走了過來，神情自如，若無其事地和我打了個招呼，笑著說：「怎麼整天看見妳到處逛來逛去的？」

這個男人是我這輩子見過的最叵測的一個！想起以前我在他面前說過的每一句話，我的臉開始發燒，我掩飾地掠掠頭髮，說：「悅函在教導人練琴，我怕打擾他們。」

聶小衛隨口問了一句：「教導什麼人啊？」

我搖頭。

夏子平說：「一個中國女孩，她父親妳應該認識，是上海很有名的房地產商──羅毅崇。」

聶小衛點點頭，「原來是他，我記得他和徐悅函的父親是交情很深的朋友。」

原來是世交，難怪悅函會那麼有耐心。我記得那個女孩很

漂亮，恐怕悅函得教導她很長時間，這樣一來，我的離開就不會讓他太難受了。想到這一點，我有些釋然，情緒也好了一些。

我們站著說了一會兒話，聶小衛忽然邀請我一道去吃午飯。我以為是去夏子平的住宅，立刻搖頭拒絕。她笑著悄聲對我說：「妳放心，不是去他那，我從來不去他那。」

我看著她幽深的、不透露一絲兒消息的眼眸，歎了口氣，輕輕說：「我真不明白……」

她截口說：「妳真的決定要走？那他一定會很傷心。」

我喃喃地說：「我也一樣傷心。」

去餐廳的路上，夏子平接了好幾通電話，逐漸落在後頭。聶小衛看他的眼神充滿柔情，儘管這柔情可能焚心蝕骨，她還是任由它泛濫成災了。我一直想問她這一切究竟是怎麼回事，遲疑了很久，始終沒有發問。每個人都有自己的秘密，都有自己的選擇，我以前捲入得太深，現在也該學聰明了。

吃過午飯後，我們道了別。聶小衛問我什麼時候走，我告訴了她。她微笑著說：「再過兩星期，我也該回去了，那咱們就在北京再見。」我咬了咬唇，輕聲說：「那他呢？」她輕輕說：「他？他本來就居無定所，隨他愛去哪就去哪吧！」她的聲音像一聲歎息，飄飄渺渺地響起，又飄飄渺渺地消散，卻像在我心頭壓了一塊石頭，沈甸甸的卸不掉。

此後幾天，我沒有再見過她。

我挑了一個悅函不在家的時候離開。在我等車的期間，我

看見他坐車從我面前經過。他沒有看見我。我隔著車窗看石雕般的面容，冷靜而又平和。

車子很快就消失在眼前。

一剎那間我忽然後悔了，我衝到路中間，嘶聲喊他的字。他沒有聽見，他根本不可能聽得見。一種莫名的衝動驅我去追，另一種更強大的力量卻遏制了這種衝動，使我的雙像生了根似的一動也不動。我怔忡地站了一會兒，忽然發現邊有一枝鳶尾花。我彎下腰去，拾起它來，花瓣傷痕累累，仍散發出淡淡的香氣。

相信是一種幸福。

我歎了口氣，慢慢張開手心，一陣風吹來，將花朵吹向未知的地方去了。

　　她若有所思地說：「看來妳做出了一個和我截然不同的決定。」

　　「妳做了什麼決定？」

　　她似笑非笑地說：「行了吧妳，妳那點心思還瞞得過我？妳明明已經看見夏子平了，何必再裝作沒看見？看見他，妳就應該什麼都明白了。」

　　我歎了口氣，「這是為什麼？」

　　她很認真地說：「因為我愛他。」

　　「可妳明明知道他是一個什麼樣的人……他愛妳嗎？」

　　「至少現在是愛的。」

　　夏子平也走了過來，神情自如，若無其事地和我打了個招呼，笑著說：「怎麼整天看見妳到處逛來逛去的？」

　　這個男人是我這輩子見過的最叵測的一個！想起以前我在他面前說過的每一句話，我的臉開始發燒，我掩飾地掠掠頭髮，說：「悅函在教導人練琴，我怕打擾他們。」

　　聶小衛隨口問了一句：「教導什麼人啊？」

　　我搖頭。

　　夏子平說：「一個中國女孩，她父親妳應該認識，是上海很有名的房地產商──羅毅崇。」

　　聶小衛點點頭，「原來是他，我記得他和徐悅函的父親是交情很深的朋友。」

　　原來是世交，難怪悅函會那麼有耐心。我記得那個女孩很

漂亮，恐怕悅函得教導她很長時間，這樣一來，我的離開就不會讓他太難受了。想到這一點，我有些釋然，情緒也好了一些。

我們站著說了一會兒話，聶小衛忽然邀請我一道去吃午飯。我以為是去夏子平的住宅，立刻搖頭拒絕。她笑著悄聲對我說：「妳放心，不是去他那，我從來不去他那。」

我看著她幽深的、不透露一絲兒消息的眼眸，歎了口氣，輕輕說：「我真不明白……」

她截口說：「妳真的決定要走？那他一定會很傷心。」

我喃喃地說：「我也一樣傷心。」

去餐廳的路上，夏子平接了好幾通電話，逐漸落在後頭。聶小衛看他的眼神充滿柔情，儘管這柔情可能焚心蝕骨，她還是任由它泛濫成災了。我一直想問她這一切究竟是怎麼回事，遲疑了很久，始終沒有發問。每個人都有自己的祕密，都有自己的選擇，我以前捲入得太深，現在也該學聰明了。

吃過午飯後，我們道了別。聶小衛問我什麼時候走，我告訴了她。她微笑著說：「再過兩星期，我也該回去了，那咱們就在北京再見。」我咬了咬唇，輕聲說：「那他呢？」她輕輕說：「他？他本來就居無定所，隨他愛去哪就去哪吧！」她的聲音像一聲歎息，飄飄渺渺地響起，又飄飄渺渺地消散，卻像在我心頭壓了一塊石頭，沈甸甸的卸不掉。

此後幾天，我沒有再見過她。

我挑了一個悅函不在家的時候離開。在我等車的期間，我

國家圖書館出版品預行編目資料

把愛留在普羅旺斯／李一然著.
－－初版－－ 台北市：知青頻道 出版；
紅螞蟻圖書發行，2007〔民 96〕
面　　　公分，
ISBN 978-986-6905-15-5 (平裝)

857.7　　　　　　　　　　　95024608

把愛留在普羅旺斯

作　　　者／李一然
發 行 人／賴秀珍
榮譽總監／張錦基
總 編 輯／何南輝
特約編輯／林芊玲
美術編輯／魏淑萍
出　　　版／知青頻道出版有限公司
發　　　行／紅螞蟻圖書有限公司
地　　　址／台北市內湖區舊宗路二段121巷28號4F
網　　　站／www.e-redant.com
郵撥帳號／1604621-1　紅螞蟻圖書有限公司
電　　　話／(02)2795-3656（代表號）
傳　　　眞／(02)2795-4100
登 記 證／局版北市業字第796號
港澳總經銷／和平圖書有限公司
地　　　址／香港柴灣嘉業街12號百樂門大廈17F
電　　　話／(852)2804-6687
法律顧問／許晏賓律師
印 刷 廠／鴻運彩色印刷有限公司
出版日期／2007年1月　第一版第一刷

定價 250 元　 港幣 83 元

ISBN-13：978-986-6905-15-5　　　　　Printed in Taiwan
ISBN-10：986-6905-15-2

看見他坐車從我面前經過。他沒有看見我。我隔著車窗看見他石雕般的面容，冷靜而又平和。

　　車子很快就消失在眼前。

　　一刹那間我忽然後悔了，我衝到路中間，嘶聲喊他的名字。他沒有聽見，他根本不可能聽得見。一種莫名的衝動驅使我去追，另一種更強大的力量卻遏制了這種衝動，使我的雙腳像生了根似的一動也不動。我怔忡地站了一會兒，忽然發現腳邊有一枝鳶尾花。我彎下腰去，拾起它來，花瓣傷痕累累，但仍散發出淡淡的香氣。

　　相信是一種幸福。

　　我歎了口氣，慢慢張開手心，一陣風吹來，將花朵吹向未知的地方去了。